读客外国小说文库

熊猫君激发个人成长

Catch

猫鼠游戏

每个人的成长都是疯狂的
有些人还顺便逼疯了全世界

Me

〔美〕弗兰克·阿巴格内尔／斯坦·雷丁 著

徐晓蕴 译

if You

The True Story of a Real Fake

Frank Abagnale
Stan Redding

Can

文汇出版社

莱昂纳多·迪卡普里奥（左）与弗兰克·阿巴格内尔

目　录

1

雏鸟

一个人的另一个自我，往往是他对自己最欣赏的一面。在巴黎的温莎酒店，客房的镜子里映射出我最满意的形象：一个神秘又年轻英俊的飞行员，皮肤光滑、肩膀挺阔、梳妆精致。谨慎低调向来就不是我的品格，而且那个时候，我什么品格都没有。

打扮得差不多了，我拿好行李走出房间，两分钟后来到前台。

"早上好，机长。"出纳热情地招呼。从我身上制服的标志可以看出我是飞机的副驾驶，一名飞行员，而法国人就吃这一套。他们总喜欢高估每一样东西，除了女人、酒和艺术。

她把酒店账单滑向柜台，我签了字后把它滑回去，然后从夹克的内侧袋里掏出一张工资支票。"对了，你能帮我把它兑现吗？巴黎的夜生活快要把我榨干了，而我还要再待一个星期才能回家。"我装作可怜巴巴地对她笑道。

她拿起这张泛美航空公司的支票，看了下金额。"我认为我们能够兑换，机长，不过，这样大的金额必须得到经理的许可。"说着她便走进身后的办公室，不一会儿就面带微笑地走了出来，并把支票递给我，让我在背面签名。

"我猜您希望兑成美元？"她问道。没等我回答，她便点出了786.73美元的纸币和硬币。我留下两张50美元的纸币，推给她。"如果你能帮我关照一下大家的话，我将十分感激，因为我平时总是太粗心。"我笑着说道。

"当然，机长，您真是太好了，"她开心地笑起来，"祝您旅途平安，有空请多来。"

我乘出租车去奥利机场，让司机把车停在环球航空公司的入口处。我绕过大厅的环球航空公司售票处，直接把联邦航空局和泛美航空公司的证件出示给环球航空的航务员。他检查了一下名单。"好的，副驾驶员弗兰克·威廉，免费乘客，飞去罗马。有了，请把这个填一下。"他递给我那张熟悉的粉红色表格来登记免费乘客。填完相关信息后，我拿起行李，走向工作人员专用通道。刚要举起行李放到柜子上，一个检察官，留着几根胡须的干瘪老头认出了我，并挥手示意我直接通过。

我走向飞机时，一个年轻男孩走到我旁边，毫不掩饰羡慕之情，盯着我制服上锃亮的金色条杠和其他装饰。

"你是这里的飞行员？"他问，听得出他是个英国人。

"不，我只是和你一样的乘客，"我回答，"我是泛美航空的飞行员。"

"飞波音707吗？"

我摇了摇头。"曾经是，"我说，"现在飞DC-8。"我喜欢小孩子，眼前这个男孩儿让我想起几年前的自己。

就在我上飞机时，一个迷人的金发空姐迎过来，帮我把行李放进了乘务员的行李舱。

"我们这趟航班都客满了，威廉先生，"她说，"本来还有两个人要坐折合椅，你把他们挤掉了。我负责服务这个机舱，有什么需要尽管吩咐。"

"给我牛奶就行，"我说，"你忙的话就不用管我。免费乘客不该要求太多。"

我俯身钻进机舱，驾驶员、副驾驶和随机工程师正在做起飞前的设备检查，见我进来，他们礼貌地停下手里的活儿。"你们好，我是泛美航空的弗兰克·威廉。请继续，别让我打搅到你们工作。"我说。

"我是加里·盖尔，"驾驶员伸手示意，他向另两个人点了点头，"副驾驶比尔·奥斯汀，还有杰姆·莱特，欢迎和我们一起飞行。"我和另两个飞行员握了握手，然后一屁股坐到折合椅上。他们继续工作。

二十分钟不到，我们起飞升空。盖尔将飞机升至三万英尺的高空，检查仪器设备，奥利塔台指示一切正常。随后，他从座位上站起来，随意地把我从头到脚夸奖了几句后，指了指他的座位说："弗兰克，你不来飞一下这只鸟儿吗？我去那些买票的乘客那边兜一圈，马上回来。"

他礼貌友好的提议，总能让那些来自他竞争公司的免费乘客感到融洽。我脱下帽子放到地板上，坐进机长座位。我清楚地意识到：此时有一百四十条人命握在我手里，包括我自己的。奥斯汀是盖尔的副驾驶，他把操纵装置让给我。"交给你了，机长。"他咧嘴笑道。

我急忙把这大家伙调到自动驾驶，拼命祈祷这些机械能起作用。我可是连风筝都不会放。

我不是泛美航空的飞行员，根本就不是什么飞行员。我是个骗子，四大洲重点通缉的要犯之一。此时此刻，我正在做的事情，就是天花乱坠地唬弄一些老实人。

在二十一岁之前，我曾经是拥有超过250万美元财富的大富翁。我窃取每一分钱，然后挥霍：精致衣料、高级美食、豪华酒店、妖娆美女、高级名车，以及其他声色之物。我在欧洲各国的每一个首都都开过派对，在南美洲、南太平洋、东亚，以及非洲最惬意地区的各个著名海滩上沐浴嬉戏，寻欢作乐。

可这种生活并不轻松。虽然我并没有时时保持警觉，但还是预留了各种后路。我在住所的边门、消防通道和房顶上打造了很多逃生出口；我在五年内换掉的衣服比大多数人一辈子需要的衣服还多。我真是比奶油蜗牛还要油滑。

奇怪的是，我从未有过罪恶感。当然，我完全知道，我是一个罪犯。我被当局和新闻记者描述为：全国屈指可数的最聪明的空头支票诈骗犯、狡猾诡诈的艺术家和恶棍、一个可以拿奥斯卡金像奖的骗子。我对于行骗及装模作样有着惊人的天赋，有时甚至会被自己的表演和诡计惊到。但我从未在任何时候欺骗过自己，我时刻知道自己是小弗兰克·阿巴格内尔，是一个骗子，一个冒牌货。如果哪天我被抓住，我不会得什么奥斯卡，我只会进监狱。

事实证明我是对的。我在法国的一所监狱坐过牢，在瑞典的一所监狱劳改过，并在弗吉尼亚的彼得堡洗清了我在美国犯下的所有罪名。在最后一次蹲监狱时，我自告奋勇地参加了弗吉尼亚大学的一个犯罪学兼精神病专家搞的心理评估。那个专家花了两年时间让我做各种书面或口头测验，还根据不同情况给我注射真话麻药或使用测谎仪器。

这个医生总结下来，说我的犯罪倾向极低。换句话说，我离恶棍十万八千里。纽约有个条子为了抓住我费尽心思，当他看到这个结果时嗤之以鼻。"这个专家肯定是在开玩笑，"他嘲笑道，"这个骗子诈骗了几百家银行，住过全球将近一半的酒店，并拿走了一切，除了床单；欺骗了在天上飞的每一家航空公司，还包括他们的空姐；开出的空头支票足够贴满整个五角大楼的外墙；还办起了一所该死的高等院校；在窃取两百多万美元的时候，他让二十多个国家的警察看上去就像一群傻瓜。他这叫低犯罪倾向？那他要是高犯罪倾向的话会去做什么？抢劫诺克斯堡①？"

这名警探拿着报告跑来和我对质。我们早已是互相熟知的对手了。"你坑了这个医生，是吗，弗兰克？"

我告诉他，我是尽最大可能地真实回答了每一个问题，最大限度地诚实完成了每一个测试。我并没有让他信服。"不，"他说，"你可以唬弄他们，但骗不过我。你坑了这个心理医生。"他摇了摇头，"弗兰克，你肯定连自己父亲都骗。"

没错，我已经干过了。父亲是我的第一个受害者，是我行骗的起点。那些容易上当受骗的人都具有一个必不可少的特征：盲目相信。父亲正是如此。我从他那里骗了3400美元，当时我才十五岁。

———————————

① 位于美国肯塔基州，美国重要的军事基地，也是美联储的金库所在地。

我出生在纽约的布朗克斯维尔，并在那里度过了人生最初的十六年。家里一共有四个孩子，我排行老三，父亲用他的名字给我命名。如果让我解释为何小小年纪就开始诈骗，我可以说这是破碎家庭的产物，因为在我十二岁时，父母就分居了。但这样做，我只是将这一切的责任都推给了我父母。

分居，以及之后的离婚，这其中受伤最多的应该是我父亲。他真心喜欢我妈。我的母亲，波莱特·阿巴格内尔，是位法裔阿尔及利亚美女。二战时期，父亲在奥兰服役时遇见了她并同她结婚，当时母亲才十五岁，而父亲二十八岁。虽然在那时，年龄上的差距并不是问题，但我总觉得这对他们之后婚姻的破裂有一定的影响。

退役后，父亲开始在纽约做生意，他在第四十大道和麦迪逊大道路口开了一家文具店，叫作格拉梅西。他的事业很成功，即便不是商业巨富，也算相当有钱了。小时候，我们住在一幢又大又豪华的房子里，我和我的兄弟姐妹们衣食无忧，应有尽有。

当父母之间有了严重的矛盾，孩子总是最后知道的。至少我是这样，我的兄弟姐妹也不会知道得比我多。我们认为母亲很乐意成为一名家庭主妇，一位母亲。在某种程度上，她是挺满意的。但父亲不仅仅是个成功的生意人，他在政治上也同样活跃。他是布朗克斯选区共和党的主力之一，也是纽约体育俱乐部的成员和前任主席，他和他的商业及政治伙伴在那里花了很多时间。

父亲同时对海钓如饥似渴。他经常飞去波多黎各、金斯敦、伯利兹，或加勒比海其他一些温泉疗养地做深海钓鱼探险。他从来不带母亲一起去，虽然他是应该带的。我母亲曾经是一名妇女解放运动成员。那个时候著名的美国女权运动先锋格洛丽亚·斯坦内姆还不知道她的媚登峰内衣是可燃的^①。有一天，父亲在远足钓捕马林鱼回来后，发现家中空空荡荡。母亲将她的东西都打好包，连我们三个兄弟和一个妹妹一起搬到了一所空空的大房子里。我们几个孩子多少有些疑惑，但母亲非常平静地解释说，她和父亲不能再和睦相处，她要选择分居。

好吧，总之母亲已经选择了分居。父亲对母亲的行为非常震惊，并且被伤害得很深。他恳求母亲回家，发誓会做一个好丈夫、好父亲，并且减少深海钓鱼的次数，他甚至提出放弃政治。

母亲只是听着，没做任何承诺。很快，事态在我看来就已逐渐明朗，她根本无意和解，但父亲却没意识到。母亲在布朗克斯的一所牙科学校注册入学，开始学习成为一名牙科技师。

父亲并没有放弃。只要一有机会，他就在我们的住处恳求、哄骗、甜言蜜语地向母亲恭维谄媚。有时他也会失去耐心。"该死！女人，你就看不见我有多爱你吗！"他咆哮道。

当然，这种情况确实会给我们带来影响，尤其是我。我爱父亲，我是和他最亲的孩子。他开始利用我来赢回母亲。"告诉她我爱她。告诉她如果我们在一起会更幸福的。告诉她如果她回家你会很开心，所有的孩子都会很开心。"

他让我将礼物转交给母亲，并教我他设计好的言辞，以击垮母亲的抵抗。

我就像是少年版的约翰·奥尔登，父亲是迈尔斯·斯坦狄什，而母亲则是普丽西拉·莫林斯^②。我彻底失败了。母亲根本就没有上

---

① 20世纪60年代媚登峰内衣有一句广告词，"我梦想，我穿着媚登峰内衣去救火。"
② 美洲殖民地最早的爱情故事之一。迈尔斯让好友约翰代自己向普丽西拉求爱。

当受骗。这估计对父亲更加不利，因为母亲对于父亲利用我作为他们婚姻问题的棋子这事非常气愤。在我十四岁的时候，她就和父亲离了婚。

父亲崩溃了。我也非常失望，因为我真心想要他们在一起。在这里，我为父亲辩解一句：当他爱上一个女人，他就永远爱着她。他一直都在努力争取母亲回到他身边，直到一九七四年去世。

当父母最终离婚时，我选择跟了父亲。对于我的决定，母亲的反应并不是太激烈，而我觉得父亲需要我们中的一个孩子，他不应该一个人孤苦伶仃，于是我说服了母亲。父亲对此非常感激并且十分高兴。我也从来没有后悔过当初这个决定，虽然父亲很有可能后悔了。

和父亲在一起完全是另一种生活方式。我在纽约一些最好的沙龙里待了不少时间。我发现商人们不仅享受着三巡马提尼酒的正式商务午餐，同样津津有味于粗糙便捷的早午餐和有着威士忌兑苏打的晚餐。我还很快注意到，一旦政治家碰到吧台上的波旁威士忌酒，他们就更能对国际大事侃侃而谈，并更容易从他们手中获得政府资金。

父亲在沙龙的吧台边做了很多笔生意，并进行了大量政治活动，而我就坐在旁边等他。起初，父亲喝酒的习惯让我有些担忧。虽然他不是个酒鬼，但喝起来也挺凶的，我担心他酗酒。然而，我从没见他喝醉过，尽管他不停地在喝，以至于我猜想他对酒免疫。

父亲的社交圈、朋友和各路熟人让我心驰神往。他们遍布布朗克斯所有的社会阶层：政客的走卒、警察、工会老大、业务负责人、小贩、承包商、股票经纪人、职员、出租车司机以及推销员，无所不包。有些人就像是从达蒙·鲁尼恩[1]书中活过来似的。

在和父亲混了半年之后，我学到了大量的街头智慧，并且有超过一半的才能并不是父亲想要我获得的那种教育。这是我在沙龙里偷偷学到的。

父亲有很大的政治影响力。我在逃课和邻居家的野孩子们玩的时候发现了这点。这些孩子不属于这个圈子，而且一点关系也没有。他们出生在槽糕的家庭环境里，一心想方设法引起别人的注意，哪怕只是抓逃课的训导员。或许这就是我和他们混在一起的原因，大概我也想让别人关注自己。我真心想要父母复合，我当时模糊地意识到，如果我表现得像个不良少年，那就可能会给父母一个共同的出发点，从而有机会和好。

作为一个不良少年，我表现得并不是很出色。大部分时间我感到无聊又愚蠢，不是偷糖果，就是溜进电影院。我比同伴们要成熟得多，个子也更高大。十五岁我就有六英尺高，一百七十磅，已经和成年人无异。别人看见我们逃课还以为是老师带着学生活动，或者一个大哥哥在照看小朋友。我们可能因此避免了不少麻烦。我有时就是这样觉得，也经常因为同伴们的孩子气而冲他们发火。

最让我心烦的是他们缺乏格调。很早我就知道上层阶级是被普遍称赞的。所有的过失、错误或者犯罪，一旦涉及上流社会，就会被宽容对待。

这些孩子甚至都不能像样地偷到一辆车。他们刚把车搞到手，就到我家来接我，从我家开出去还不到一英里，就被警车拦住了。

---

[1] 达蒙·鲁尼恩(1880-1946)，美国新闻记者和作家。他的笔下人物涉及美国各个阶层。

原来这些浑球儿趁着车主在浇灌草坪时，从车道上偷走了车。结果我们都被送进了少管所。

父亲不但把我从少管所弄了出来，还把这次事件中所有关于我的记录全都抹去。这一点点特权的代价就是在未来的几年里，浪费了很多警察的很多不眠之夜。如果你在追捕罪犯的时候一开始就发现了他的踪迹，即便是一头大象也能够轻松找到他的。

父亲并没有因此对我絮絮叨叨。"我们都会犯错误，孩子，"他说，"我知道你在努力，但不是通过这样的方法。虽然在法律上你仍然是个孩子，但你已经长得足够高，或许应该尝试像成年人那样来思考。"

我抛弃了那些老朋友，重新开始每天去学校，还在布朗克斯维尔的一家仓库找了份船务员的兼职。对此，父亲非常高兴，以至于买了辆老式福特送给我，而我顺势将它改造成了真正的把妹工具。

如果一定要我对将来所做的不正当行为推责诿过的话，我会怪在这辆福特车的头上。

福特车摧毁了我身体中的每一个道德细胞。它给我招来姑娘，于是醉生梦死了六年。那真是段美妙的时光。

毫无疑问，一个男人生命中的其他年龄段总有理智被性欲吞噬的时候，但唯独后青春期阶段没有这样的说法，比如满脑子的胡思乱想，当看到性感的小妞时更加变本加厉之类的。当然，十五岁的我对姑娘们还是知道点儿的，比如她们生来和男孩子的构造不一样。但让我具体明白这些的，是在改装福特车后的某一天。我在等一个红灯，发现一个姑娘盯着我和我的车看。她看到我注意到了她，便开始朝我挤眉弄眼，搔首弄姿。突然，我就开始神魂颠倒，她突破了我的防线。我记不得她是怎样进了我的车，记不得她上车后我们去了哪里，但我记得她的温柔、爱抚、体温、身上的丝绸、甜美的芳香和无与伦比的欢愉。我知道，我找到了一个真正能让我乐在其中的身体接触运动。她对我做的事能使蜂鸟离开芙蓉，斗牛犬挣脱锁链。

我并不感慨今天人手一本的关于妇女权利的大部头书籍。当亨利·福特发明T型车时，女人们就已经松掉腰带，上路追求她们的"权利"了。

女人成了我唯一的弱点。我同她们寻欢作乐，不厌其烦。我早上醒来满脑子都是姑娘们，睡下的时候满脑子还是姑娘们。所有可爱的、长腿的、美艳动人的、如梦似幻的、令人陶醉的姑娘们。从太阳升起到月亮升起，我搜索侦查。和我比起来，唐璜对于女性的迷恋程度算轻的。我对性感女人着了魔。

在第一次和美女亲密接触后，我自己也变得非常有魅力。女人并不一定都是昂贵的，但即便再开放的姑娘也时不时会希望来点汉堡和可乐，以便补充体力。只不过，我赚的钱并不够支付我的蛋糕，我得想点儿办法，在财务上搞点儿花头。

我求助于父亲，他完全没有注意到我对女人的发现以及那些乐子。"爸爸，送我一辆车真是对我太好了，我觉得要求更多简直就是个浑蛋，但我的车遇到了些麻烦，"我恳求道，"我需要一张加油卡。我每个月只有一次收入，要用在买学校的午餐上，还有娱乐、约会等等，我有时候没钱去加油。我会努力自己付账单，但如果你给我办张加油卡，我保证不会辜负你的慷慨。"

我像一个爱尔兰马贩子一样能说会道，而且当时我非常诚恳。父亲思索了一会儿，接着点了点头说："好吧，弗兰克，我相信你。"说着就把他的美孚卡从钱包里拿了出来。"把这张卡拿去用,今后我不会再往里充钱,这张美孚卡就是你的了,因此正常情况下,以后每个月就由你来付账单。我就不用担心你会来占我便宜。"

他应该担心的。这个协议在头一个月遵守得挺好。账单一到,我就给账户买好汇票寄到美孚石油公司。可是这笔费用简直要把我榨干了,而我又陷入对姑娘们的无限渴望中。我顿感无力,灰心丧气。毕竟,追求快乐是美国人不可剥夺的权利,不是吗?我觉得自己被剥夺了宪法赋予的权利。

有人曾经说,一个诚实的人不会有这种困扰。那人基本上就是个骗子。这是玩鸽子戏法的人最喜欢的招数。我认为有很多人确确实实幻想过自己变成一个超级罪犯,一个全球钻石大盗,以及其他之类的。但他们把这些盗窃行为禁锢在想象中。同时还有其他很多人都会时不时被引诱去犯罪,甚至是很大的利益诱惑,但他们就是觉得自己不该和罪恶勾当扯上关系。这样的人通常拒绝诱惑。他们在是非上有天生的觉察力,有正确的人类共识。

但也有这样一类人,他们的竞争本能压倒了理性。在特定环境下他们敢于挑战,就好像登山运动员遇到高峰一样,因为它就在那儿。正确、错误还有后果都无关紧要。这些人把犯罪看成游戏,目标也不仅仅是战利品,冒险的成功才是真正重要的。当然,如果战利品很可观,那也不错。

这些人是犯罪世界里的棋手。他们通常有天才一般的智商,而他们心中的马和象都随时准备攻击。他们经常会惊讶于一个只有普通智商的警察竟直接对他们叫板,而警察也会被他们的动机震惊到。犯罪是挑战？上帝。

但第一个骗局对我而言的确是个挑战。好吧，其实我是需要钱。任何一个沉迷于花天酒地无法自拔的人都需要经济支持，然而我也并没有成天想着缺钱的问题。直到有一天下午，我在美孚加油站停下，看到了轮胎货架前一块很大的招牌。招牌上写着："用你的美孚卡买一套轮胎——我们就在你的车里装一套"。这是我得到的第一个暗示，美孚卡除了买汽油外还有其他用处。我一点都不需要轮胎，我福特车上的轮胎几乎是全新的，但我还是研究了下那块招牌，突然，一个四层骗局涌现在脑中。见鬼，我想，这说不定能行得通。

我下车走向店员，他同时也是这个站的老板。这里是我常去的众多美孚加油站中的一个，我和他只是点头之交。这个加油站并不忙碌。"我应该赚更多的钱多开几家加油站而不是只经营一家。"他曾经抱怨道。

"一套白色轮胎要多少钱？"我问他。

"这辆车的话，需要160美元，不过你现在的轮胎挺好的。"他回答。

他看着我，我知道他感觉到了接下来将有一番长篇大论。"是的，我并不需要轮胎。"我表示同意。

"但我现在严重缺钱。让我来告诉你怎么做。我会用卡买一套轮胎，不过我不会拿走轮胎，而是拿上你给我的100美元。你仍然保留那些轮胎，当我父亲为卡还钱的时候，你就能得到你那部分钱。你提前操作，当你卖掉那些轮胎的时候，全部160美元又会进你的口袋。怎么样？你要赚大发啦兄弟。"

他打量了我一下，我注意到他怀疑又贪婪的眼神。"你家老头子怎么办？"他小心翼翼地问道。

我耸耸肩："他从来不关心我的车。我跟他讲需要换新轮胎，他就让我来付钱。"

他仍然将信将疑。"让我看看你的驾驶证。这张卡可能是偷来的。"他说。我把我的青少年驾驶证递给他，和美孚卡是同一个名字。"你才十五岁？你看上去起码有二十五岁。"老板一边说，一边把卡还给我。

我笑笑说："我阅历丰富。"

他点了点头。"我会打电话给美孚申请批准——任何大笔交易都必须先申请，"他说，"如果批下来的话，我们就成交。"

我陶醉在快乐中。由于当时我还没有品尝过酒精，我无法将它与香槟带来的刺激做比较，但我要说，这是我在汽车前座上体验过的最愉悦的感觉。

事实上，我的机智征服了理智。既然成功了一次，为什么不能有第二次呢？于是我故技重施。在接下来的几个礼拜里，我得手了许多次，简直数都数不清了。我记不清用这张卡买了多少套轮胎、多少个蓄电池、多少样其他汽车配件，而后又以几折的价格卖回去。我光顾了布朗克斯的每一家美孚加油站。有时候我仅向加油的小子要10美元，就签掉一张20美元的加油单。我滥用美孚卡来欺诈，屡试不爽。

自然而然，我把钱都花在了女人身上。至于其他的事情，我管不着。接着第一个月的单子寄来了。信封里好像塞了一只圣诞节烤鹅一样，都是账单。我看了一眼总金额，脑子里一闪而过想皈依宗教当神职的念头，因为我意识到这笔账单还是需要父亲去还的。我并没有想到父亲会成为这场游戏的受害者。

我把账单扔进了废纸篓。两个星期后，第二封账单寄了过来，我又把它扔进了垃圾桶。我思索着该如何面对父亲，如何坦白交代，但我没有这个勇气。我知道他迟早会发现的，但是我决定让他从其他人那里知道这件事。

奇妙的是，在等待美孚公司和父亲会晤的时候，我并没有停下。即便我意识到这样做也是在欺骗父亲，我还是继续欺诈，并把骗来的钱花在可爱的姑娘们身上。疯狂的性冲动让我失去了理智。

最终，一名美孚公司的调查员在父亲的店里找到了他。这个人有些谦卑。

"阿巴格内尔先生，您持有我们的卡已有十五年了，我们对此非常珍视。您有极高的信用度，从未延迟付款，我也不是特地来这里为您的账单打扰您。"调查员说。父亲听得一脸疑惑。"我们有些好奇，先生，想确认一些事情。就是您是如何在三个月的时间里积欠了3400美元？仅仅花在一辆一九五二年的福特车的汽油、蓄电池和轮胎上的。您在过去的六十天内在那辆车上买了十四套轮胎，九十天内买了二十二个蓄电池，你也不会在两英里的路上花上一加仑汽油吧？我们觉得您那辆车上甚至都没有油盘……您有想过把这部车卖了换辆新的吗，阿巴格内尔先生？"

父亲惊呆了。"怎么会这样？这张卡我现在都不用了，我儿子在用，"他回过神后说道，"肯定有什么地方弄错了。"

美孚调查员把几百张美孚收据单放到父亲面前。每一张都有用我的笔迹签的父亲的名字。"他是怎么做到的？为什么要这样做？”父亲惊呼。

“我不知道，”调查员回答，“我们不妨去问问他本人。”

他们来了。我说我对这骗局一无所知。他们并没有相信我。我本来以为父亲会火冒三丈。但比起生气，他似乎更加疑惑。“听着，孩子，如果你告诉我事情的来龙去脉，还有为什么要这么做，我就既往不咎，并把你的欠单都付掉。”他提议。

在我的字典里，父亲是个伟大的人。在他的一生中从未对我说过谎。于是我很快就坦白了。“是姑娘们，老爸，”我叹了口气，“她们对我做了些很有趣的事情，我没办法解释。”

父亲和美孚调查员心领神会地点了点头。父亲把手搭在我的肩膀上表示体谅。“不用担心，孩子。爱因斯坦也无法解释得清楚。”他说。

尽管父亲原谅了我，但母亲却没有。她对那次的事件备感焦虑，责备父亲的失职。母亲仍然对我有合法的监护权，她决定把我带走，离开父亲的不良影响。更糟的是，在和母亲经常往来的天主教团体神父们的建议下，她把我送进了纽约切斯特港的一所专门针对问题男孩的教会私立学校。

这个学校并不很像一个真正的少管所。它更像是一个豪华的营地，而不是辅导机构。我和其他六个男孩一起住在一个小别墅里。除了被禁闭在学校里随时被人监督之外，没有其他不适之处。

学校的教友们十分友善。他们和我们这些被监护的人一样生活。我们在同一个食堂里吃饭，食物不错，量也挺多。这里还有电影院、电视机房、娱乐厅、游泳池和一个健身房。我从来没有把这里所有的娱乐健身器材都玩个遍。星期一至星期五，我们从早上八点开始上课，到下午三点，除此之外的时间都由我们自己分配，随便干什么。教友们既不会针对我们的不端行为进行长篇大论，也不会用布道讲演来烦我们。如果你真的搞得一团糟，不得不接受惩罚的话，通常就是把你关在自己的小别墅里禁足几天而已。在这所学校里我从未遭遇过什么，直到后来我蹲进了美国监狱。自这以后我常常怀疑，联邦的惩教系统是不是偷偷地由天主教教会在操作。

然而，修道士般的生活让我十分苦恼。虽然我能忍受，但是我仍把这种限制看作是惩罚，一种不恰当的惩罚。毕竟，父亲原谅了我，而他是我的罪行里唯一的受害者。所以我问自己，我在这个地方做什么呢？而这个学校让我最讨厌的地方，就是没有姑娘。这是个非常严格的全男生的环境，甚至看到修女都能让我兴奋。

如果我知道在我寄宿期间，在父亲身上发生了什么，我可能会更加苦恼。他从不细说，但当我在学校的时候，他遭遇了十分严重的财政困难，并且丢掉了生意。

他被彻底地击败了。他被迫卖掉房子和两辆凯迪拉克大轿车，还有其他值钱的东西。短短一两个月的时间，父亲一下子从百万富翁变成一个邮政员。

这就是一年后他来学校把我接走时的情况，一个邮政员。母亲宽容了一些，同意我再次和父亲一起生活。我对于父亲命运的扭转非常震惊，也十分内疚。然而他却不许我责备自己。他对我保证，我从他那里骗取的3400元并不是他生意衰败的原因。

"千万别这么想，孩子。那只不过是沧海一粟。"他笑着说。

他似乎并没有被地位和财政上的突然跌落困扰，但这困扰了我。并不是为我自己，而是为父亲。他曾经胸怀大志，一个真正的商人，而他现在不得不靠打工过活。我试着打听他的事业。"老爸，你的那些朋友们呢？"我问，"我记得你总是在紧要关头帮他们一把。他们中有谁会来帮你吗？"

父亲苦笑了一下，说："你会知道的，弗兰克。在你有权有势的时候，成千上百的人都跑来和你称兄道弟。而一旦当你落魄，他们中如果有一个人愿意请你喝杯咖啡，就已经谢天谢地了。如果有机会重头来过，我一定会在择友上更谨慎一些。我确实有几个好朋友，他们虽然不富有，但其中一个给我提供了邮政局的工作。"

他不愿意陷入不幸中，也不想多谈，但我却为此烦恼，尤其当我们坐在他车里的时候。这车还没有我的福特车好——它也被卖掉，钱存到了以我名义开设的账户下。现在的车是一辆破旧的老款雪弗兰。有一天我终于忍不住问他："开这样一辆又老又破的车你不觉得讨厌吗？"

"我是说，和凯迪拉克比起来，落差确实很大，不是吗？"

父亲笑了笑："这样看是不对的，弗兰克。关键不是一个人拥有什么，而是看他是一个怎样的人。对我来说这辆车挺好，用来代步足够了。重要的是我得知道现在的处境和身份，而不是别人怎么看我。我觉得自己是个诚实的人，而这比拥有一辆豪车重要得多……只要一个人有自知之明，他就能把事做好。"

问题是，当时我并没有自知之明。

在不到三年的时间，我就得到了答案。迈阿密海滩上，我在一个漂亮的棕褐色头发女人旁边一屁股坐下，她问道："你是谁？"

"我想是谁就是谁。"我回答。事实也的确如此。

2

飞行员

十六岁时我离开了家，寻找自我。

我离开的时候虽然不是很开心，但没什么压力。两个家庭的状况并没有改变。父亲依旧设法想要母亲回家，但母亲却不想。父亲仍然利用我作为他第二次求婚的中间人，而母亲还是继续反感他把我当作丘比特使唤。我自己也不喜欢。母亲从牙科学校毕业后，就在拉奇蒙特的一名牙医那里工作。她似乎对现在全新的独立生活非常满意。

我起初并没有计划逃跑，但每次看到父亲穿上邮政员的制服，开着那破旧的小汽车去上班的时候，我总感到很沮丧。我无法忘记他曾经穿着路易·罗斯的高级西服、开名贵大轿车的样子。

一九六四年六月的一个早晨，我醒过来，知道是时候走了。这个世界某个遥远的地方在向我低语，"来吧。"于是我就去了。

我没有向任何人告别，也没有留下任何字条。我有200美元在大通曼哈顿银行威彻斯特支行的存款账户里，这是父亲去年给我开的账户，我一直没用过。我把支票簿翻出来，把最好的衣服打包在一个简单的行李箱中，然后上了一列去纽约市的火车。确切来说，这不算是世界上的某个遥远的地方，但我觉得，这将会是一个不错的跳板。

如果我是从堪萨斯州或者内布拉斯加州逃离，那么有着喧闹拥挤的地铁、高耸的摩天大厦、嘈杂混乱的交通，和永无止境来往穿梭的人群的纽约，可能就会急匆匆地把我送回到大草原。然而大苹果城就是我的草皮。至少我这样想。

下火车后不到一个小时，我遇到了一个年龄相仿的男孩，我蒙骗了他，让他把我带去了他家。我告诉他的父母我来自纽约北部，父母双双过世，我正努力设法养活自己，而在找到工作前，我需要一个能住的地方。他们告诉我随时都能住在他们家。

我无意滥用他们的热情好客。我想赶快赚到一笔钱，然后离开纽约。虽然此时此刻我还不知道自己想去哪里，或者想去干什么。

我倒是有个确切的目标。我打算在某个领域取得成功并攀上顶峰。而一旦达到了，就没有任何人或事能把我拉下来。在这点上我下定决心，绝不重蹈父亲的覆辙。

纽约城很快就变得了无生趣，甚至对一个土生土长的人来说也是如此。找工作是没有问题的。我曾经在父亲的店里当过店员，做过快递，在经营文具店上也有经验。于是我开始打电话给大型的文具公司，向他们展示我真诚的一面。我告诉他们自己才十六岁，高中辍学，但在文具事业上非常有经验。最后面试的第三家公司的经理以每小时1.5美元的价格雇佣了我，而我还单纯地以为这是笔不错的收入。

一个星期不到，理想就破灭了。我意识到，即使我住最破烂的酒店，吃自助餐馆，60美元一个礼拜在纽约也无法生活。更令人沮丧的是，在泡妞游戏中，我只能扮演旁观者。就目前碰到的姑娘而言，中央公园里散散步，路边摊上买个热狗，可算不上是一个迷人的夜晚。这样子和姑娘调情也不怎么迷人。热狗会让我打嗝。

我分析了下当时的情况，得到这样一个结论：我的低收入并不是因为我高中辍学，而是因为十六岁的年纪。一个男孩当然不会拿到成年人的工资。

于是我一夜之间老了十岁。人们在得知我还是未成年人时常常会表现出惊讶，尤其是女人。既然看上去老气，那就变得老一点好了。上学的时候，我就很擅长平面艺术。动个手脚把驾驶证上的出生日期从一九四八年修改到了一九三八年，十分逼真。随后，我就作为一名二十六岁的高中辍学者来到人才市场求职，年龄的证据就是钱包里的驾驶证。

我了解到薪资标准，一个人即使没有高中毕业证也并不会对最低工资法有什么影响。

没有人对我的新年龄有任何疑问，开给我最好的工钱是每小时2.75美元，工作是卡车司机助手。一些有远见的雇主们直截了当地告诉我，工资不是由年龄决定的，而是由学历。一个人的学历越高，收入就越高。我非常不甘心地认识到，高中辍学者就像荒野里只有三条腿的狼。能够生存下来，但除此之外别无其他。直到我意识到毕业文凭和出生日期一样，也很轻易作假之后，这类事情就再也没碰到过。

对我来说，一个星期110美元能够活，但可不够"生活"。我太迷恋女人了，而任何一个赌马的人都会告诉你，最保险的赌法就是把赌注下在年轻的母马身上。那些和我调情的姑娘们都是一匹匹小母马，她们可让我花了不少的钱。

在玩乐的钱不够时，我开始用那200美元的账户写支票。

这是留底的钱，我并不想一次花光，所以尽量保守一些。每次我只兑现10美元，最多20美元。起初我在大通曼哈顿银行的一家支行里管理所有的支票交易。然后我得知只要在有相关有效证件，兑现数目也不是很大的情况下，商店、酒店、杂货店超市以及其他一些商业公司也能兑现个人支票。我发现我修改过后的驾驶证也是有效证件，就开始在距离最近的酒店或百货店里兑换20美元、25美元的支票。没有人询问过任何问题。没有人和银行核对过支票状况。我只要有模有样地和支票一起递出驾驶证，现金和驾驶证就会一同递回来。

这很容易，太容易了。短短几天，我的账户就透支了，写的支票也无效了。然而，我还是继续兑现，只要缺钱，工资不够花的时候，或者资助一下和漂亮小姐们一起的饕餮之夜。因为我的工资卡似乎总是需要额外资助，而纽约的漂亮小姐又比农场的多。很快，我每天就要写两三张空头支票。

我为自己的行为辩解。我告诉自己，父亲会为我还上这些透支的支票的。或者以此来缓和一个骗子良心的谴责：那些人太愚蠢，在支票兑现的时候不去核对其是否有效，他们活该被骗。

我也利用自己只是个未成年人这个事实来安慰自己。即便被抓住了，根据纽约宽松的青少年法和对青少年宽严相济的审判制度，我也不会得到什么严厉的处罚。作为一名初犯，我可能会被送回父母身边，甚至可能都不用赔偿。

这些模糊不清的自我辩护给我增加了勇气。我辞了工作，开始一门心思专注在伪造假冒支票上。我没有算过自己经手的空头支票到底有多少张，反正我的生活质量明显提高了。当然，恋爱质量也是如此。

然而在制造这些空头支票两个月后，我不得不面对一些令人不快的真相。我是个不折不扣的恶棍。用街头术语来说，就是个专业裱糊匠。但我并不为此操太多心，因为我是个成功的裱糊匠。而此时，对我而言，随便做什么事，只要成功才是世界上最重要的。

我真正担心的是成为一个支票骗子的职业危害。我知道父亲已经将我的失踪报了警。通常来说，警察不会花太多时间去寻找一个十六岁的孩子，除非有犯罪嫌疑。然而我的情况无疑是个例外，因为我已经开了不少空头支票、犯了不少罪。我知道警方会把我当作一名小偷来搜捕，而不是个离家出走的人。我推测，每个被我骗过的店长和商人也都随时警戒着。

总的来说，我处在风口浪尖上。我知道自己能够逃避警察一段时间，但也同样清楚，如果我留在纽约继续用空头支票套现，迟早是会被抓住的。

另一个选择就是离开纽约，但前途堪忧。世界上某处对我来说仍然遥远的角落突然叫人害怕，变得冰冷，毫无善意。在曼哈顿，虽然我表现得独立，盛气凌人，却还总是紧紧拽着安全毯①。父母只要一个电话就能联系得到，乘火车也就短短几站路。我知道无论我

---

① 为婴儿减轻焦虑的毯子或玩具，后比喻能让人缓解焦虑的东西。

做错了什么，他们都会爱我。如果我逃去芝加哥、迈阿密、华盛顿或者其他遥远的城市，前景实在叫人沮丧。

我只精通一门艺术，那就是伪造支票。我甚至没有考虑过其他的收入来源，而对我来说，这是应该首先考虑的问题。在其他城市也能像我在纽约一样顺利讹诈成功吗？在纽约我有一个真实的支票账户，即便它是无效的，还有一张驾驶证，即使被我虚增了十岁。这让我的不法勾当变得简单又有利可图。在其他城市，我的个人账户（名字是真实的，只有资金是伪造的）和空有其表的驾驶证都没有用了。我将不得不改名换姓，还要搞个虚假的身份证明，再以化名开个银行账户，然后才能操作。这些都太复杂，风险也太高。我是个成功的骗子，但还没到自信的地步。

几天后我正沿着第四十二大道走，一边还在对这种举棋不定的状况苦恼时，康莫德酒店的旋转门中突然出现了解决我目前困境的方法。

在接近酒店入口的时候，我看到了东方航空的一架班机机组人员走了出来：机长、副机长、随机工程师和四名空姐。他们都在笑，生气勃勃，充满生活乐趣。男人都很修长英俊，镶金边的制服给了他们一股海盗的气息。姑娘们都很苗条可爱，像草地上五颜六色的蝴蝶般优雅。我停住脚步目送他们上了乘务员专车，心想我以前从未见过如此耀眼的一群人。

我继续走着，仍然沉浸在刚才的华丽的诱惑中无法自拔。突然，一个大胆又光鲜的点子从脑中闪过，我自己也不禁陶醉其中。

当个飞行员怎样？当然不是那种真正的飞行员。我可从来不想花个几年时间拼老命去学习、训练、上航空学校、工作，或者其他为了坐上喷气式飞机的驾驶座所要花费的苦功夫。但如果我只是穿着飞行员制服戴着航空标志呢？我想，为什么不呢？我可以随意进出这个国家的任何酒店、银行或者商务中心来兑换支票。飞行员是普遍受到敬仰和尊重的，是被信任的，是很有本事的。而且航空飞行员大多不是本地居民。支票骗子也一样。

我打消了这个念头。这主意实在太荒谬，光想想就可笑。是个挑战没错，但也很愚蠢。

然后我来到了第四十二大道与公园大道的交叉口，泛美航空公司的大楼赫然耸立在我面前。我抬头看着它，但我看到的并不是钢筋、水泥，或者玻璃构起的建筑，而是一座等待我去征服的大山。

此时，这家著名的航空公司的行政人员对此还一无所知，但很快泛美航空就会拥有一位最昂贵的飞机驾驶员，可是他并不会开飞机。不过科学已经证明，大黄蜂同样不会飞，却能在暗中制造出许多蜂蜜。

这就是我想成为的——泛美航空公司蜂房里的大黄蜂。

我整晚都没睡，在不停思索，一直到黎明前心里产生一个粗略的计划，然后才睡着。我觉得这是一个必须要用耳朵去执行的计划。这难道不是所有知识的基础吗？想要学，必须先学会听。

下午一点钟我刚醒来，就抓起黄页簿翻找泛美航空公司的电话号码。我拨了总机电话要求转到采购部门。很快就接通了。

"你好，我是约翰逊，请问有什么需要？"

我破釜沉舟，豁出去了。"你好，"我说，"我是罗伯特·布莱克，泛美航空洛杉矶分部的副机长。"我停顿了一下，等着他的反应，心怦怦直跳。

"你好，布莱克先生，需要什么帮助吗？"对方非常彬彬有礼，也很务实，于是我鼓起勇气。

"我们在今天早上八点抵达这里，晚上七点会飞走。"我说。我凭空编了一个航班时间，但愿他并不熟悉泛美航空的飞机行程。我当然也不熟。

"现在，我不知道怎么会发生这种事。"我继续说道，尽量表现得很失望，"我在这家公司工作了七年，从来没有发生过这样的事情。事情是，有人偷走了我的制服，反正现在它不见了，而唯一的替换制服在我洛杉矶的家中。今晚我不得不飞走，而我能肯定的是，我不能穿便服驾驶……你知道这里什么地方能弄到制服吗？供应方等等，或者借到一套，让我这次飞完就行。"

约翰逊笑了笑。"别担心，这不是什么大问题。"他回答道，"你手边有纸笔吗？"

我说有，然后他继续说："去健美制服公司找罗森先生。他会帮你解决的。我会打个电话通知他你等下过去。能再说下你的名字吗？"

"罗伯特·布莱克。"我回答，希望他仅仅是因为忘记了才问。他最后说的话让我感到放心。

"不要着急，布莱克先生。罗森会帮你搞定的。"约翰逊兴高采烈地说道。他听上去像个刚做了好事的童子军，他的确做了。

不到一个钟头，我走进了健美制服公司。罗森是个看上去严厉的小个子，言行冷漠，胸前晃动着裁缝的卷尺。"你是布莱克机长？"他尖着嗓子问道。我说是的，他就对我勾了勾手指，"过来这里。"

我跟着他穿过迷宫般的衣服货架，上面挂满了各种各样的制服，显然是几个不同航空公司的。在一个深蓝色西服的陈列架旁，他停了下来。

"你是什么级别？"罗森问道，一边筛选着一排上衣。

我对航空术语一无所知。"副机长。"我说，希望没回答错。

"第一副机长？"他说道，接着递给我上衣和裤子，并比了比尺寸。最后，罗森满意地拿了套，说："这虽然不是最合身的，但我没有时间修改。你先凑合着穿，等你有时间了再搞套合适的。"

他拿着上衣来到缝纫机前，熟练迅速地在每个袖口缝上了三条金边。然后又给我挑了顶大盖帽。

我突然注意到制服上衣和帽子上都缺了某样东西。"泛美航空的机翼标志和徽章在哪里？"我问道。

罗森困惑地看着我，我顿时紧张起来。完了，我想。然而罗森耸了耸肩。"哦，我们不包那些，我们只管做衣服。你说的是五金配件，那些是由泛美公司直接提供的，至少在纽约是这样。你去泛美航空的商店部门可以弄到这些机翼标志和徽章。"

"哦，好的。"我笑了笑说，"在洛杉矶，标志之类的是和制服一起提供的。这套衣服要多少钱？我会给你开张支票。"我正伸手去拿支票簿，才反应过来我支票上的署名是小弗兰克·阿巴格内尔，这差点暴露了我的伪装。

罗森替我阻止了这个灾难。"一共289美元，但我不能收支票。"我表现出失望。"哦，我的天，罗森先生，那我得先去兑现再来给你钱。"

罗森摇了摇头。"我也不收现金。"他说，"我会把这账记到你的员工账户上，它会从你制服津贴或者工资支票上扣除。在我们这里是这样操作的。"罗森真是个航空业务的信息源泉，我对此非常感激。

他给了我一套一式三份的表格，我开始按要求填写信息。我名字旁边有五个连在一起的小格子，我猜测这里是填写员工工资的地方。五个格子，五位数字。我填下脑海中出现的第一组五位数，签上名，然后交给罗森。他扯下最底下一份，递给我。

"非常感谢，罗森先生。"我说着就离开了，拿着我可爱的制服。如果罗森回了我什么话，我肯定没有听见。

我回到房间，又拨打了泛美航空公司的总机。"对不起，但我想找商店部门。"我说，表现得很困惑，"请问这里是哪个部门？我没在公司，而我要递送些东西。"

总机小姐总能帮上忙。"商店是我们的员工物资供应处，"她说，"在肯尼迪机场第十四机库。你需要指引吗？"

我说不需要，并对她表示感谢。我乘上了去肯尼迪机场的巴士。当司机在第十四机库前放我下车时，我感到非常沮丧。无论泛美航空在第十四机库存放什么东西，一定很有价值。这个机库就是堡垒，被一圈高高的围栏包围着，顶部还缠着几股带刺铁丝。入口处由装备着武器的警卫把守。每个入口的警卫室上都有一个警告标记：员工专用。

当我从汽车站往里侦查的时候，看到一拨飞行员、空姐和平民一起走进这个被重重包围的地方。我发现普通人在警卫面前停下并出示了身份卡，但大部分穿制服的工作人员、飞行员和空姐，只是很悠闲地穿过大门，有些甚至看都不看警卫一眼。接着有个人折回来对警卫说了些什么，我注意到他胸前机翼标志下面的口袋上别着身份卡。

那天预报说要下雨。我随身带了件雨衣，黑色的，和一些飞行员挂在手臂上的雨衣很相似。之前拿到的航空制服装在一个小的帆布袋里。我察觉到一丝契机，就好像当年卡斯特偶遇苏族人"坐牛"[①]时的感觉。

于是我也像卡斯特那样行动，向前冲锋。我走进机场一间卫生间，换上制服，把便服塞进帆布袋。然后我离开航站楼直接走到离第十四机库最近的通道。

警卫正在警卫室里，背对着我。靠近门口时，我快速把雨衣甩在左肩上，把上衣整个左半部分遮住，并且迅速脱下帽子。当这名警卫面向我的时候，我正用手指梳理着头发，帽子拿在左手上。

我没有放慢脚步，面带微笑，快速说了句"晚上好"。他并没有拦住我，反而也向我问好。不一会儿工夫，我就在第十四号机库里面了。这真的是一座飞机库。一架闪闪发亮的波音707停在这幢楼的后方，高高屹立在室内。但第十四号机库同样也是个巨大的办公区域，包括机长领队办公室、空姐领队办公室、泛美航空的气象办公室，还有其他几十个小房间，我认为是泛美派作他用或者给其他员工的。这个地方挤满了人，似乎有几十个机长、几百个空姐和数不清的普通人在这里乱转。我觉得这些普通人可能是其他办事员、票务代理、机械工或者其他地勤。

[①] 乔治·阿姆斯壮·卡斯特（1839–1876），美国内战和印第安人战争时期著名将领。"坐牛"Sitting Bull（1831–1890），美国印第安人苏族人部落首领，被认为是最后一个向美国政府投降的苏族人。

在大厅里我踌躇了起来，突然感到忧虑。我觉得自己是个十六岁的孩子，而且确信，如果任何人见了我都会意识到我太年轻了，不可能是个飞行员，还会叫来附近的警察。

我没有扭头回避。那些看到我的人都漠不关心，对我毫无兴趣。对面的墙上贴了张大布告，罗列了各个部门并用箭头标明了方向。我要找的供销部在左面一条走廊后面，这是个类似军用的房间，里面有无数个用来摆放箱子的架子。有一个瘦长的年轻人坐在一个大书桌前面的椅子上，衬衫的右边绣着他的名字，看到我来到柜台前，他站了起来。

"请问需要点什么？"他用一种糖浆般黏腻的语调问我。这是我第一次听到纯正的南方口音。我挺喜欢的。

"嗯，是的。"我说，并试图咧嘴苦笑，"我需要一对机翼标志和一个帽子上的徽章。昨晚我两岁的儿子把它们从我的制服上抠了下来，他之前可没有这样做，也不会做，告诉我他对它们做了什么。"

店员笑了起来。"我们消耗在孩子和姑娘们身上的徽章比飞行员都多，我想。"他古里古怪地说，"不管怎样，我们还是应该把它们都换上。这是你的。给我你的姓名和员工号。"他从桌上的文件夹里拿出一张表，摊开，还有一对金色的机翼标志和一个泛美航空帽子上的徽章一起放在柜台上，然后提起笔。

"罗伯特·布莱克，副机长，35099。"我说，一边往帽子上贴徽章，并把机翼标志钉到外衣上，"我从洛杉矶来，你需要那里的地址吗？"

他咧开嘴笑了笑。"不用，该死的电脑除了编号其他都不需要。"他回答，给了我采购表格的复印件。

我闲逛着离开这座楼，尽量混进人群，不想引人注目。

我想尽可能多地探听关于飞机驾驶员和航空公司相关的信息，而这似乎是搜集一些精华的好机会。尽管这里有大量的飞行员和其他空勤工作人员，但他们似乎彼此都不认识。我对他们身上塑封的卡片特别感兴趣，很明显这是某种身份识别证件，大多数飞行员都炫耀似的把它别在胸前。我观察到空姐也有类似的身份卡，但她们把它夹在小提包的带子上。

大厅里，两个飞行员正仔细看着钉在大布告栏上的通知。我停下来，假装也在看那些通知，主要是关于美国联邦航空局或者泛美航空公司的一些备忘，但我真正目的在于能近距离看一看他们中的一个身份卡。卡片比我口袋里的驾驶证略微大一些，除此之外，右上角还有一张和护照上尺寸一样的彩色照片，顶部是泛美公司的名字和标志，用的是泛美的标志色。

很显然，当我离开这幢楼的时候，深刻反省了一下。如果想要成功扮演泛美航空飞行员的话，我需要准备除制服以外更多的东西。我需要一张身份识别卡，还要更多的关于泛美航空操作经营方面的知识。我把制服扔进衣柜，开始出没在公共图书馆，仔细搜查各个书店，研究各种能得到的飞机驾驶、航天方面的素材。一次偶然看到的一本小书证明了它非同一般的价值。这是本泛美航空退休机长的回忆录。里面有许多的照片和航空术语。直到后来我才知道，这些飞行员专用名词多多少少已经过时了。

我认为很多应该知道的事情，并不能从书本或杂志上读到。所以我又回到泛美航空上来。"请帮我转飞行员。"我对总机说，

"我是我们高中报刊的记者，打算写一篇关于飞行驾驶员日常生活的报道——在哪里飞行、怎样训练等等之类的事情。你觉得他们会跟我谈论这些吗？"

泛美的员工总是最亲切的。"那么，我帮你接通到飞行员休息室。"电话里的女人说，"会有人在那里休息，可能回答你的一些问题。"

接电话的是一个机长，非常乐意帮忙。他很高兴看到年轻人对在航空领域的职业规划感兴趣。在一些无伤大雅的提问之后，我开始问他一些我想知道的问题。

"泛美航空最年轻的飞行员大概多少岁？"

"这个要看情况。"他回答，"我们有一些随机工程师可能还不到二十三四岁。最年轻的副驾驶可能才刚二十八九岁。机长的平均年龄应该在四十左右。"

"明白。"我说，"那么，对于一个二十六岁甚至更年轻一点的人来说，当副驾驶是不是不太可能？"

"哦，不是的。"他迅速地回答，"我不知道我们公司在这个年龄段是否会有，但其他航空公司确实有许多年轻的副机长，我观察过。当然这得基于很多因素，他开的飞机种类以及他的资历。所有事情都由资历来决定，就是你在这家公司待了多长时间。"

我为自己找到了很多有用的线索。"你们什么时候招人，我是说，一个飞行员要到几岁才能在航空公司工作，比如在泛美？"

"如果我没记错的话，可以在二十岁的时候先从随机工程师做起。"机长回答，他记性可真好。

"那么一般来说，干了六到八年之后，就可以成为副驾驶员了？"我接着问。

"是的，很有可能。"他承认，"事实上，我得说，一个有能力的人在六到八年后成为副机长并不稀奇，有的甚至时间更短。"

"你是否介意告诉我一个飞行员的薪酬？"我问。

"好吧，这还是得看情况的，要根据他飞行的线路、每周飞多少个小时以及其他很多因素。"机长说，"我只能说一个副机长最高的工资大概3.2万美元左右，机长的话在5万美元左右。"

"泛美航空有多少个飞行员？"我问。

机长笑了出来。"孩子，这个问题问倒我了。我不知道确切的数字。不过估计一千八百来个总归有的。你可以找人事经理，他那里比较详细。"

"哦，不用了，大概数字就好了。"我说，"这些飞行员都分布在多少个地方？"

"你说的是基地吧，"他回答，"我们在美国一共有五个基地：旧金山、华盛顿特区、芝加哥、迈阿密和纽约。这些城市是我们机组人员的驻地。他们向该城市汇报工作，比如说，从旧金山飞出去的航班最终得飞回这座城市。泛美不飞境内，知道这点可能会对你有所帮助，我们不在国内各个城市间飞来飞去。严格意义上讲，我们是个国际航空公司，全部是海外航班。"

这个信息对我帮助很大。"这可能听上去对你来说有些奇怪，机长，比起其他事情，这是我最想知道的，就是如果我是纽约的副驾驶，而你也是，但我们俩却有可能从未见过面？"

"非常有可能，不仅仅是副驾驶，因为我和你可能从来没在同一个航班里飞过。"这个健谈的机长回答，"除非我们在公司开会的时候碰到，或者在其他一些社交活动上，这也未必会发生，我们可能永远也碰不到一块儿。你要更习惯去认识机长和随机工程师，而不是同级别的副机长。你会和不同的机长、不同的工程师一起飞行，转机的时候你又会碰到他们一次，但你永远不会和另一个副机长一起飞，因为一架飞机上只有一个副机长。

"这里航空体系的飞行员太多了，其实，没有一个人能认识其他全部飞行员。我在这家公司干了十八年，知道的飞行员也不会超过七八十个。"

机长的话语打消了我小脑袋中的一切疑云。

"我听说飞行员可以免费搭乘飞机，我是指作为一名乘客而不是飞行员，是这样吗？"我插了句。

"是这样的。"机长说，"但是现在分两种情况。我们有通行特权，比如我和我的家人要出去旅游，可以以替补的身份乘坐飞机。也就是说，如果机票没有全部卖光，我们就可以坐那些未出售的位子，只需要支付机票上的税。

"还有一种就是免费乘客。举个例子来说，如果我的老板今天晚上通知我第二天要飞往洛杉矶，我可以搭乘达美航空、东方航空、环球航空或者其他能让我及时飞到洛杉矶的航空公司。我可能要么占一个空的乘客座，或者，更有可能的是，坐折合椅。那是驾驶室里的一个小折叠椅，通常就是给免费搭机的飞行员、贵宾或者联邦航空局的视察员准备的。"

"那你需要帮他们一起驾驶吗？"我问。

"噢，不用。"他回答，"你瞧，我是另一家航空公司的。你可能会被邀请坐在总驾驶座上，但我一直都拒绝。我们互相乘坐彼此的飞机，但这不是工作。"他笑笑。

"你是怎样做的呢？我是指，当免费乘客。"我是如此的热切，而机长也非常有耐心，他一定很喜欢孩子。

"你什么都想知道，是吗？"他亲切地说，然后继续回答我的问题。

"嗯，是这样的，我们管它叫粉色纸条。比如说我要乘坐达美航空去迈阿密。我先去达美航空操作中心，向他们出示我的泛美航空身份卡，填写达美航空的粉红色纸条，跟他们讲我要去的目的地，提供我在泛美航空的职位、员工号以及联邦航空飞行员执照号。接着拿一张表格的复印件作为我的'通行证'。在登机的时候把它交给空姐，然后就能坐折合椅飞行了。"

我没有停下，他似乎也不介意我继续问。

"飞行员执照看上去怎样？"我问，"像是挂在墙上的那种证书，还是像驾驶证那个样子，或者别的？"

他笑了。"不，不是挂在墙上的那种证书。这有点难描述，真的。它和驾驶证差不多大小，但里面不用贴照片。就像白色的卡纸上印着黑色的字。"

我决定是时候让这个好心人回去休息了。"噢，机长，真是太感谢你了。"我说，"你真是太棒了。"

"很高兴能帮到你，孩子。"他说，"祝你以后能佩戴上泛美航空的标志，如果你愿意的话。"

我已经有这些标志了。我现在需要的是身份卡和联邦航空飞行员执照。我并不太担心身份卡。飞行执照把我难住了。联邦航空局可不是邮购商行。

我用手指头来代步，寻找合适的身份卡。我翻开黄页电话簿，搜索"身份卡"条目，找到一家位于曼迪逊大道的公司（我觉得任何设在曼迪逊大道上的制作身份卡的公司一定都有点儿名头），我穿上商务正装去了那家公司。

这是一处非常气派的办公场所，入口处设置了一个前台。"有什么事吗？"前台小姐干练地问道。

"请帮我找下你们的销售代表。"我以同样专业的语气回答。

这个销售代表浑身散发着一种自信，以他的言行来看，还不屑于接小单子。因此我觉得最好能够引起他的兴趣，让他心动，一定得是个庞大的数目。

"我是弗兰克·威廉，来自波多黎各岛的加勒比航空。"我利落地说，"你很可能已经知道，我们正在扩展美国大陆的业务，目前为止我们在肯尼迪的分部里有两百号人。现在我们只用纸制的临时身份信息卡，而我们想用正式的、压层塑封的硬卡，上面有彩色照片和公司的标志，就像其他航空公司用的那样。质量一定要好，我知道你们这里只做高质量的东西。"

如果他知道加勒比航空，还知道正在向美国扩展业务的话，那他可真是神通广大了。但显然他是不会专注于真相而放过钓大鱼的机会的。

"哦，是的，威廉先生。我来给你看看我们在这方面的产品。"他热情地说，一边把我带到他的办公室。他从架子上取下一个用皮革装订的巨大样板册，快速翻阅目录表，从高档羊皮纸到打着好看水印的契约书，而后翻到都是各式各样身份卡的那页。

"这里，大部分来找我们的航空公司都用这种卡。"他一边说，一边用手指了指，那张卡完全就像是泛美航空卡片的复制品，"上面标有员工号、哪个基地的、职位、描述，如果你想要的话，还有照片和公司标志。我认为它非常合适。"

我点了点头表示完全同意。"是的，我认为这就是我们想要的卡。"我说。这肯定就是我要的卡。他给了我一个完整的费用概要，包括所有的浮动因素。

"你能给我一份样品吗？"我突然心血来潮，"我想先拿给领导过个目，因为是他们说了算。"

这个销售感激了一会儿。我研究了下这张卡片。"这张就行，但它是空白的。"我说，"这样吧。不如我们干脆把完成品做好，这样领导们就会知道最终产品是什么样子。可以就拿我的做样本。"

"这真是个好建议。"销售说着，便把我带到了拍证件照的相机前，几分钟后，适用于身份卡大小的大头照就印出来了。

他拿来几张照片，我们选了一张（他很客气地让我来挑），然后他把照片贴到卡上，修剪整齐。再在合适的空格里填上了我的假名字、自封的职位（副机长）、虚构的员工号码、身高、体重、肤色、年龄和性别。最后他把卡片封在了一个干净、牢固的塑封里，并和他的名片一起递给了我。

"我能保证我们会帮你们把事情办好的，威廉先生。"他边说边送我出去。

他已经帮我把事情办好了，除了一个细节之外。这张可爱的身份卡上没有泛美航空那具有特色的标志，也没有公司名字。我正发愁怎样解决这个问题的时候，一家模型店的陈列橱窗吸引了我的眼球。在弧形的架子上，优雅地摆放着一排排的模型飞机，其中有一些商务机。而在这些商务机当中，有一架漂亮的泛美航空喷气式飞机，尾翼上贴着那著名的标志，在机身和机翼上则是由泛美航空认证字体刻印的公司字牌。

模型有几种尺寸。我买了最小的那种，还没有组装好的要2.49美元。我急匆匆地赶回家，把飞机零件扔到一边。照着工具箱里的说明书，我把印花纸和字牌浸泡在水里，直到它们从底层剥离下来。标志和公司字牌都是用极其薄的塑料片做的。我把泛美的标志贴在身份卡的左上角的位置，然后小心翼翼地把公司字牌放在卡片顶部。当它们干了的时候，这些清晰的印花就好像是印在卡片上的一样。

简直完美。一张完完全全的泛美航空身份证件复制品。只有通过分光镜的检验才能查得出这些印花其实是在塑封外面的。我甚至可以把这张证件别在胸前，通过泛美航空董事会的检阅了。

然而，作为一个假冒的飞行员，我仍然不能上天。我想起自己以假身份采访机长时他说的话："飞行执照是最重要的。操作飞机时，你得每时每刻把它带在身边。我把它和我的身份卡一起放在卡套里。经常会有人要求你出示执照和身份证件。"

这个问题我反复思考了几天，但由于缺乏商务航空学校的培训，我怎么也想不出解决办法。于是我只得继续频繁造访各个书店，翻阅各种各样的航空出版物。我并不确定自己到底在找什么，但是我找到了。

就是它了，某本书的背面印着一个小广告，上面是一家位于密尔沃基的证章制作公司，为专业人士提供服务。他们提供制作任何飞行执照的复制品，银制的，安装在一块帅气的八英寸长七英寸宽的硬木装饰板上，只需花费35美元。这家公司使用标准规格的证书，预制了联邦航空局使用的印模。一个飞行员所要做的全部事情，就是提供相关的信息，包括联邦航空局飞行员证件号以及评定结果，然后该公司就会给你一张银光闪闪的复制品，可以让你拿着四处招摇。看来，联邦航空局确实有个邮购分部。

自然，我也想要一块这样的复制品。我觉得总归有什么办法把它弄到手，裁剪到合适的尺寸，弄到合适的纸上。那样我就有飞行员执照了！

我对这个主意感到欣喜若狂。我没有给这家公司写信，而是直接拨打他们在密尔沃基办公室的电话。我告诉他们的销售，我想要一块装饰板，并且询问可否通过电话来交易。

他对我如此急迫没有表达出丝毫惊讶。"好吧，你可以在电话里提供给我所有需要的信息，但在装饰板制作之前，我们得先收到支票或者汇票。"他说，"同时，我们可以先开始制作一下草图，就当是个特殊订单。包括邮寄和特殊手续费在内，一共是37.5美元。"

我没有跟他讨价还价。我给了他我的化名：弗兰克·威廉。还有虚报的年龄、正确的身高体重、头发和眼睛的颜色，以及社会安全号码。飞行员的执照号通常和他的社安号一致。我给自己按上了一个飞行员所能得到的最高评级：航空运输级别[1]。我告诉他我在DC-9s、波音727和707上都训练过，并给了他我在纽约的地址，让他把邮件寄到邮局存局候领（商业航空飞行员大部分时间都在路上）。还告诉他我会在当天就寄汇票。其实，我不到一小时后就把汇票寄出去了。这

---

[1] 航空运输飞行执照是美国航空飞行员所能获得的最高级别证书。申请人必须年满23周岁，飞行时间达到1500小时以上，允许副驾驶员申请。

是最近几个星期来，我开出的唯一一张合法的汇票。

没到一个礼拜，银制执照就寄了过来。实在太华丽了。我不仅仅被证明是个纯正的飞行员，而且证件副本甚至还凸显了联邦航空局局长的签名。

我把复制品带到布鲁克林一家小印刷店里，找到领头的印刷工。"你看，我想把我的证书缩小，这样我就能把它放进皮夹，你懂的，就像文凭一样随身带着。能做到吗？"我问。

印刷工端详着复制品，赞不绝口。"天啊，我不知道飞行员学飞行的时候还能有这样的东西。"他说，"比大学文凭可精美多了。"

"其实，真正的证书是一张执照，但它在我洛杉矶的家里，"我说，"这个东西我女朋友当作礼物送给了我。但我要在这里逗留几个月，因此我想要一张皮夹子尺寸的证书复印件。你能搞定吗？还是我必须把执照原件寄过来？"

"没问题，用这张做就可以。"他说，然后用一个特殊的照相机，把证书缩小到真实尺寸，印在厚厚的白色纸张上面，修剪好后递了给我。整个过程用了不到三十分钟，而且只花了我5美元。我用两片塑料膜把它压在当中。我从没见过真正的飞行执照长什么样子，但这张肯定看上去也差不多了。

我穿上飞行员制服，它已经被修改得很合身了，帽子吊儿郎当地斜戴着，乘上了去拉瓜地亚机场的巴士。

我准备去执行飞行任务了。前提是飞机得由其他人来开。

3

免费翱翔

制服穿在身上就有一股吸引力，尤其是那种一看就知道必须得有特殊才能、品格或荣誉的人才能穿的制服。

空降兵的翅膀徽章表明他们是特殊的士兵；潜艇兵的海豚标志表明他们是不一样的海员；警察的蓝色制服象征着权威；护林员的工作服能让人们想到荒野求生；就连门卫那华而不实的制服也能让人隐约联想到皇家风范。

当我穿着泛美航空飞行员制服走进拉瓜地亚机场的时候，感觉好极了。显然，我受到了尊敬和爱戴。男士们羡慕或者嫉妒地望着我；漂亮女人和姑娘们都在朝我微笑；机场警察向我礼貌地点头示意；飞行员和空姐们经过时，微笑着和我搭话，或者伸手朝我打招呼。每个看见我的男人、女人以及孩子看起来都十分亲切和友好。

这真让人陶醉，我喜欢这种感觉。其实，我很快就上瘾了。在后来的5年里，制服成了我的另一个自我。我对制服的着魔程度就像一个注射海洛因的瘾君子。每当我感到孤独、沮丧、受挫，或对自己的价值产生怀疑的时候，我就会穿上我的飞行员制服，走到人群中。制服给我带来了尊敬和尊严。不穿的话，我会时不时地觉得自己一无是处，垂头丧气。而一旦穿上，在那一瞬间，我就觉得戴上了幸运之神的帽子，穿上了七里格靴①。

那天早上，我在拉瓜地亚机场大厅的人群中转悠，沉浸在自己虚假的身份所带来的荣耀中。我真想一路蒙混过关，就这样搭上飞机去某个遥远的城市，开始我的支票诈骗生涯。但我推迟了这个想法。我正尽情享受着被关注和尊敬的无限乐趣。

我饿了。机场有许多咖啡店，我走进其中一家，在靠近柜台的一个凳子上坐下，点了一份三明治和一杯牛奶。就在我快吃完的时候，一名环球航空的副机长过来坐到我斜对过的凳子上。他看看我，点点头。他点了咖啡和蛋糕卷，然后略带好奇地打量我。

"泛美航空的人到拉瓜地亚机场来有何贵干？"他随口问道。看来泛美航空在拉瓜地亚没设过航班。

"哦，我从旧金山随便搭了一班，只要是头班飞机。"我回道，"我还要赶一架去肯尼迪的直升机。"

他咬了一口蛋糕卷，问："你是什么设备？"

我顿时蒙了。差点没把我吓死。设备，他指什么设备？引擎、驾驶舱仪器，究竟是什么？我不记得有听说这个词在商务航空方面用到过。我拼命地在脑海中搜寻答案。很明显，他问的是个非常普通的问题。我脑中重新回顾了那个泛美航空老机长的回忆录，那本小小的书，我当初真心喜欢，实质上已把它当作了一本指南书。我

---

① 来源于欧洲民间传说，相传人穿上它就能以每步七里格的速度行走。一里格相当于三英里。

想不起他有提到过"设备"这个词。

然而它似乎意义重大。这个环球航空的飞行员正看着我，等着我的回答。"通用电气。"我抱着侥幸回答。显然，这个答案不对。他的目光冷淡了下来，面露戒备。"哦。"他说。语气已不再友好，一门心思地吃起他的咖啡和蛋糕。

我大口喝完剩下的牛奶，在柜台上扔了3美元铜板，这远远不止这顿饭的钱。我站起身朝环球飞行员点头示意。"再见。"说着便朝门口走去。

"Fruzhumtu。"他嘟囔了一下。我不确定他到底说了些什么，但这发音很可疑，像是我不会讲的话。

不管怎样，尽管我做了很多事先工作和研究，但我还是意识到自己并没有充分准备好去冒险搭乘飞机。很显然，比起别的来，我需要更好地了解掌握航空术语。离开航站楼时，我看到一个环球航空的空姐正吃力地拎着一个沉重的大包。"要我帮忙吗？"我一边问，手一边伸向她的行李。

她立即把包丢给了我。"谢谢你。"她笑成了一朵花，"我们机组人员的巴士就停在外面。"

"你们刚来？"我们朝巴士走去的时候，我问道。

她做了个痛苦的怪相："是的，可累死我了。我们的飞机上有大约一半的人是卖威士忌的，他们要去苏格兰参加个会议，你能想象出那会是个什么场景。"

我能想象到，便大笑了起来。"你们是什么设备？"我忍不住问道。

"波音707，我很喜欢。"她说，我把她的行李搬上了车。在车门前她停下并伸出手："非常感谢，朋友。幸亏有你帮忙。"

"愿意效劳。"我是认真的。她身材苗条，举止优雅，长着妖精一样的脸蛋和红褐色的头发。实在是迷人。要在别的场合，我一定会让自己进一步了解她。而现在，我甚至连她的名字都没问。她是很可爱，但她也知道得太多，甚至知道每一个乘客从这里飞到那里要干什么。如果和她约会，可能会让我露馅而带来不必要的尴尬。

显然，航空公司的人都喜欢说行话，而那时，我明显还没准备好踏入那个圈子。所以设备就是指飞机的型号咯，我沉思着，一边朝我乘坐的巴士走去。我觉得自己有点儿傻，然而，在回曼哈顿的半路上，我想到一个奇怪的场景，不禁笑出声来。那个环球航空的副机长现在很可能已经回到飞行员休息室，然后告诉其他环球同事，他刚才碰到一个泛美航空的怪人，他是驾驶洗衣机的。

于是接下来的几天，我开始卧薪尝胆。以前我就发觉，能给我提供最佳情报来源的就是航空公司本身，因此我开始给各个不同的航空公司打电话，打探信息。我声称自己是一个大学生，要写一篇关于航空运输系统的论文，或者一名初出茅庐的作家、杂志撰稿人，抑或是某个地方日报的新手记者。

通常，他们的总机会把我转给公司的公关部。我发现，航空公司公关部的人特别喜欢对自己的公司高谈阔论。很快我就确认我的航空专业知识还处于小学生水平，但是不到一个星期，我就跳过中学，直接准备我的学士学位了。

在航空公司的宣传部里，有很多人做过机组人员，他们十分乐意向我提供大量丰富的新闻轶事和技术情报，比如美国和国外航空公司使用的飞机型号、油耗，以及速度、高度、载重量、客容量、机组人员数等等。

举个例子，我了解到，很多商用航空公司的飞行员是从军队吸收来的。他们告诉我，那些没有空军或者海军航空兵背景的飞行员，不是从二流航空公司晋升上来，就是在像恩布利-里德尔①这样的私人航空学校毕业的。

恩布利-里德尔航空航天大学位于佛罗里达的代托纳海滩，是国内最受公认的，很可能也是最大的一所商用飞行训练学校。它是航空界的巴黎圣母院。假使一个对航空知识一窍不通的高中毕业生进入恩布利-里德尔航空大学学习地面课程，几年后，他就能够驾驶当前任何一种喷气式客机。

"我们的飞行员不是来自空军海军，就是来自恩布利-里德尔。"一个航空宣传部的人骄傲地说。

我对军队方面的事情一无所知。我无法区分士兵和中将。因此我给自己颁了恩布利-里德尔大学的奖学金，并以最优异的成绩毕了业，还额外给自己加了几年在东方航空公司的工作经验。

随着我对航空公司以及航空术语的知识不断扩充，我又重拾自信。我以弗兰克·威廉的名字开了个银行账户，用的是邮政信箱地址。当我从邮局收到订购的两百张个人支票后，我便开始尝试用航空公司飞行员的假身份来兑现支票。

这简直就像在布朗克斯动物园②里狩猎。出纳从现金抽屉里拿出

---

① 恩布利－里德尔航空航天大学，是世界上航空学、航空航天学领域内规模最大的学府，校址位于佛罗里达州的代托纳海滩和亚利桑那州的普雷斯科特。由塔尔顿·希格比·恩布利和约翰·保罗·里德尔在 1925 年建立。

② 布朗克斯动物园，位于纽约市布朗克斯区，是北美乃至世界上最大的动物园之一，拥有超过 650 个物种、4000 只动物。

钱的速度不能再快了。大部分出纳甚至都没有要求核实证件。尽管如此，我还是把我的假身份卡和飞行员执照推给他们看，我可不想我的手工活儿派不上用场。最初两张我写的支票是合法有效的，但后来的那些支票的价值就跟口香糖的包装纸差不多。

我开始定期去拉瓜地亚机场转悠，倒不是想搭乘飞机，而只是去碰碰航空公司的人，偷听一下关于航空公司的谈话。可以说，就是去测试一下我的词汇量。我避开了肯尼迪机场，因为泛美航空的总部就设在那里。我怕碰到的第一个泛美航空飞行员就认出我是个冒牌货，当场对我进行军事审判并摘掉我的机翼徽章和纽扣。

在拉瓜地亚机场，我就像老鼠跌进了米缸。就像有些书凭借封面就能判断畅销与否，而我只要穿上制服，就立即成为了一本畅销书。一般咖啡馆只要有十几二十个飞行员或其他机组人员在里面休息，我就会去光顾，而每次总有人邀请我坐到他身边。更多的时候则是他们一起请我加入他们，因为航空公司的人都喜欢像鹅一样群聚。机场附近的鸡尾酒吧也是如此。由于还没有尝试过酒精，不敢确定我对它会有什么反应，所以我还从来没有在那些酒吧里喝过，也没有人来问过我为什么不喝酒。

我已经知道，无论哪个飞行员都能体面地拒绝酒杯，因为"起飞前十二个小时之内禁止饮酒"。很显然，没人会想到我还从来没有"起飞"过。人们只看到我的表面。我穿着泛美航空的飞行员制服，因此，我肯定就是泛美的飞行员了。如果巴纳姆①还活着，他一定爱死航空飞行人员了。

---

① 菲尼亚斯·泰勒·巴纳姆（1810-1891），美国马戏团经纪人兼演出者，巴纳姆-贝利马戏团的创建者。

一开始，我并不怎么说话。我通常让自己淹没在他们的交谈中，留意他们的用词和表达。没多久，我的谈吐就像一个地道的航空人士那样了。对我而言，拉瓜地亚机场就是航空界的语言学校。

有些语言教材实在是非常漂亮。我想那些空姐不常碰到一个真正年轻、看上去和她们同龄的飞行员。"你好呀！"有的空姐走过我时会主动上前来，用那甜美的声音向我打招呼，这绝对是在勾搭。要拒绝那么多邀请，实在是太失礼了。于是，我很快就和几个姑娘开始约会。我带她们出去吃饭、看戏、看芭蕾、听演出、去夜总会，以及看电影。还有去我住的地方，或者她们的。

我喜欢她们的头脑。

当然她们身上的其他部分也妙极了。但这是我有史以来第一次对一个姑娘的专业知识比对她的身体还感兴趣。当然，才貌双全的话是最好啦。卧室是一个绝佳的课堂。

我是个聪明的学生。我是指，要了解航空公司关于旅游资费手续的全部明细，得像搞学术研究一样专心致志，比如，当有人此时正在咬你的肩膀，用指甲抠你后背的时候，只有一心一意的学生才会对一个全身赤裸的小姐说："嘿，这就是你的飞行手册？和我们公司的空姐用的有点儿不一样。"

我小心翼翼地窃取她们脑袋里的信息。我甚至和三个空姐去马萨诸塞州的山庄玩了一个礼拜，虽然她们对我的精力表露过几分疑虑，但是没有一个人对我的飞行员身份有过怀疑。

不要认为空姐这个群体都是放荡随意的，她们可不是。所有空姐都是性欲女神的传说，只是个传说而已。硬要说的话，空姐在性生活上要比其他女性更慎重，也更讲究。我熟悉的有些空姐是非常聪明、高雅、有责任心、工作出色的年轻女性，我并不同她们厮混。而那些和我一起玩闹并跳到我床上的女人，她们大多是秘书、护士、会计或者其他职业。空姐是正经人。我们对她们的回忆十分美好，如果对有些空姐的回忆比其他的更加甜美一些，那也不一定是性方面的原因。

我并没有泡所有我认识的空姐，其中一个至今让我印象深刻。她是达美航空的空乘人员，在刚开始学习航空术语的那段时间里，我遇到了她。她的车停在机场，某个下午，她主动提出开车送我回曼哈顿。

"你能在广场放我下车吗？"我们穿过航站楼大厅时，我问，"我需要兑换一张支票，在那里大家都认识我。"那里没人认识我，但我故意这样说。

空姐停了下来，指了指这个庞大的大厅两边各一排的几十个航空售票柜台。在拉瓜地亚机场肯定有超过一百家航空公司在这里设立了售票业务。"去那些柜台兑换你的支票吧。随便哪一个都会帮你办的。"

"是吗？"我感到有些吃惊，但竭力掩饰住，尽量不表现出来，"这是个人支票，你知道，我们公司在这里没有设立机构。"

她耸了耸肩。"这没有关系。"她说，"你是身穿制服的泛美飞行员，作为礼节，这里任何一家航空公司都会接受你的个人支票。他们在肯尼迪机场也是这么做的，对吗？"

"我不知道。在这之前，我还从来没找到机会在售票柜台兑换支票呢。"这是实话。

美国航空的柜台离我最近。于是我走了过去，来到一个空闲的票务员跟前。"你能帮我兑换一张100美元的支票吗？"我问他，手里拿着支票簿。

"当然，十分乐意。"他微笑着说道，一边接过假票，看也不看一眼。他甚至都没有问我要身份证件。

从那之后，我就找机会，频繁地在机场售票柜台兑换支票了。我就像黄鼠狼走进养鸡场一样，在拉瓜地亚机场大捞油水。机场设施实在是太庞大，以至于我被逮到的可能性几乎为零。比方说，我会在东方航空柜台兑换一张支票，然后离开去航站楼的其他区域，继续瞄准另一家航空公司柜台。我很谨慎，从来不会在同一柜台光顾两次。后来，我在纽瓦克机场上演了这个骗术的精简版，又在泰特波罗机场利落地捞了几票。这比正儿八经地赚钱要有效率得多。

冒险家总会碰到客场比赛，无一例外。我的客场就是航空公司机组人员经常在途中下榻的酒店和旅馆。我甚至买了一张去波士顿的往返机票，这是用不正当的钱购买的正当机票，在我用花花绿绿的欠账单糊满了洛根机场和周围机组人员的酒店之后，便匆匆忙忙赶回纽约。

冒充飞行员是如此轻松，我不禁为我的成功沾沾自喜，胆子也大了起来，觉得终于是时候去"免费搭乘"了。

我一直住在西区一套没有电梯的公寓里。我以弗兰克·威廉的名字租了一套小房间并且按时用现金来支付房租。我只有在付租金的时候才见得到女房东，她以为我在文具店上班。其他的房客都不认识我，我从不穿着飞行员制服在这幢楼附近出现。我没有电话，也从不用这个住址收发信件。

我收拾完行李，走出公寓，没有留下任何蛛丝马迹。就连蓝岭山最好的大嘴巴猎犬也无法嗅到我的踪迹。

我乘辆公交车来到拉瓜迪亚机场，走向东方航空的运行中心。一圈柜台后面有三个年轻人正在工作。"你好，先生，有什么事吗？"其中一个人问道。

"我想免费搭乘你们下一班飞机去迈阿密，不知你们是否还有座位空着。"一边说，我一边出示了我那张假的泛美身份证件。

"我们有一班飞机在十五分钟后就出发，威廉先生。"他说，"你是要乘这一班，还是等我们下午的航班？这两班的折叠椅都是空着的。"

我不想耽搁。"就乘这一班吧。"我说，"这样我能在海滩上多玩些时间。"

他给了我一份粉红色的表格。虽然我之前从来没见过它长什么样，但却很熟悉，这多亏了之前采访过的那位热心的泛美航空机长。表格上需填写的都是些基本信息：姓名、公司名称、员工号和职位。我填完后把表格交给他，他撕下第一联并把它递给我。我知道这就是我的登机牌。

接着他拿起电话呼叫联邦航空局，顿时我心里七上八下的。

"这里是东航。"他说，"在飞往迈阿密的602次航班上有个要搭机的。名字是弗兰克·威廉，泛美航空的副驾驶……好的，谢谢。"他挂断电话，朝玻璃窗外的一扇门点点头，"你可以从那里走，威廉先生，就在你左边那扇门那里登机。"

这是一架波音727。大多数的乘客已经登机。我把手里的粉红色的单子交给机舱入口处的空姐，然后转身走向驾驶舱，就好像我这样做了很多年一样，熟门熟路。我把行李放到空姐指示的隔舱，然后通过狭小的舱口挤进驾驶舱，我觉得自己很潇洒，很了不起。

"大家好，我是弗兰克·威廉。"我对坐在舱内的三个人说。他们正忙着什么，看到我进来也没怎么搭理，只是点点头，后来我才知道，他们正忙着核查清单。

我环顾了一下满是仪器的驾驶舱，心中又开始小鹿乱撞。我并没看到折叠椅，折叠椅到底长什么样子？舱内只有三个座位，都被他们坐掉了。

这个时候，随机工程师抬起头看了看我，笑了起来。"哦，对不起。"边说边把手伸到我身后，把驾驶舱的门给关上了，"请坐。"

当门关上的时候，连接在地板上的一个小型座位，"咔嗒"一下就放了下来。我慢慢地坐进这一小块栖身之地，觉得应该来支烟。虽然我平时并不抽烟。

之后就没人和我说过话了。直到飞机升空，这个红光满面、棕色头发夹杂着银丝的机长，才开始一一介绍他自己、副驾驶和随机工程师。

"你在泛美干了多久啦？"机长问，我从他的口气中听出来，他只是想起个话头。

"今年是第八年。"我刚说出口就觉得不对，应该说六年的。

然而，他们三人没有一个对此表现出惊讶。看来，我的工龄和级别还是相符的。

"你开什么设备？"副驾驶问。

"波音707。"我回答，"以前开DC-8，最近两个月才换的。"

虽然在飞往迈阿密的一路上我如坐针毡，但其实这一切都出奇的简单。我被问及是在哪里受训的，我回答是在恩布利－里德尔。我还说我刚毕业就被泛美航空录取了。之后的谈话就漫无条理、无关紧要了，而且主要是那三个东航人员在聊。再也没有牵扯到我、可能威胁到我冒牌身份的话题出现。负责交通的副驾驶曾一度递给我一副耳机，问我是否想听一下，但我谢绝了，我说我还是比较喜欢这种摇滚模式。这话引来一阵欢笑。我认真刻苦地监听着他们的谈话，收集他们讲到的俚语词汇，并记下这些行话的使用方式。他们三个都已结婚，因此大部分的话题都围绕着各自的家庭。

服务驾驶舱的是一个深褐色头发的漂亮空姐。我从厕所返回驾驶舱的时候，途中停下来，和她聊了一会儿。我得知她正在迈阿密短暂停留，于是就和她约了当天晚上见面，之后我回到了驾驶舱。她和当地的一个女性朋友住在一起。

下飞机前，我对那三位飞行员表示感谢。他们漫不经心地祝我好运，机长表示，只要我有需要，折叠椅随时为我准备着。

我以前从没来过迈阿密。机场航站楼被热带植物和棕榈树所围绕。温暖的阳光，还有晴朗清澈的天空，都惊艳到了我，让我兴奋不已。由于没有高楼林立，这里的景色开阔空旷，人们身着高档休闲衣服悠然地在机场漫步，我感到置身在一个前所未见的奇妙世界里。我走进航站楼之后才意识到，我还完全不知道泛美航空把它的员工安置在什么地方。好吧，反正这个问题很容易解决。

我走向泛美航空的售票柜台，柜台后边的姑娘正忙着接待乘客，她先请乘客见谅，然后走到我跟前。"请问有什么事吗？"她好奇地看着我，问道。

"是的。"我说，"我第一次在迈阿密做短暂逗留。我是以替补身份来这里的。一般我不飞这条航线。因为比较匆忙，还没来得及问我们的住宿地点。你能告诉我吗？"

"哦，是这样的，先生，如果停留时间不超过二十四小时，我们就住在航路汽车旅馆。"她突然热心起来，答道。

"是的，我就一天。"我说。

"好的，旅馆离这里很近。"她说，"你可以等机组人员的专车，或者乘出租车过去。你打算叫出租车吗？"

"我想是的。"我回答。我只能乘出租车。我可不打算坐上一辆满是正宗泛美航空飞行人员的车。

"那请稍等一下。"她说着，走到她的位子边，打开了一个抽屉，拿出一张行李领取单大小的卡片给我，"把它交给前方出口处任何一位出租车司机。祝你逗留愉快。"

这肯定是一张免费车票，能乘坐迈阿密任何一辆出租车。航空公司的人真是生活在牛奶和蜂蜜酿成的安乐乡里啊！我一边走出航站楼，一边心中感叹。我喜欢牛奶，当我在那家汽车旅馆登记时，我知道自己也已来到了蜂房。我用化名登记，地址写的是纽约市邮件存局候领处。登记人员接过卡片，扫了一眼，便在卡片正面盖上了一个"航空公司机组人员"的红色印章。

"明天一早我就退房结账。"我说。

她点了点头："好的，如果你愿意的话，现在就可以在这里签字，这样明天早上就不用特地过来了。"

"我还是明天早上来签吧。"我回答说，"今晚我可能还会有些花销。"她耸耸肩，把卡片放好了。

我在旅馆内没有看见泛美的机组人员。水池边聚集了许多人，十分热闹，如果那里有泛美的人员，我也不会引起他们注意的。我在房间里换上平时的衣服，找出东航空姐给我的电话号码，打了电话给她。

她开着朋友的车过来接我，我们在迈阿密海滩的夜总会里玩得非常开心。我并没有对她展开任何追求攻势，也没有对她大献殷勤。我梦幻般的沉醉在第一次作为飞行员成功探险的喜悦中，把这事儿忘了。等我想起来的时候，她已经把我送回航路旅馆，然后回家去了。

第二天早上五点半，我结账退房。大厅里只有一个打着瞌睡的人在值夜班。他拿好我的钥匙，给了我房间账单让我签字。

"我可以在这里兑换支票吗？"我签了账单，问道。

"当然可以，你带着身份卡吗？"他说。

我把身份卡给他，并填了一张100美元的支票，对于这家旅馆来说，应该不算大数目。他在支票背面抄下了我假身份卡上的假员工号，接着把身份卡和五张20美元的钞票一起递给了我。我叫了辆出租车到机场。一小时后，免费搭乘了布兰尼夫国际航空的飞机前往达拉斯。布兰尼夫的飞行员丝毫不管闲事儿，没有向我打听什么，但有几次我还是非常紧张。我并不知道泛美航空是不在达拉斯起飞的，而我知道免费搭机的飞行员应该是去公干的。

"你到底是去达拉斯干什么的？"副驾驶用随便的口吻好奇地问道。我正思索着怎么回答，他把答案告诉我了。"你是开包机之类的？"

"是的，货运。"我这么说是因为知道泛美航空在世界各地都有货运业务。然后这个话题就到此为止了。

我在一家几个航空公司机组人员合用的汽车旅馆里住了一晚。第二天早上离开的时候，用一张100美元的空头支票诈了他们一票，然后立即搭机飞到旧金山。接下来的两年，我大抵遵循着这种程序模式并随机应变。用警察的话来说，就是惯用伎俩。

我用的这种骗法已经是老把戏了。航空公司、汽车旅馆以及酒店对此都有所防备。但那些大都市，或者国际机场附近的酒店和旅馆却都认为这是一桩好买卖，所以，当他们在和航空公司签协议来安顿他们的机组人员的时候，希望客户越多越好。这样至少能保证旅馆的最低入住率，而且毫无疑问，大多数的经营者觉得飞行员和空姐的出现能够吸引其他游客入住。航空公司也认为这个协议十分可取，因为起码这能保证他们的飞行员都有地方住，即便是在召开大会或者节庆活动时房间奇缺的情况下。另外，我从关于这个话题的无数次谈话中了解到，机组人员也喜欢这个计划，因为如此一来，他们的住宿费和伙食费就能直接记到航空公司账上，简化了他们报销账单的流程。

世界各地各家航空公司之间的免费搭乘体制，同样是建立在良好的商业惯例基础上的。这不仅仅是出于礼节，它给处于紧急情况或形势下的飞行员提供了最大限度的行动能力。

然而，与这些制度和协议相关的监督、审计或其他监视程序，至少在那个时期，都非常松散、混乱，或者根本没有。这是可以理解的。那个时候，机场的保安人员都少得可怜，恐怖分子袭击机场、劫持飞机之类的事件还未风行。而机场本身就像是在他们自己城市中的一个小城市，犯罪率非常低，最大的问题也只是盗窃而已。

显而易见，除非出现极端情况，否则没有人会深入粉红色"免费搭机单"的背后来调查所申请的飞行员是否信誉良好。免费乘客的表格由一张原件和两张复印件组成。原件作为登机牌给我，我再把它交给负责登机的空姐。我知道运营中心的人员每次都会打电话给联邦航空局指挥中心，通知相关工作人员某某航班会有一位免费乘客搭机，但我不知道粉红色单子的其中一联要提交给联邦航空局。我推测，单子的第三联应该存放在这家航空公司运行部的档案中。一位航空公司官员向警方陈述了关于我一些不正当行为的供词，他给出了一个认为合理的解释："如果一个穿着飞行员制服、戴着正当的证件，并且明显熟知搭机程序的人，怎么会想到他居然是个冒牌货呢，该死！"

但我总在怀疑，那些我填过的搭乘单子，无论是原件还是复印件，大部分都被扔进了垃圾桶。

还有一些其他的因素可能也会对我有利。我在刚开始行骗的时候，胃口并不大。我在旅馆、酒店，以及机场航空售票处柜台兑换支票的时候，总把金额限制在100美元之内，还有好几次，我被告知由于现金不足，顶多只能兑换50美元或75美元。一张无效支票要通过票据交换所到达纽约总要花上好几天的时间，而当这张支票被敲上"资金不足"的印章被退回时，我早就无影无踪了。我屡次成功得手还有一个原因，就是我确实有一个合法的账户（至少表上如此）。银行退票的时候，上面并没有盖"无效票据""假票"或者"赝品"之类的印章，而仅仅是一个"资金不足支付"退到了我的手上。

航空公司和旅馆每天要处理那么多支票。那些因资金不足被退回的支票，大部分都不是蓄意诈骗，通常只是因为部分人一时资金短缺才变成空头支票。大多数情况下，这些人会被找出，然后使他们的支票重新生效。而很多情况下，我开出的那些支票首先会被收集起来，然后他们再尝试通过泛美航空找到我。我敢肯定，还有其他一些情况，比如受害单位不再追究损失，一笔勾销。

那些继续追究的人通常会把问题交给当地警方，这反倒助长了我。几乎没有几个警察局备有足够的警力来成立打假小组以专门打击支票诈骗，甚至连大都市的警局也不例外。

而一个负责调查支票诈骗来龙去脉的警官，其工作量之大，是任何警察局里任何警探都无法比拟的。伪造支票的诈骗行为在今天是一种常见犯罪。职业"裱糊匠"是罪犯中最狡猾、最难逮住的。今天是这样，当年也是如此。这无法体现调查案件警官的能力和决心。要是考虑到他们每天处理投诉的数量，效率还是更值得赞赏的。这类警察通常会按优先次序办案。比方说，一组警探正全力侦破一起伪造空头工资支票的诈骗，罪犯每周骗取当地商人一万美元，这显然是一个犯罪团伙在作案；他们还接到一个珠宝商的举报说，有个骗子用空头支票骗走了他一枚价值3000美元的戒指；还有一个银行家的报案称他的银行被一张伪造的银行本票兑走了7500美元现金；加上他们还要处理二三十个当地的诈骗案。然后此时，他们接到一个旅馆老板的报案，说有个骗子冒充航空公司飞行员从他手里骗走了100美元，而事发时间是在两星期前。

那么这些警探会怎么做呢？他们会例行公事地走个表面程序，然后就没有然后了。他们会查到此人在纽约的地址是假的；他们会得知泛美航空公司的在职人员名单上没有这个人；他们可能还会深入地调查出这名骗子在某家航空公司骗取免费搭乘飞往芝加哥、底特律、费城、洛杉矶等等其他遥远的地方；他们通过警察局的电报交换机向每座相关的城市发送信息，然后把这个案子归类搁置，以便日后参考。这就是他们会做的事情。他们已经尽力了。

而我就像大黄蜂一样，继续飞来飞去，顺便再捞点蜂蜜。

因此，如果考虑到我的最后两点假设，我能够如此随随便便、若无其事地招摇撞骗就一点儿也不稀奇了。在那个时候，像国家犯罪信息中心这样能协助警方办案的机构还不存在。要是我当时需要对付电脑化的警方互联网，还有那庞大惊人的犯罪事实和数据收集库，我的骗子生涯很可能会缩短好几年。最后一点，我的骗局前无古人，它是如此的难以置信，如此的不可思议，如此的无耻招摇、明目张胆，因此居然成功了。

在探险经历的最后几个月里，我碰到了一名美国大陆航空的机长，之前我搭乘过两三次他的飞机。当时我一下子就紧张起来，但他热情地向我问好，驱走了我的焦虑。他一边笑一边说："你知道吗，弗兰克，几个月前我和达美航空的一个空姐聊天，她说你是个冒牌货。我告诉她那是胡扯，你开过我的飞机。你对那个姑娘做了什么，伙计？把她从床上踢下去了？"

最初的几年，对我来说，我的历险记确实是一种历险。当然，是犯罪历险记，但不管怎样说，都是历险。

我随身带着一本笔记本，上面有我在暗地里偷偷记下的词汇用语、技术数据、杂七杂八的信息、人名、日期、地点、电话号码、想法和许多其他我认为有用的数据。

这是一部大合辑、一本教科书、小小黑皮书、日记和航空圣经，我行骗的时间越长，它的条目就越多。最早在笔记本上写下的记录中有一个"滑行眼"，这个词我是第二次免费搭乘时听到的，当时我匆匆记下来，提醒自己去查它的意思。"滑行眼"指的是飞机着陆时，跑道上的进场灯，它引导飞机着陆。我的笔记里写满了各种各样的细节琐事，这对我的冒牌角色来说极其珍贵。如果你打算扮演一个飞行员，那你最好去了解一些事情，比如波音707的燃油量（每小时两千加仑）；向西飞行要保持偶数的飞行高度（两万英尺、两万四千英尺，等等）；而向东的飞行高度则是奇数（一万九千英尺、两万七千英尺，等等）；还有所有的机场都有各自的缩写代码（洛杉矶的LAX：洛杉矶国际机场；纽约的JFX：肯尼迪国际机场；LGA：拉瓜地亚机场，等等）。

小细节对于一场大骗局来说非常重要。我把遇到的每一个机组人员，他们的姓名、驾驶的飞机型号、航线、属于哪家航空公司，以及基地的所在地，都作为非常有用的资料记在了本子上。

比如我去免费搭乘国民航空的班机。

"你们是从哪里来的？"

"哦，我们在迈阿密。"

然后偷偷瞄一眼笔记本，接着说："嗨，莱德现在好吗？你们有人认识莱德·奥黛吗，那个爱尔兰人？"

他们三个都认识他。

"哟，你认识莱德啊？"

"是啊，我搭过几次莱德的飞机。他是个好人。"

诸如此类的交流能够加强我作为飞行员的形象，并能够事先就避免一些有意无意的盘问。

仅仅通过观察和倾听，我就熟练地学会了该如何装腔作势以便更像一名飞行员了。在第二次飞行之后，无论什么时候他们给我耳机听空中的交通情况，我都会接受，尽管很多飞行员更喜欢使用扬声器，那样就不需要用耳机了。

我也不得不经常随机应变。每次我免费搭乘去一个泛美航班不飞的城市，比如达拉斯，不知道机组人员下榻的旅馆或酒店是哪家，我就会走向距离我最近的航空公司柜台。"听我说，我来这里是要明天早上驾驶一架包机，请问这里的航空人员都住在哪儿？"

他们总是会给我一家或几家旅馆的名字。我挑选一家，过去登记，当我要求把住宿费记到泛美航空账上时，从未碰到过质问。他们问的只是泛美航空公司在纽约的地址。

因为操作上的一些原因，每隔一段时间我会在一座城市待上两三个星期。这时，我就会在一家银行开一个账户，比如圣地亚哥或者休斯敦的银行，用我临时租借的公寓地址（我总是租那种可以按月付租金的公寓）。当我那一小盒个人支票寄来的时候，我就打点行李，再次上路。

我知道会有人来抓我。在最初的两年，我一直不确定他们追到哪里了，也不清楚有谁参与其中。任何一个漂泊在外的骗子总会时不时神经紧张，觉得自己就要被抓住了。我也不例外。每次碰到这种情况时，我就会像狐狸一样藏起来。

或者和狐狸在一起。有些和我交往的姑娘十分主动热情，表明我是她们结婚的理想人选。其中有几个还邀请我去她们家玩几天，认识下她们的父母。当我觉得需要找个地方藏起来的时候，我就造访离我最近的一个姑娘，在她家里住上几天或者一星期，休息放松一下。每次我都和她们的父母相处得很好，而他们也从来没有发现自己是在帮助和怂恿一个少年犯。

当我觉得局势安稳了，我就会再次出发。我向那个姑娘承诺很快就会回来，还谈论我们的未来。当然，我是不会回来的。我惧怕婚姻。

另外，我母亲也不会允许的。我才十七岁。

4

儿童医生

新奥尔良飞往迈阿密的美国国航106次航班上，我按照惯例上演免费搭机的把戏。现在我的骗术越来越精湛，将自己打扮成不用带公务包的飞行员。坐在预留的驾驶舱折叠椅上时，我已经变得非常自信，甚至开始自大起来。在经历了两百次的免费航班后，我坐在折叠椅上的样子就像是华尔街经纪人坐在股市交易所的沙发上一样。

　　当踏上DC-8的机舱，我甚至感到了一丝怀念。我第一次骗取飞行就是飞往迈阿密。两年后的今天，我回到了迈阿密，再次乘上民航的喷气式飞机。我觉得很应景。

　　"你们好，我是弗兰克·威廉。感谢你们让我搭机。"我用学来的腔调说，并跟他们一一握手。机长汤姆·莱特，飞机的总指挥，四十多岁，不修边幅但很有才干。副驾驶盖瑞·伊凡，三十岁出头，衣冠整洁，喜欢寻开心。随机工程师鲍勃·哈特，三十岁不到，神情严肃，穿着崭新的制服，新来的菜鸟。好家伙们。让我忍不住想坑坑他们。

当飞机滑向跑道的时候，一位空姐给了我一杯咖啡。我抿了一口，然后观察着前方跑道的平面交通。那是个星期六的深夜，天空没有月亮，飞机只能通过它的顶灯和闪烁的排气管才能辨认，看起来就像一只只发光的虫子般升起和下降。无论白天还是夜里，我始终没有停止过对空中交通的着迷。

看来，莱特并不喜欢用扬声器。他们三个全都戴着耳机，但没有一个人给我一副让我监听。如果他们不给你，你就不能问他们要。一架客机的驾驶舱就像一艘船上船长的舰桥。船长有他的一套礼仪和协议，你得严格遵守。看起来，汤姆·莱特是按照规则驾驶飞机的。我并不觉得被轻视了。这三个飞行员和指挥中心的对话十分死板仓促，索然无味，更像是在单方面汇报情况。

突然间，事情变得有趣起来，非常有趣，以至于我从头到脚都要颤抖了。

莱特和伊凡互相抬了抬眉毛，使了眼色，表情古怪，而哈特突然眼神严肃地看着我。然后莱特面朝我转过身来。"你有泛美航空的身份卡吗？"他问道。

"呃，当然有。"我说着把卡递给他，当莱特仔细端详着这张冒牌货时，我的胃紧张得直抽搐。"国航106班机呼叫指挥中心……呃，是的，我这里有身份卡……泛美航空……没什么问题……员工号？呃，3-5-0-9-9……嗯哼……呃，好的。嗯，等一下。"

他再次转向我："你有联邦航空飞行员执照吗？"

"当然有。"我一边装出迷惑的神情，一边努力地控制肾上腺素。我的膀胱快要决堤了。

莱特仔细地检查了那张假证。这是第一次有一个正牌飞行员来检查我的非法执照。他像一个艺术专家鉴定高更真迹一样审查我的证件。然后他回复指挥中心："呃，是的。联邦航空驾驶执照，号码是0-7-5-3-6-6-8-0-5……对的……多引擎飞机……ATR受训……我觉得没什么问题……我没看出什么来……呃，是的，身高六英尺，棕色头发，棕色眼睛……好的，知道了。"

他转过身把身份卡和所谓的执照还给我，脸上失望和道歉的神情交杂在一起。"我不知道到底发生了什么事。"他耸耸肩说，没有问我对于刚才的事情有什么想法或头绪。

我知道发生了什么，但我当然不会告诉他们。我努力说服自己这一切都没有出差错，新奥尔良机场指挥中心的人员只是太过热衷于发号施令，或者他觉得这是恪尽职守。我告诉自己，大概联邦航空本来就有这个检查规定，只不过我搭乘了那么多次，头一回碰到指挥中心来核查，但这都无法说服我自己。很显然，这对汤姆·莱特机长来说是个不寻常的事件。

这三位飞行员看来已经把这件事情抛到脑后。他们开始问一些平常的问题，我也给出平常的答案。如果话题是关于业内的，我就会加入进去；如果他们开始谈论各自的家庭，我就在一旁礼貌地听着。在飞往迈阿密的一路上，我都神经紧绷，心里紧张得就像掉进仙人球堆里的响尾蛇，紧紧地盘缩在一起。

莱特刚准备降落在迈阿密机场，危险又像利剑一样高悬在我的头上。当飞机滑向跑道时，不祥的单方通话又开始了。

"是的，我们可以。不要紧，没问题。"莱特简单粗暴地回答指挥中心。"你来接一下手，我很快就回来。"他对伊凡说，然后起身离开驾驶舱。

那时我基本能肯定，我遇到麻烦了。没有一个机长会在飞机降落时离开他的位子，除非碰到极端特殊的情况。我努力向舱门处张望，仔细搜寻。莱特正全神贯注地和领班空姐窃窃私语。在我看来，毫无疑问，一定是在谈论关于我的事情。

当莱特回到座位时，什么也没有说。我假装很轻松自在，好像一切都安然无恙。我觉得，只要我身上的任何一部分暴露出紧张，就会招致灾祸，而这情形显然已经是灾难性的了。

发生这一切我一点儿都不惊讶。当飞机舱门打开，两名身穿制服的迈阿密－戴德县警官从登记道走上来。其中一名堵住了乘客出口；另一名低着头走进驾驶舱。

"谁是弗兰克·威廉？"他问，目光迅速地一个个扫过去。

"我就是。"我说着，从折叠椅上起来。

"威廉先生，麻烦你能跟我们走一趟吗？"他彬彬有礼地问道，面带笑容。

"当然。"我说，"不过，发生了什么事？"

这个问题同样也激起了那三个飞行员和空姐们的兴趣。他们全都露出好奇的表情。然而，没有一个人提出问题，这两名警官也没有满足他们的好奇心。"请跟我来就是了。"他指示我，并领路走出舱门。他的搭档跟在我后面。机组人员就此猜测我是不是被逮捕了。但没有任何情况表明我被逮捕或羁押。那两个警官既没有触碰我，也没有给大家我被控制的印象。

我不抱任何幻想。我被捕了。

警官护送我穿过航站楼，把我带到停在路边的巡逻车前。其中一位警员打开后座右边的车门。"请上车，威廉先生。我们奉命把你带到市区。”

去警局的一路上，警官没有和我说过话。我自己也一声不吭，装作迷惑和愤慨的样子。很明显，警员们感到十分不自在，我有预感，他们自己都不清楚这究竟是什么事情。

到了警察局，我被带进了一个小房间，在一张桌子前坐下。其中一名警员在我面前坐下，另一名把门关上，站在门前。两个人都没有对我搜身，甚至表现得过于礼貌。

坐在我对面的警员紧张地清了清喉咙。“威廉先生，人们对于你的泛美航空公司飞行员身份似乎有些疑问。”他说，更像是在解释，而不是指控。

“什么？”我大声叫道，“为什么这样说，简直疯了！这是我的泛美身份卡和联邦航空飞行员执照。现在你告诉我，我是干什么的。”我啪的一声把伪造的证件丢到桌上，表现得好像我被指控向俄罗斯透露核秘密一样。他很尴尬地检查了身份卡和飞行员执照，然后把他递给另一名警官。那名警官看了看之后，又把它们递了回来，紧张地笑笑。他们的表情就好像逮捕了乱穿马路的总统一样。

“那么，先生，如果你能再多忍耐一会儿，我保证我们会解决这个问题的。”坐在桌子对面的警员说道，“这真的不关我们的事情，先生。那个向我们报案的人很快就到。”

“好吧。”我同意了，“那人是谁？”他不需要回答我。我知道。他确实也没说。

这一个小时过得非常不自在，而那两个警官比我更难受。其中一个离开了一小会儿，拿来了咖啡、牛奶和三明治，还分了我一点儿。起初还有一些谈话。我装出愤怒的样子，而他们也表现出我的行为是理所当然的——就好像他们也不想待在那里一样。奇怪的是，随着时间过去，我逐渐感到放松，也自信起来。我放下了装作受到不公正对待而愤怒的姿态，试图缓和一下这种难堪的局面。我讲了几个航空公司的笑话之后，他们放松下来，问了我一些作为飞行员的经历和我驾驶的飞机种类。

虽然提问看起来非常随意，但多少有点儿套我话的意思，看看我是否真的是个冒牌货。后来，其中一名警员说他自己也是名私人飞机驾驶员，在最后的三十分钟里，他看了看搭档，说道："你瞧，比尔，我认为那个人肯定误会了什么，他大错特错了。"

接近午夜时分，"那个人"终于出现了。他三十岁不到，穿着常春藤风格的西装，表情严肃。他出示了他的证件夹，上面印有一个金色的盾牌。"你是威廉先生？联邦调查局。请跟我走一趟。"

我本以为他会带我去联邦调查局办公室，结果我们来到了隔壁的办公室，他关上了门，脸上掠过一丝友好的微笑。"威廉先生，戴德县当局打了电话叫我过来，看起来是联邦调查局设在新奥尔良的某个机构联系他们的。不幸的是，接电话的官员并没有记录下对方的姓名和他的所属机构。他以为是我们部门，但其实不是。我们实在不知道究竟是什么问题，但是看起来，他们对你是否是泛美航空的工作人员好像有些疑问。

"老实说，威廉先生，我们有些进退两难。我们一直假设这个报案是有法律依据的，也尽可能两方面都去澄清这件事情。现在的问题是，泛美航空的在职员工记录在纽约，而泛美办公室周末不上班。"他停下来，脸部抽搐了一下。和那些警官一样，他对案件也不是很确定。

"我在泛美航空工作，等星期一早上，办公室的人来上班了你就会知道。"我故作冷静，气愤地说，"在这期间你打算怎么办？把我关进大牢？如果这样的话，我有权找个律师。而且我会……"

他抬起一只手，打断我的话："瞧，威廉先生，我知道这情况，如果你说的是真的，我没有理由不相信。听着，你有什么上级在这里可以供我们联系吗？"

我摇了摇头："没有，我的基地在洛杉矶。我免费搭机来这里只是为了和一个姑娘碰面，我本来打算在星期一再搭机回海岸。我认识很多这里的飞行员，不过他们都是其他航空公司的。我也认识几个空姐，但她们也不是泛美航空的。"

"我能看一下你的证件吗？"

我递给他身份卡和联邦航空飞行员执照。他检查了一下，点了点头，又还给我。"这样吧，威廉先生。"他提出，"不如你给我几个你认识的飞行员的名字，还有空姐的名字，能证实你身份的。我不知道这是什么情况，但明显这是一个联邦调查局的案子，我想把它解决了。"

我从脑海中筛选出一些人，然后把这些飞行员和空姐的名字和电话号码给他。衷心希望他们某一个能在家，并真切地记得我，作为一个真正的飞行员。

现在，我可真的是个很"红"的飞行员啊，在等联邦调查局探员回来的时候，我讽刺地想。到目前为止，有关这个案子，我一直非常走运。显然，新奥尔良的联邦航空局指挥中心的工作人员对我的身份产生了怀疑，并努力追查来证实他的怀疑。是什么使他产生了怀疑？我没有找到答案，我也不打算去找。警方在取证的时候搞砸了，而联邦调查局的探员忽视了作为信息来源的联邦航空局，一错再错。对此，我也很疑惑，但我可不打算挑明这个。如果他去联邦航空局调查的话，我可就真的在劫难逃了。

我独自在房间里度过了焦虑的四十五分钟，然后探员从门外进来了。他微笑着说："威廉先生，你可以走了。我从几个人那里证实了你的身份，我对我们给你带来的不便和尴尬表示抱歉。真对不起，先生。"

戴德县的警官跟在他身后："我也想说句抱歉，威廉先生。这不是我们的错，只是他们该死地弄混了。这是新奥尔良联邦航空局的控告，是他们要求我们在你下飞机的时候把你带走的。还有，那个，我们并不知道之后该怎么办，所以我联系了当地的联邦调查局。我只想真心地说句对不起，先生。"

我不想让联邦调查员注意到联邦航空局这点上。这名警长已经明显地纠正了他部门的错误。我伸出手做了个和解的手势，并微笑着说道："嗨，不要担心。我理解，我也很高兴你们这帮家伙能恪尽职守。我也不想看到有人伪装成飞行员到处飞。"

"很感谢你对此如此宽容，威廉先生。"警长说，"哦，你的包还在我的桌上。"

显而易见，我的包没有被搜过。有超过7000美元的现金被我藏在包的底部，就包裹在内衣当中。"我走了，先生们。"我边说边和他们一一握手，"有姑娘在等我呢，如果她不相信我今天碰到的事情，我可能会给你们打电话。"

联邦调查员大笑了起来，并递给我他的名片。"打我电话。"他说，"尤其是如果她有其他漂亮朋友的话。"

我像脱缰的野马一样撒腿就跑。到了外面，我招了一辆出租车，让司机把我送到公交车站。"公司正在开源节流。"我边说边付钱给他。他笑了笑，挤走了刚才困惑的表情。

我走进公交车站的厕所，换掉了身上的制服，然后拦了另一辆出租车，直奔机场。从迈阿密机场出发的头班飞机将在三十分钟内起飞，是达美航空，飞往亚特兰大。我以汤姆·伦巴第的名字买了张单程票，付的是现金。但是，直到飞机到达了巡航高度并向西飞行，我才完完全全放松下来。有一次，在短途飞行中，我想到了那个年轻的联邦调查员，但愿他的上司没有查出这孩子是怎样被愚弄的。那名探员不像是那种会享受旅途的人，如果他被贬迁到新墨西哥州的图克姆卡里①，或者亚利桑那州的诺加利斯②。

亚特兰大有我认识的一个姑娘，是东方航空的空姐。无论在哪座城市，我都会认识几个姑娘。我告诉她我有六个月的长假，算上调休和病假。"我觉得我应该在亚特兰大待两三个月。"我说。

"缩短到一个月，弗兰克。"她说，"三十天后，我就要被调到新奥尔良去了。在此之前你都能留在这里。"

这个月我过得非常轻松愉快，到了最后，我租了一辆皮卡，送她去新奥尔良。她想要我留在那里陪她，提醒我正在"休假"，但是在新奥尔良，我感到浑身不自在。我的直觉让我离开新月市③越远越好，所以我又回到了亚特兰大。在那里，不知什么原因，我感到既隐蔽又安全。

---

① 新墨西哥州东北部的小城，人口仅有六千人左右。
② 亚利桑那州与墨西哥边境最大的通关口岸城市，非法移民问题严重。
③ 新奥尔良市别名，因密西西比河的河道在这里弯如新月而得名

那个时候，单身公寓在公寓设计中仍然属于罕见的新生事物。在国内，最优美的单身公寓之一就是位于亚特兰大郊区的河湾公寓[①]。公寓房间像温泉一样向外延伸，包含有高尔夫球场、奥运会标准尺寸的游泳池、桑拿浴室、网球场、健身房、游戏厅和它自己的俱乐部。《亚特兰大日报》上刊登的一则广告吸引了我的眼球，于是我就去实地考察。

　　我不抽烟。我对烟草从没有过欲望。那个时候我还不喝酒，现在一般也不喝，除了一些极少的场合外。我对酒精和酗酒的人没有任何意见。禁酒是我扮演的角色中的一部分。当我刚开始冒充飞行员时，他们给我的印象就是很少喝酒的，因此，我以不喝酒能够巩固我飞行员的形象为前提克制自己。有些飞行员也和普通人一样，在平时不开飞机的时候喝得烂醉，以至于他们的脸上都是毛囊发炎后留下的麻子，所以我完全对喝酒失去了兴趣。

　　我生理上的一个缺点就是女人。我对她们有一种难以遏制的欲望。河湾的广告用"光芒四射"来形容居住环境以招徕顾客，看起来那位建造者是坚持广告真实的忠实拥护者。河湾确实光芒四射，到处都是闪闪发光的水晶，她们大多数都十分年轻，双腿修长、可爱漂亮、线条优美，穿着暴露。我立即决定，我要在这桃园仙境[②]里掺一脚。

　　河湾真是既昂贵又挑顾客。我告诉他们的经理，我要租一套一

---

① River Bend。河湾公寓是美国最早也是最为知名的单身公寓，建于20世纪70年代初，是这时期性享乐主义者的"圣地"。2002年同名电影也在这里取景。
② 佐治亚州有着历史悠久的种植桃树的传统，种植面积超过1.5万英亩，桃子产量在美国所有州里排名第三，素有"桃子州"之称。

室户，租期一年，他就给了我一张冗长的申请表叫我填。这张表上要填的信息比谈婚论嫁时岳母问得还多。我用的还是弗兰克·W. 威廉这个名字，因为我所有伪造的证件都是这个名字。我在职业这一栏停顿了一下，我想填上"航空公司飞行员"，我知道制服会吸引姑娘们，就像公鹿的鹿角能吸引母鹿一样。但是如果这样的话，我就不得不写明我的所属单位是泛美航空，我还是小心点儿为妙。经理办公室的人可能，只是可能，会找泛美航空去核对信息。

我一时冲动，没有多想，在职业一栏上写下了"医生"。其他相关的空格我都空着，我说我能预付六个月的租金，心想但愿这能让他们不去注意我没填写的问题。我往申请表上放了24张100美元的钞票。经理助理是个女人，她接受了表格，好奇地问道："你是名医生？"就好像医生和丹顶鹤一样稀奇，"你是什么医生？"

我觉得我最好是那种在河湾用不上的医生。"我是名儿科医生。"我扯道，"然而我现在并没有在职。我的诊所在加利福尼亚，我请了一年假，为了审核埃默里大学的某个研究计划，再做点儿投资。"

"很有意思。"她说，然后看了看这一堆百元钞票。她快速地把钱并拢，放进桌子第一层抽屉里的保险箱中，"欢迎入住，威廉医生。"

当天我就搬了进去。这套一室户并不十分宽敞，但装修得很精致，里面的空间也足够让我做任何想做的事情。

河湾的生活非常迷人、愉悦和让人满足，虽然有时比较疯狂。几乎每天晚上都有人在房间里开派对，然后整个地方都被带动。无论什么样的聚会，我通常都会被邀请到场。我很快就被其他房客所接受。除了一些随意的、无足轻重的问题之外，他们没有试图打听我的个人生活和隐私。他们管我叫"医生"，当然，他们中也有极少数人分不清医生之间的区别。这个人和我抱怨说他脚疼，那个人说他胃莫名其妙地疼，还有个褐色头发的姑娘说她胸上部有一种"怪异的压迫感"。

"我是儿科医生，帮小孩子看病的。你应该找足科医生，看脚的。"我对第一个人说。

"我没有佐治亚州诊所的执照。我建议你找自己的医生看看。"我对另一个人说。

我帮那个棕发女郎检查了一下。她的胸太小了。

然而，船在海里航行时不会总风平浪静，一个星期六的下午，我遭遇了一场暴风，很快它又转化成了悲喜交织的龙卷风。

那天有人敲我房门，我打开门看到一个五十多岁、气宇轩昂的高个男人，衣着休闲又不失得体。他脸上带着开心的微笑，手里拿着一杯酒。

"你是威廉医生？"他说着，觉得应该没错，然后继续说下去，"我是威利·格兰杰医生，斯密瑟斯儿科医院和玛丽埃塔综合医院的总住院医师。"

我惊呆地说不出话，而他笑了笑，接着说："我是你的新邻居，昨天刚搬过来，就在你房间的正下方。那个经理助理，普雷尔太太，告诉我你是位儿科医生。于是我忍不住上来向同行介绍一下自己。但愿我没有打扰到你。"

"哦，不——没有，没关系。格兰杰医生，请进屋里说吧。"我一边这样讲，一边希望他不会进来。可他进来了。他走进房间，在沙发上坐下。

"你在哪里读的书？这里？"他问。我猜想这大概是医生见面时常问的问题。

我只知道一所大学有医学部。"纽约的哥伦比亚大学。"我回答，祈祷他不是这所学校的。

他点了点头："好学校。你是在哪里实习的？"

实习？我知道，应该是在某家医院里实习。我从来没去过医院。虽然我曾在路上看到过很多，却只记得一家医院的名字。希望这是那种有实习生的医院。"洛杉矶海港儿童医院。"我说完，等他反应。

"嗨，太棒啦。"他说，不再追问我个人方面的问题着实让我松了一口气。

"你知道吗，斯米瑟斯是一家新的机构。我也是刚被调派到那里去掌管儿科部。医院大楼等到全部完工会有七层楼，我们现在只有六层楼，但已经开门了，人流量还不是很多。不如你什么时候有空过来一起吃个午饭怎么样，我可以带你看看那个地方，我觉得你会喜欢的。"

"听上去不错，好的。"我回答，然后他就走了。他一离开我就开始闷闷不乐，垂头丧气，脑海中出现的第一个念头就是赶紧打包离开这该死的河湾，甚至亚特兰大。格兰杰就住在我楼下这件事情，对我在河湾的生活无疑是个威胁。

如果我继续住下去，我冒牌医生的身份被发现只是时间问题，我觉得他不会善罢甘休。他很有可能会通知警方。

我对四处奔波已经厌倦了。两年来我一直在东奔西走，此时此刻我并不怀念它给我带来的刺激、光鲜和乐趣。我想要的只是一个像家一样的地方，一个能让我安详地度过一段时间的地方，一个能和朋友一起玩乐的地方。河湾就是这样一个地方，我才待了两个月，舍不得就这样离开。在这里我很幸福。

一股难以言表的愤怒取代了我的沮丧。去他妈的格兰杰，不能让他把我逼回裱糊匠的恶性循环中去，必须阻止他。如果他再来找我，我就说很忙，没空。他要进来，我就出去。

事情没想象中那么简单。格兰杰很招人喜欢，也善于交际。他开始在我被邀请的派对中出现。如果他没有被别人邀请，他自己也会邀请自己的。很快他就成为这里最受瞩目的人之一了，我无法避开他。如果他在外面看到我，就会招呼我和我聊几句。如果他知道我在家，他就会打我电话。

格兰杰有一个可取之处，他不谈论工作。他喜欢谈论在河湾碰到的美女们，以及和她们在一起时的开心事。"知道吗，弗兰克，我以前从来没有真正单身过。"他坦白，"我很早就结婚了，一场本不该发生的婚姻，而我们也维持了太久。我也不知道为什么。但现在我很痛快，像是回到了三十岁。"或者他会谈论政治、国际局势、汽车、体育运动、道德伦理和其他一些事情。他很有学识，也善于表达，上知天文，下知地理。

我开始在格兰杰面前放松下来，甚至发现和他在一起很有意思，有时还会主动去找他。我一直警惕着关于儿科方面的话题迟早会出现。不过，我开始在亚特兰大图书馆花上很多时间，阅读儿科医生写的书、医学期刊上关于儿童医药方面的文章，以及其他可以找到的相关资料。我很快就掌握了大量儿科医学的一般知识，我觉得足以应付任何关于儿科的对话了。

其实，经过几个星期的学习，我觉得自己已经学得很好了，可以接受格兰杰的邀请，去他的医院共进午餐了。

他在医院大厅迎接我，并立即把我介绍给前台。"这是威廉医生，我来自洛杉矶的朋友，在他回加利福尼亚之前，一直是我的邻居。"我不明白为什么他要把我介绍给前台，除非格兰杰认为他在与人为善。前台是个年轻可爱的姑娘。

同样的介绍在我参观医院期间频频发生。我们拜访了每个部门。我会见了医院行政、放射科主任医生、理疗医师主任、护士长、实习生以及其他一些医生和几十个护士。我们在医院的餐厅吃午饭，那些医生、护士都跑来坐在我们饭桌周围。看起来，格兰杰医生的确是个备受欢迎、讨人喜欢的人。

此后，我经常去医院，主要是因为布兰达·斯特朗，一个在医院碰到的护士，后来我们开始交往；也因为这家医院有个很大的医学图书馆，里面都是些最新出版的与儿科各个方面息息相关的书、期刊和医学杂志。

我可以在图书馆随意翻阅，多久都可以。我经常一待就是几个小时，没有人怀疑。事实上，我得知，由于我经常去图书馆，医生和医院员工反而对我肃然起敬，我和专业医生简直没有差别了。"大多数医生都认为你头脑聪明，即便你没有在职，也还是时刻为自己的专业领域努力。"布兰达告诉我。

"我认为你也很聪明。"

她三十岁，深褐色的头发为她增添了几分成熟和性感。我时不时怀疑，如果她知道她的情人是个十八岁的骗子会怎么想。然而，我从来没把自己当成十几岁青少年，偶尔例外。我照镜子的时候，看到的是一个二十五或者三十岁左右的成年男性，而我同样认为如此。在我调整自己的实际年龄前，我只是个爱冒险的男孩，但在过去的两年里，我已经拨快心理时钟来做相应的调整了。

然而，我对女人的品位一直很成熟。在医院的那些义工中，有几个诱人的护士助手，全部二十岁不到，但我从来没对她们产生过任何兴趣。我比较喜欢有智慧又有经验的女性，年龄最好在二三十岁左右或者更大些。比如像布兰达这样的。

在去过几次医院后，我之前的忧虑烟消云散了，我开始喜欢上了扮演医生。我感受到了同样的愉悦、同样的自我膨胀，就像假冒飞行员时一样。

只要我走在医院某层楼的走廊上，就会有路过的漂亮护士对我微笑着打招呼："早上好，威廉医生。"

或者碰到一群实习医生，他们就十分尊敬地异口同声道："下午好，威廉医生。"

抑或是遇见某个资深的内科医生的时候，他会同我握手，然后说："很高兴再次见到你，威廉医生。"

整整一天，我都会披上虚伪的外衣四处走动，感觉自己像希波拉底。我甚至开始在衣领上别起金色的赫尔墨斯双蛇杖①徽章。

没有人来找我麻烦。所有一切都太平无事，直到某天下午，我正准备同格兰杰和布兰达吃午饭，刚要离开医院的时候，行政主任

---

① 国际医疗机构标志。一般而言正确的标志是阿斯克勒庇俄斯的单蛇杖，但美国大部分商业医疗机构使用的是赫尔墨斯的双蛇杖。

约翰·科尔特招呼我过去。

"威廉医生！能耽误你一点儿时间吗？"还没等我回答，他就一头走进了他的办公室。

"哦，见鬼。"我说，旁边路过的人对我哈哈大笑，我这才意识到我说得太响了。我真想逃跑，但还是遏制住了这个念头。科尔特的声音并未表现出任何的气愤和怀疑。这要求虽然唐突，看起来似乎没什么问题。于是我跟着他进了办公室。

"请坐，医生。"他坐在办公桌后面，指着一张看上去很舒服的沙发椅对我说。我很快就放松了。他还是称我为"医生"，他现在的举止基本上是在献媚。

其实，科尔特看起来有些尴尬。他清了清喉咙。"威廉医生，我想请你帮我一个很大的忙，虽然我没有权力要求你这么做。"科尔特愁眉苦脸地说，"我知道我的提议可能有些勉强，但是我真的被困住了，我认为你能帮我解决难题，你愿意帮助我吗？"

我看着他，感到很困惑。"好吧，我很乐意帮助你，如果我帮得到的话。"我小心地回答。

科尔特点点头，他的语气变得轻快："我的问题是这样的，医生。我们医院值夜班的人中，有个带领七个实习医生和四十个护士的住院医生，今天下午，他家里有人去世了，是他在加利福尼亚的姐姐。他刚才赶回家去了，大概十天后才能回来。医生，我实在找不到其他人来顶替他，实在找不到。如果你了解我们这里的情况，通过你平时的行为我知道你了解，你了解现在我们在亚特兰大的医生严重不足。我无法找到一个医生来顶替杰塞普，真希望我自己能顶上，可你知道的，我不是医生。

"我也不能安排实习医生。法律规定必须是普通医生或者某个医学领域的专家才能带领医院的住院部。你能听到我说的话吗？"

我点了点头。我能听到，但听得懂就是另外一回事了。

科尔特顺势继续。"现在，格拉杰医生跟我讲你在这里没什么大事情做，花很多时间在公寓，休息或者泡妞。"

他举起一只手，微笑道："没别的意思，医生。我很羡慕你。"

他的口气充满了恳求："威廉医生，你能过来顶替一下吗？只要在这里坐上十天，从午夜到早上八点。我向你保证，你不需要做任何事情，只要待在这里就行，这样就能符合州立法的规定了。我需要你，医生。我们会付你丰富的酬劳，医生。见鬼，就当是额外条件，我再把斯特朗护士安排到这十天值夜班。老实说吧，医生，我束手无策了。如果你拒绝我，我真他妈不知道该怎么办了。"

这个请求把我吓坏了，立即回拒了他。"科尔特先生，我非常愿意帮助你，但是我实在爱莫能助。"我说。

"哦，为什么不能？"他问。

"好吧，首先，我没有佐治亚州的行医执照。"我开始申辩，但是科尔特使劲摇了摇头，示意我停下。

"好吧，你不用真正去做什么事情。"科尔特说，"我没有要求你去治疗病人，只是让你扮演一个代替的身份。至于行医执照，你并不真的需要。你有加利福尼亚的执照，而加州的行医标准，即使不比佐治亚州高，但起码也是相同的，并且你已被我们的医学团队认可。我要做的事情，医生，就是把你带到五个我们医院有本州执照的医生小组面前开个面试会。他们有权力要求州政府给你发个临时医生证明，这样你就能在佐治亚州行医啦。医生，我想在明天一早就召开这个会议，你觉得如何？"

我的理智告诉我去拒绝，否则这会给我的处境带来太多危险。第二天的会议上，任何一个问题都可能会揭下我这副"医生"的假面具——一个卖狗皮膏药的专家。

但我接受了这项艰巨的任务。"好吧，如果不会牵扯到麻烦的事情，也不会占用我很多时间的话，我愿意帮你解围。"我同意了，"现在来具体说说我的主要任务是什么。要知道，我以前只在办公室就诊。除了因为种种原因，医生需要拜访病人，我承认，我对医院的其他惯例一概不知。"

科尔特笑了起来。他很明显松了一口气，十分开心。"你的任务？开玩笑！你只要人在就可以了，医生。到处走走，露一下脸。跟实习医生们打打扑克，和护士们玩玩摸屁股游戏。见鬼，弗兰克——我要叫你弗兰克，因为你现在是我的朋友了——随便你做什么事情，只要人在那里！"

第二天一早，当我走进会议室面对那五个医生的时候，我确实有点儿担心。由于我经常出入这家医院，那五个人我都认识，而且格兰杰是这个小组的组长。当我走进去的时候，他向我阴险地嘿嘿一笑。

这场面试就是出闹剧，这让我很开心。我只被问及一些很基本的问题。我在哪里上的医科大学？我在哪里实习的？我的年龄？我在哪里给人看病？我当儿科医生多少年了？没有一个医生向我提出能够测试医学水平方面的问题。我走出会议室的时候，手里拿着一封任命我为该医院临时住院医生负责人的信件。然后第二天，格兰杰给了我另一封信，由州政府医学董事会授权我在佐治亚州使用加州的医生执照，为期一年。

《陆军野战医院》是我最喜爱的电视节目之一，讲的是一支虚构的医疗队在朝鲜战争前线的半严肃半喜剧的故事。我每次一看《陆军野战医院》，就必定回忆起我在斯密瑟斯的"医生生涯"。我想象今天在佐治亚州的几个医生，看到这个电视节目时，一定也会想起某个住院负责人。

我第一次的值班为我之后全部的"出巡"奠定了基调。从接受科尔特恳求的那一刻，我就意识到只有一个方法能让我虚张声势。如果我打算骗过七名实习医生、四十名护士，以及几十名后勤人员，我就不得不让他们觉得我是医生中的谐星。

我认为我得让他们觉得我无忧无虑、随和，像个无赖一样嘻嘻哈哈，对在医学院里学到的规则漠不关心。第一天晚上，我刚踏进医院就开始装模作样。我来到住院负责人办公室，正撞见布兰达。看来科尔特并没有开玩笑。布兰达正朝我微笑。

"你来啦，医生，这是你的工作服和听诊器。"她边说边递给我。"嗨，你不必来上这该死的夜班。"我边说边罩上白大褂，"科尔特和我说要把你派到这个班里来的时候，我以为他在开玩笑。明天我就去和他说。"她顽皮地看着我："他没有派我来。是我自己要求护士长在这段时间安排我值班的——你在的这段时间。"

我立即戴好听筒，把听诊器伸进她的衬衫，贴在左胸上。"我就知道你有一副好心肠，斯特朗护士。"我说，"今天晚上要干的第一个活儿是什么？"

"不是那个样子。"她说着，把我的手推开，"我建议你检查一下各个楼层，然后再考虑如何查房。"

儿科病房占了医院六楼的整整一层，包含了一间保育室，里面有十几个刚出生的婴儿；三间侧厅用于儿童疾病、受伤或手术后的康复、诊断和治疗。我负责的大约有二十来个孩子，年龄从两岁到十二岁不等。幸运的是，他们只是在名义上归我管，因为每一个孩子都有他们自己的儿科医生来负责所有的照料和治疗。

我的职责就是负责监管，或者在一旁观察，虽然在紧急情况下，大家会指望我能充当一下急诊医生。我祈求千万不要有急诊出现，但也为这一突发情况做了准备。我用第一天晚上给实习医生培训，他们其实都有病人要看护。他们所有人都想成为儿科医生，而六楼就是个绝佳的试验场。观察了他们几个小时后，在我看来，他们可以胜任一些正式医生的工作了，虽然我并不能真正去判定，就像一个文盲不能证明爱因斯坦的相对论一样。

但在清晨来临之前，我发现，实习医生都很喜欢作为负责人的我。他们也不喜欢招惹麻烦。

第一天的值班十分懒散、愉快，平安无事，直到早上七点左右，一个在六楼当班的护士来找我。"医生，不要忘记下班前你需要把表写一下。"她说。

"呃，对，好的。马上就去。"我说。我来到六楼护士办公室，看了看她已经准备好的那一沓表。这是每个病人一张的表格，记录着用药、时间、护士名字、实习医生的名字，以及主治医师的嘱咐。"你的空格在这里。"护士说，手指着表格上一个空白的地方，上面标着"住院医师建议"。

我发现其他医生都是用拉丁文或者希腊文写的。也许这只是他们平时的笔迹。反正我看不懂。

我当然也极度不想别人看懂我写的是什么，所以我在每张表格上都潦草地涂了几笔像天书一样的字，然后用同样难以辨认的字迹签上了大名。

"好了，墨菲小姐。"我把表格还给她，说，"你看我给你评了个'优'。"

她开心地笑了。在接下来的几天中，我用俏皮话和滑稽的动作逗了很多人开心。比如，某天一大早，我遇到了一位妇产科医生和他的一个病人——一个即将分娩的女人。"你要清洗消毒一下，然后来旁观吗？我觉得这是三胞胎。"他问我。

"不用了，不过我猜你会用很多开水和干净抹布来清洗的。"我打趣道。他也认为这很好笑。

但我知道自己如履薄冰。在我值班的第一个星期的最后一天，凌晨两点半左右，冰开始破裂了。"威廉医生！请速到急诊室。威廉医生！请速到急诊室。"

迄今为止，我一直避开急诊室，科尔特说的话给我的暗示就是，我不用处理急诊病例。医院难道没有配备一个专门的医生负责急诊室吗？我认定他们有。我怕看到血。一见到血我整个人都软了，即便只是一丁点儿也会让我浑身不舒服。曾有一次我路过急诊室附近，看见他们推来一个遭遇车祸的人。他全身都是血，一直呻吟着。我急忙冲到最近的厕所去吐了一下。

现在，我正被叫去急诊室。我又不能说没听到广播，在喇叭大声播报的时候，我正在和两个护士说话，但在去的路上，我尽可能地拖延。

我先去了下厕所，然后走了楼梯，而不是乘电梯。我明白，拖延可能会对任何一个等着急救的人不利，但即便是我快速赶到急诊室，情况一样不会好转。我到了那里也不知道该怎么办，尤其当病人在流血的情况下。

幸运的是，这个人没有出血。他是个十三岁左右的孩子，脸色苍白，手肘支撑在桌子上，看着围着他的三个实习医生。当我进门时，实习医生都看着我。

"这里是什么情况？"我问。

"一个单纯的胫骨断裂，看上去是膝盖下方约五英寸的地方。"一个高级实习医生，霍利斯·卡特医生说道，"我们正准备去拍X光片。如果没发现其他的问题，我觉得给他上个石膏，然后他就可以回家了。"

我看着其他两个实习医生，卡尔·法斯沃茨和山姆·拜斯。"法斯沃茨医生？"我问。他点了点头："我同意，医生。它可能都还没断。"

"你觉得呢，拜斯医生？"

"我也认为顶多就这些了。"他说。

"好的，先生们，看来你们并不怎么需要我。行动吧。"我说着就离开了。后来我才知道那孩子原来是大腿胫骨骨折，不过当时我只知道，他该去配一副眼镜。

接下来的几个晚上，我都能接到急诊室的呼叫，每次我都让实习医生去处理。我也会去急诊室，问他们一点儿关于这个病情或伤情性质的问题，以及他们打算如何处理。他们告诉我之后，我会和其中一两个平时表现出色的实习医生探讨。如果他们都同意，我就会权威地点点头，说："好的，医生，动手干吧。"

我不知道自己在这种情况下对实习医生的态度有多好，但很快我就发觉了——他们很喜欢这样。"他们觉得你棒极了，弗兰克。"布兰达告诉我。

"尤其是年轻的卡特医生认为你很了不起。我听到他对他从梅肯①来的朋友们说你是如何让他得到实践机会的，你只是过来给他一些指点，然后就让他自己操作了。他说你让他感觉自己像个真正的医生。"

我笑了笑，回答："我只是懒得动手。"

不过，我在第一次轮班后意识到自己还需要继续充电。我弄到一本医学用语的袖珍字典，之后每一次听到实习医生和护士提到我不明白的词汇，就会偷偷跑上还没完工的七楼，走到一个空置的壁橱里查询这些词语。有时候我会花上十五到二十分钟的时间在壁橱里，只为了翻阅字典。

在我以为是我当住院医生的最后一个晚上，科尔特来找我了。"弗兰克，我知道我没权力来请求你，但我不得不这么做。杰塞普医生没有回来。他已经决定留在加利福尼亚当医生。现在我能肯定的是，两周内我就能找到新的医生来替代这个位置。因此我能自作主张要求你留到那个时候吗？"他恳切地等着我回答。

他可真是找对了时机。我正热衷于扮演医生这个角色。几乎和假扮飞行员时一样，我尽情享受着，并且轻松得多。自从当起儿科医生，我就再没开过空头支票。其实，在斯密瑟斯接过这个临时岗位以来，我甚至都没想过要开什么支票。医院支付给我125美元一天

---

① 美国佐治亚州第五大城市，位于州府亚特兰大市东南，距离约八十一英里。

的"顾问费"，一周一结。

我轻轻地拍了拍科尔特的后背。"当然，约翰。"我同意道，"为什么不呢？反正现在我也没有其他想做的事情。"

我有自信可以再当两个礼拜的冒牌货，于是我就当了。但是后来，两个星期变成了一个月，一个月变成了两个月，科尔特还是没有找到代替杰塞普医生的人。我的信心开始衰退，我时不时感到困扰，想到科尔特或者别的医生，甚至格兰杰，可能会开始核实我的医生资格，尤其是如果在值班的时候碰到棘手问题的情况下。

我继续装腔作势，和实习医生、护士以及其他名义上服从我命令的人员一起"让规则规章见鬼去吧"。这个从半夜至早上八点的夜班小组继续忠心耿耿地支持我。护士们认为我是个可爱的怪家伙，对我从不为难她们这一点十分感激。实习医生们觉得和我在一班很自豪，我们建立起了一种战友情谊。年轻的医生们则非常尊敬我，他们认为我有些古怪，却很有能力。"你不像其他医生那样对待我们，威廉医生。"卡特透露，"如果我们在帮人看病的时候，他们走进来的话，他们就会说'靠边站'，然后就接手过去，但你不会。你让我们继续做下去，并把病人交给我们。你让我们成为了真正的医生。"

废话！我一点儿都不懂怎么给人治病。那些年轻的医生直到几年后才知道，然而，他们是我能够维持伪装的唯一理由。如果事情变得很难对付，至少对于我来说，当我那点医学知识实在无法解答的时候，我就把问题丢给他们，然后逃到七楼的壁橱里。

幸运的是，我在斯密瑟斯的任职期间，从来没有面对过生死攸关的情况，但也有非常棘手的场合出现，只能依靠我古怪的行径来解决。比如某天一大早，一个妇产科的护士跑来找我。"威廉医生，我们刚刚接生了一个婴儿，但还没给婴儿结扎完，马丁医生被叫走去做剖腹产手术了。他问你是否愿意帮忙给这孩子做下常规检查。"

我根本无法拒绝。那个护士来找我的时候，我正和我班上的两个护士聊天。"我帮你去吧，威廉医生。"一个护士自告奋勇地说。她叫詹娜·斯特恩，一个有献身精神的注册护士，她正在医科学校自修，希望以后能成为新生儿方面的儿科医生。

她带路走向保育室，我不情愿地跟在后面。我有时会在保育室门口，透过外面的玻璃窗看着保育箱和摇篮里的那些小小的、皱巴巴的新生儿，但从没进去过。他们让我想到了一只只喵喵叫的小猫，而我一直对猫心存戒备，即便是小猫。

我正准备用力推开保育室的门，斯特恩护士抢先抓住我的手臂。"医生！"她喘着气说。

"怎么啦？"我问道，绝望地四处寻找我可靠的实习生。

"你不能就这样进去的呀！"她训斥我，"必须先消毒，套上罩衫戴好口罩。你知道的呀！"她递给我一件绿色的上衣和一个消毒口罩。我的脸扭作一团。"帮我穿上这些该死的东西。"我吼道，"为什么要戴口罩？我只是看一看那孩子而已，又不是要把他举起来。"我意识到了为什么要戴口罩，我只是试图掩盖真相。而我做到了。她啧啧了一下。"老实讲，医生，你有时候真是太过分了。"她用恼怒的口气说。

这是个男婴，刚刚艰难地来到人世，身上还留着红色的印记。他忧郁地看着我。"好吧，小子，深深地吸气，再呼出去。"我模仿军队的语调命令道，把听诊器放到婴儿的胸口。

斯特恩护士再次抓住我的手臂，大笑起来。"医生！不可以在新生儿身上用听诊器！你要用小儿专用的听诊器。"她冲了出去，拿了个小号的听诊器回来。我才知道，原来听诊器还分尺寸的。"请你不要再瞎闹了好吗？我们还有很多工作要做。"

我向后退了一步，朝这个婴儿挥挥手："这样吧，斯特恩医生。你来检查这个家伙。我来检查你的动作。"

她上钩了。"好吧，我能做的。"她说，口气就好像我侮辱了她一样，但看上去却很开心。她拿过听诊器，把它挂在脖子上，然后熟练地动动婴儿的手臂、腿和屁股，检查他的眼睛、耳朵、嘴巴和肛门，最后用手在他的头和身体上很快地摸一遍。她转过身用胜利的眼神看着我："怎么样？"

我俯身吻了一下她的额头。"谢谢你，医生。你刚救了我唯一的儿子一命。"我假装哭腔地说道。

那个婴儿看上去不再悲伤。没有人真正确定一个新生婴儿是否有想法，或者能够感知周围发生的事情。没有人知道，除了我。那个孩子知道我是个冒牌货，我可以从他的脸上看出来。

之后我又检查了几个新生儿。当然，我从不知道自己在做什么，但是感谢斯特恩护士，我知道该怎么做。

然而，我还是在七楼的壁橱里花费了很多时间。

有几次，我能肯定，我愚蠢的举止把人惹毛了。就在我冒充医生的第十一个月里，某天晚上，一个护士急匆匆地跑进医护站，我正在表格上用天书写意见。"威廉医生！608号病房有个蓝婴！快过来！"她是个新护士，刚从学校毕业不到一个月。我曾经恶作剧捉弄过她。在她第一天晚上值班的时候，我告诉她，"带一桶水蒸气到保育室来，我要给那个地方消消毒。"她急急忙忙地冲到锅炉房，幸好那里有个好心的实习医生帮她解围。

奇怪的是，在我冒充医生的这十一个月以来，从来没听说过什么"蓝婴"。我以为她是在报复我。

"我这就过去。"我说，"但先得让我检查一下609号病房的绿婴。"她见我原地不动，就快速冲了出去，朝着一个实习医生大喊。我退到角落里，查询我的医学字典。我查到了蓝婴是婴儿发绀，或者血液缺氧，通常是由先天的心脏缺陷引起的。我匆匆赶去608病房，欣慰地发现，我的一个实习医生又替我解了围。他正把一个便携式氧气袋放在婴儿旁边。"我已经通知了他的医生，他正在来的路上。在他来之前，我会待在这里处理，如果你觉得有问题的话，先生。"

我当然没问题啦，但这件事情给了我很大打击。我意识到我扮演的角色已经快到极限了。迄今为止我还算幸运，但我突然明白，某些孩子可能会因为我这个冒牌货而丧命。我决定去找科尔特提辞职，并且任他再怎样乞求都不动摇。

他却反过来找我了。

"弗兰克，你可以回去继续当你的花花公子了，"他高兴地说，"我们有了一位新的住院医生。在纽约找的。他明天就会过来。"

我如释重负。第二天，我到医院来拿我最后的工资。虽然没见到替代我的医生，但我并不觉得失望。我正要离开医院的时候，遇到了杰森，他是负责夜班的老门卫。

"你现在上班有些早了，不是吗，杰森？"我问。

"今天我值两班，医生。"杰森回答。

"不知你听说没，杰森，我以后就不在这里上班了。"我说，"他们终于找到人了。"

"是的，先生，我听说了。"杰森说。他疑惑地看着我，"医生，我能问你一些事吗？"

"当然，杰森。什么事情？"我挺喜欢杰森，他是位好心肠的老人。

他深吸了一口气："医生，你从来都不知道，我总是在七楼休息。那个，医生，差不多一年来，我一直看见你走进那里的一个壁橱。你从不带东西进去，出来的时候也没带任何东西。我知道你不喝酒，而且，医生，那个橱里什么东西都没有，什么都没有！我找过十几次了。医生，我好奇到几乎要借酒消愁。只要告诉我你在那个壁橱里干什么，医生？我不会告诉任何人的，我发誓！"

我大笑了起来，拥抱了他："杰森，我只是在那个橱里观察我的肚脐，真的，就这些，我发誓。"

不过，我知道他肯定不会相信我的。可能他现在还在检查那个壁橱。

5

成为律师

一个星期后，我切断了和医院的联系，而且我在河湾的租期也快到了，于是我决定离开亚特兰大。没有任何事情强迫我离开，至少我觉得没有，但留下来是不明智的。一直待在一个窝里的狐狸是很容易被猎狗抓到的，而我在同一个地方逗留的时间也太长了。我知道自己还在被通缉，我可不想让猎狗轻而易举地找到我。

　　后来我得知，离开亚特兰大真是明智之举。几乎同时，华盛顿特区的联邦调查员席恩·奥赖利接到任务，要求放下手里的其他所有案件，专门搜捕我。奥赖利身材高大，像爱尔兰的主教一样严肃阴森，并且像杂种狗一般固执，是一位献身于事业的出色探员，对待一切事情都极为公正。

　　我开始对奥赖利敬仰起来，甚至是在我竭尽全力阻挠他执行任务、让他大伤脑筋的时候。要是奥赖利对我有什么私人感情，我敢肯定绝对不会是憎恨。奥赖利不是个记仇的人。

　　当然，一开始我并不清楚奥赖利的存在，即便是我住在亚特兰大的时候。除了迈阿密那个年轻的探员和戴德县的警官之外，其他追捕我的警官都像幽灵一样。

我决定去另一个南方城市蛰伏一个月左右。和往常一样，我定下了目的地，因为那里有我认识的一个空姐。我迟早会找到一个爱好，能够比女人更能愉悦地影响我的行动。

她叫戴安娜，我跟她断断续续认识了有一年的时间。虽然之前我在亚特兰大机场遇见过她，但从来没和她乘坐过同一航班，她知道我是泛美航空的副驾驶罗伯特·F.康拉德，这是我偶尔会用的假名。我不得不通过这个名字来和她保持联系，起初，她只是询问我的个人信息，包括教育背景，逐渐地，我们就变得亲密无间了。大多数的飞行员都有大学学历，但不是所有人都是航空专业的。我告诉戴安娜我学的是法律，但一直没有机会从事，而航空飞行员这个职业刚开始出现，不仅刺激，还比法律行业更赚钱。她欣然接受了一个人因为开飞机而放弃当律师的解释。

她依然记得我编造的法律学位。我抵达她住的城市之后的几天，她把我带到她朋友开的派对上，介绍我认识了一个有趣的家伙，杰森·威尔考克斯。

"你们两个应该能谈得来。杰森是我们州助理检察官之一。"戴安娜对我说，然后转向威尔考克斯，"这是鲍勃，是名律师，但还没有机会挂牌执业，取而代之，他成为了一名飞行员。"

威尔考克斯立即来了兴致："嘿，你在哪里上的法学校？"

"哈佛。"我说。如果我准备弄个法律学位，总得找个有名望的学校。

"但你从来没有执业过？"他问。

"没有。"我说，"我在拿到法学硕士学位的同一个星期，也拿到了商业航空飞行员证书，泛美航空给了我一个随机工程师的职位。既然飞行员的工资有三四万美元，我也很喜欢飞行，所以就接受了。可能有天我会回到法律行业，但现在，我一个月只需要飞满八十个小时。没几个律师能有那么好的待遇。"

　　"确实如此。"威尔考克斯表示同意，"你平时都往哪里飞，罗马，巴黎？我猜世界各地都飞吧。"

　　我摇了摇头。"我现在没在飞。"我说，"我正在休假当中。上个月公司裁员，我资历又不深。在他们把我召回前，也许还要等上半年或者一年。所以我现在正处于游手好闲的失业中。感觉还不错。"

　　威尔考克斯一脸困惑地看着我。"你在哈佛学得怎么样？"他问道。我感觉他想拐弯抹角地说些什么。

　　"我想，应该算得上非常好。"我回答，"我是以平均3.8分的成绩毕的业，为什么这么问？"

　　"是这样的，检察长正要招一名律师。"威尔考克斯回道，"问题是他实在招不到人了。不如你去参加律师资格考试，然后加入我们。我会推荐你的。当然，这份工作虽然没有飞行员的工资高，但总比失业好。你也会参加某些法律事务，这不会对你造成任何损失。"

　　我差一点就非常干脆地拒绝了他的提议。但我越想越觉得有意思。又是个挑战。我耸了耸肩膀。

　　"我在这个州参加律师考试，需要提供什么东西吗？"我问。

　　"其实不多。"威尔考克斯说，"只要把你在哈佛的成绩单递交给州律师资格审查办公室，然后申请考试就可以了，他们不会拒绝你的。当然，你得突击一下我们的民事和刑事法规，我会给你所有用得到的书本材料。因为你来自另一个州，所以在考试时你有三次机会。不会有什么问题的。"

哈佛的成绩单，对我而言似乎是个难题，因为我和大学形同陌路。但是我也没有接受过任何飞行员训练，口袋里照样放着一张看似合法的联邦航空飞行执照来表明我有驾驶客机的资格，难道不是吗？我的大黄蜂本性又开始嗡嗡叫了。

我写信给哈佛大学法学院的教务处，要了一份秋季班学程表和法学院的课程目录。短短几天，这些材料就寄到了我的邮箱。课程目录列出了所有哈佛法学博士需要研读的课程，还有一些可爱的标志和信头。但我对大学成绩单还是没有一点概念。

戴安娜是俄亥俄大学毕业的，商务行政专业。我装作若无其事地和她谈论起她的大学生活。

原来，她那个时候热衷于参加各种社团活动，类似学校里的花花女孩。"你肯定没怎么用功读书。"我开玩笑说。

"哦，我用功了。"她坚持，"我平均成绩有3.8分。而且，在最后一年，我还上了优等生名单。你瞧，一个人可以玩乐和学习两不误。"

"得了吧，我可不相信你那什么平均分。除非让我看到成绩单我才会相信。"我坚称。

她笑了起来。"好吧，机灵鬼，我正好有成绩单。"她说着便回到她的房间，几分钟后拿来一份文件。

成绩单包含了四张法律文件大小的划线纸，其实就是一份由教务处确认并公证过的影印文件，证明了她四年的大学成绩情况。第一张的顶部用很大的粗体字印着大学的名字，下面是俄亥俄州的图章，然后就是她的名字、毕业年份、拿到的学位以及学院（商务行政学院）授予的学位。剩下的几页都一行行地填满了她研修过的课程、累积的学时和各门成绩，每一学年结束时都有一个平均成绩，最后一条则写着她毕业时所有成绩的平均分：3.8。最后一张的右下角盖有俄亥俄大学的图章，附加了一个公证员的章以及学校教务主任的签字。

我就像海绵吸水一样，把这份成绩单的构造深深地印到脑海里，然后把成绩单给她。"好吧，我信了，你不仅性感可爱，还非常聪明。"我摆出道歉的样子说。

第二天，我去了美术用品商店、文具店和办公用品商店，买了一些法律专用尺寸的铜版纸、设计材料、各种字体的字母印章块、美工笔和铅笔、一把雕刻刀片、胶水、三角尺，还有一些金色的印章贴纸和一个公证员钢印。

我开始简单地切下哈佛大学法律学院的标志，把它贴在铜版纸的顶端。然后同样地弄下学校的印章，附在学校抬头的下面。接下来，我填上了自己的名字、毕业年份和学位，然后用三角尺和一只很细的美工笔，仔细地在这些铜版纸上画线。之后，再用字母印章小心翼翼地打上哈佛法学学位需要的每一门课程名、选修科目，以及编造的成绩。考虑到威尔考克斯可能会看这份成绩单，我给自己大学三年打的平均成绩都是3.8分。

这份东拼西凑的成品看上去就像设计师桌上留下的边角料，然而，当我把这几张纸用自助式复印机打印出来时，就显得十分精致了，看上去简直和从电脑打印机里吐出来的一模一样。最后，我在最末页的底部贴上金色的印章贴纸，在上面盖了公证员的钢印，有意识地做点磨损，然后用一支粗头钢笔，字迹潦草地签上哈佛法学院教务主任的大名，并在下面注明教务主任兼公证员。于是，这六张纸的成绩单赝品就大功告成了。

至于它到底像不像真正的哈佛成绩单，我可不知道，要等到我把这份赝品递交到律师资格审查办公室时才能见分晓。威尔考克斯已经做了十五年的律师，州助理检察官也当了有九年时间。他在当地认识许许多多的律师同行。而据他讲，我是他碰到的第一个哈佛毕业生。

我花了整整三个星期把自己埋在威尔考克斯办公室的书堆里，结果发现法律比我想象中的容易多了，也枯燥得多。然后，我屏住呼吸，走进州律师资格审查办公室。一个法律系学生正在办公室充当办事员，他翻了翻我的假成绩单，赞许地点点头，然后去复印了一份，把我伪造的原件还给了我，同时还有一张律师资格考试的申请表。在我填写表格的时候，他一边查阅着日历，一边给什么人打电话。

"如果你准备好了的话，就可以参加下周三的考试。"他说，然后向我鼓励地笑笑，"对于哈佛毕业的人来说，这简直轻而易举。"

要是对一个真正的常春藤大学的法律系毕业生说这话，他也许是对的，对我而言却是困难重重。在考试的八个小时里，我一直琢磨揣测，这也许……那可能……再加上自信的推断和一知半解的连蒙带猜。

我失败了。

然而，让我感到吃惊的是，考试没合格的通知单后面居然还附着我的考试卷子，上面标注着我答对和答错的题目。看起来，州律师资格审查办公室里有人对我有好感。

我回到威尔考克斯的办公室，在他的书堆里安营扎寨，集中对付考试中答错的那部分问题。威尔考克斯也一有时间就来辅导我。就这样，六个礼拜后，我觉得我可以做第二次尝试了。

我又考砸了。试卷再一次回到了我的手中，还是批注着正确和错误的答题。我正在不断进步。其实，我对于自己能答对那么多法律问题感到欢欣鼓舞。我决定最后一次考试一定要通过。

终于，在七个星期后，我进行了第三次考试，并且通过了！不到两个星期，我收到一张精美的证书，承认了我在该州的律师资格并允许挂牌执业。我简直要疯了。我连高中都没毕业，大学的校门都没踏进去过，现在却拿到了律师资格！不过，我认为我真正缺乏的学院教育只不过是些专业术语，历经这四个月填鸭式的法律学习，我认识到法律只是充斥着各种专业术语而已。这些专业术语决定了正义。

威尔考克斯履行了他的承诺。他安排州检察长和我进行一次面试，因为有威尔考克斯的推荐，检察长就雇我当了助理，年薪是1.28万美元。

我被安排在企业法务部，它是隶属于检察长的一个民事部门。这个部门的律师负责处理所有违反州法的小案子，诸如不动产的确立确定诉讼、土地充公案件，以及其他各种不动产纠纷。

这就是他们要干的大部分事情。我被安排在高级助理菲利浦·

里格比下面协助他工作。他来自当地的一个显赫家族，有点不可一世。里格比以南方贵族自居，而我恰恰撞上了他两个最大的偏见。首先，我是个北方佬，更糟的是，我还是个信天主教的北方佬！里格比把我降级为打杂的——泡泡咖啡，去拿这个去拿那个，想要什么就叫我去拿。我是该州工资最高的打杂工。里格比真是个没知识又顽固不化的乡巴佬。许多年轻助理也同意我的观点，尽管他们大部分也是当地人，但思想上却惊人的自由。

在部门里，我很受年轻单身汉们的欢迎。我和检察长的这些部下交上了朋友，我还有2万美元的不义之财，于是慷慨地把钱挥霍在他们身上，请他们在高级饭店里吃大餐、乘船郊游、在豪华的夜总会里花天酒地。

我故意给他们一种自己来自纽约有钱人家的印象，但我不会直接说出来挑明。我住在一个豪华招摇的湖景公寓里，开着租来的捷豹，堆满高档衣服的衣柜都够得上一位英国公爵的。我每天穿不一样的衣服上班，一方面是让自己开心，但更主要的是，我有那么多行头似乎让里格比感到不爽。在我的印象中，他只有三套西装，而其中一套我敢肯定是他那南联邦上校的祖父传下来的。里格比为人也挺小气的。

如果说里格比对我的衣着打扮十分反感的话，其他人对此倒还挺赞赏。某天在法庭上，正在审理的案子稍微有所延迟。其间，法官在长椅上向前探出身子，对我说："康拉德先生，你对本次出庭的法律程序可能没有技术上的贡献，但你的出席无疑为我们增添风采，先生。你是我们南方穿着最讲究的打杂工，律师，本庭对你表示称赞。"这是真心在表扬，我十分高兴，虽然里格比听了差点中风发作。

事实上，我对自己这个打杂的角色非常满意。我并不希望真的去受理什么案子。那样子太危险了，说不定我对法律一窍不通的事情就会暴露。而且大部分时间，我和里格比做的事情都是枯燥乏味的，这种烦人的工作最好叫他一个人去处理。偶尔，他也会分我点好处，允许我写某项可有可无的土地纷争问题报告，或者对某个既定案子做公开论证，而我也的确喜欢做这些事情。我认为，总的来讲，自己没有给法律行业抹黑。里格比是一个非常能干的律师，我坐在他后面也学到了很多东西，比我在法律书和考试中搜集到的知识可要多得多。

基本上，我这个职务就是一个避风港，一个不大容易被猎狗发现的藏身之处。如果你在搜寻一个罪犯，你是不大会想到在检察长手下的检察官中去找的，尤其当你要找的还是个十几岁大的中学辍学生。

我在检察长手下干了几个星期后，戴安娜被调派到了达拉斯。失去她，我只是稍微难过了一下。我很快就搭上了格洛丽亚，她是该州一名高官的女儿。格洛丽亚是个活泼漂亮、充满活力的姑娘，要说我们的关系有什么美中不足的话，那就是她不能完全算得上是贴身伴侣。但我开始明白，一个女人穿着衣服也能同样讨人喜欢。

格洛丽亚来自一个虔诚的卫理公会家庭，我经常陪她去她的教堂，同时也让她明白我是不会改变信仰的。这种尊重各个宗教派别的姿态获得了她父母的欣赏，而其实我自己也挺乐在其中。甚至，我还同该教堂年轻的牧师建立了亲密的友谊，他说服我参加教会的一些青少年项目活动。我积极地参与了本市贫民窟地区几个儿童乐园的建造，并且在管理其他一些青少年项目的几个委员会里工作。对于一个骗子来说，这是一种奇怪的消遣方式，但我丝毫不觉得这是伪善。我生平第一次无私地奉献自己，没有考虑任何回报，这真的让我感觉很好。

然而，一个罪犯在教会的葡萄园里辛勤耕作，无论他的劳动多么有价值，都不应该做得太过火。我接受了太多委员会的任命，于是葡萄开始变酸了。

就在这个特别的小组里，有一个正宗的哈佛大学毕业生。不仅如此，他还是哈佛法学院的毕业生。见到我，他高兴极了，简直是狂喜。之后我才对哈佛人有所了解。他们就像獾一样，团结在他们自己的洞穴里。一只孤独的獾一定会找到另一只獾，一个在陌生环境中的哈佛人也一定会找到另一个哈佛人。他们也一定会一起谈论哈佛。

这个人立即向我猛扑过来，用他全部的热情，就像斯坦利在神秘的非洲遇到利文斯顿①一样。我是哪一届毕业的，哪些人当过我的导师，我认识哪些姑娘，我属于哪个俱乐部，经常去哪些酒吧，有哪些朋友？

第一天晚上，我要么含糊其辞，要么集中谈论手边委员会的事情以避开他的问题，总算是成功搪塞过去了。但后来，他一有机会就来找我。他打电话来约我一起吃午饭，如果在附近，就来办公室找我。打电话来要么邀请我参加派对或者郊游，要么打高尔夫或者

---

① 亨利·莫顿·斯坦利（1841–1904），英国记者和探险家；戴维·利文斯顿（1813–1873），英国著名医生、传教士和非洲探险家。利文斯顿在非洲探险时失去音讯，后《纽约先驱报》派遣斯坦利前往寻找。1871年11月10日，斯坦利在坦桑尼亚坦噶尼喀湖附近的乌吉吉找到利文斯顿。

参加一些文化活动。而且每一次，他都能把话题引到哈佛上去。我都在哪些教学楼里上过课，知道某某教授吗，认识哪个剑桥古老家族的人吗？哈佛人与哈佛人之间交谈的话题似乎很有限。

我无法回避他。当然，他的很多问题我都没办法回答。他起了疑心，将我作为一个冒牌哈佛人，不然就是个冒牌律师，开始对我"立案"调查。当我得知他正从几个方面大量调查我的背景、严肃地询问我的诚实可信度之后，我知道这已经是个"既判"案件了。

就像谚语中所说的阿拉伯人一样，我卷起帐篷，悄悄地溜走了。不过，我也没忘记去领最后的那份工资。我向格洛丽亚告别，虽然她没有意识到这是个永别。我只是对她讲，家里有人去世，必须回纽约待几个星期。

我把租来的捷豹还掉，买了一辆亮橙色的梭鱼跑车①。这对一个被通缉的逃犯来说，实在有些显眼，但是我十分喜欢，并且很想要，于是就买了下来。我为自己的行为找到一个正当理由：有麻烦的是司机，又不是这辆车，说不定这还是一个不错的投资。总体上，这是个明智之举，因为我过去总是租车，不需要的时候就把它们丢在机场，当时我还不知道奥莱利的存在，而他就是利用我的这种行为破译出我的行动规律的。

我冒充医生将近一年，后来又扮演了九个月的律师。在这二十个月左右的时间里，尽管不能说行得正站得直，但确实没有开过一张空头支票，也没有做过任何吸引当局注意的事情。假设里格比或者检察长本人对我的突然离职不追究原因的话，那么，我有可能已

---

① 美国汽车商普利茅斯旗下的双门跑车品牌，二十世纪六七十年代美国肌肉车代表之一。

经不是紧急搜捕的对象了。当然，奥莱利还是会对我穷追不舍，但是他除了坚持不懈的执着外，手里的线索实在不多。

我试图维持这种状态，因为我在金钱方面并不拮据。我只是想从"哈佛同僚"的盘问中逃脱而已，结果却变成了度假之旅。我在西部各个州闲逛了几个星期，去了科罗拉多州、新墨西哥州、亚利桑那州、怀俄明州、内华达州、爱达荷州，以及蒙大拿州。哪里的风景迷人，我就在哪里游玩。美丽的风景通常也包括一些漂亮风情的女人，我在那里就更有兴致了。

尽管我对自己是个罪犯的概念越来越模糊不清，但我并没想过金盆洗手。其实，为了着眼于未来，我在落基山脉的一座大城市里待了足够长的时间，以便把自己打造成一个拥有双重身份的冒牌飞行员。

和之前假扮泛美航空副驾驶弗兰克·威廉一样，我用相同的方法伪造了弗兰克·亚当斯的身份，职务是环球航空的副驾驶员。制服、伪造的身份卡和联邦航空局飞行员执照全都准备好了。另外还弄了一套双重证件，这样我就还能变成弗兰克·威廉，在泛美航空和环球航空之间切换角色。

不久之后，我来到犹他州，这个州不仅因为壮观的地理和摩门历史而令人瞩目，还因为日益增多的大学院校。我觉得，既然我之前已经伪造了两个大学学位，那么至少也该让自己熟悉一下大学的校园。于是，我参观了犹他州的几所大学——在操场上漫步，领略学院风光，尤其是那些男女合校的学校。校园里有那么多美丽可爱的姑娘，我简直要申请入学了。

然而，我却成了一名教师。

一天下午，我正懒洋洋地待在汽车旅馆的房间看当地的报纸，某所大学急缺暑期教师的报道引起了我的注意。这所学校目前最担心的问题，就是能否找到代替学校两位社会学教授上暑期班的人选。这则新闻引用了该学院院长阿莫斯·格莱姆斯博士的原话，"看来我们将不得不在别的州，寻找愿意只上三个月课的合格人选了。"

我幻想自己安坐在教室里，被十几个妙龄女学生包围着的场景。我无法抗拒这种诱惑，于是给格莱姆斯博士打了个电话。

"格莱姆斯博士，我是弗兰克·亚当斯。"我轻快地说，"我是纽约哥伦比亚大学的社会学博士。我目前正在此地旅行。博士，我在报纸上看到你们在招社会学教师。"

"是的，我们绝对想要招到人。"格莱姆斯博士小心翼翼地回答，"当然，你知道的，这是一个临时职位，只在这个夏天。我想你是有一点教学经验的吧？"

"哦，是的。"我随口说，"但这是几年前的事了，让我来说明一下我现在的情况吧，格莱姆斯博士。我是环球航空公司的一名飞行员，最近因为身体原因休假六个月，我得的是一种内耳炎，因此不能开飞机。在这段时间里，我想找点事情做。正好看到了那篇报道，我就在想，重返课堂可能还挺合适的。

"在我加入环球航空之前，我在纽约城市学院担任过两年的社会学教授。"

"好的，听起来你非常符合我们职位的要求，亚当斯博士。"格莱姆斯博士说，他变得热情起来，"你不妨明天早上到我办公室来，我们可以详细谈谈。"

"十分乐意，格莱姆斯博士。"我回答，"因为我对犹他州人生地不熟，能否告诉我申请贵校的教师职务需要准备哪些材料？"

"哦，只要一份哥伦比亚大学的成绩单就够了。"格莱姆斯博士说，"当然，如果你能拿到几封纽约城市学院的推荐信，就再好不过了。"

"没问题。"我说，"当然，我得叫人把成绩单和推荐信给我寄过来。我来这里时，这两样东西都没有准备，因为在看到报道前，没想到要临时教书。"

"我理解的，亚当斯博士。"格莱姆斯博士回答，"我们明天早上见。"

当天下午，我就写信给哥伦比亚大学，索取一份完整的课程目录以及所有和该校相关的介绍册。我又立即给纽约城市学院教务处写了封信，说我是犹他州的一名研究生，正在纽约寻找一个教师职位，最好是教社会学。我设法在当地的邮局租了一个信箱，然后把信都寄了出去。

我与格莱姆斯院长的会面非常愉快。他似乎立刻就对我产生了好感，我们花了大部分的时间讨论我作为飞行员的"职业"，就连在教工俱乐部吃午餐的间隙也不例外。格莱姆斯博士和许多坐办公室的人一样，对航空飞行员的工作抱有幻想，渴望那些激动人心的想法能够被证实。我有的是各种奇闻轶事，足以让他身临其境地满足当飞行员的愿望。

"毫无疑问，我们能够在这个夏天聘请你，亚当斯博士。"在我正要离开时他这样对我说，"我本人非常盼望着你来我们学校。"

一个星期不到，我向哥伦比亚大学和纽约城市学院索要的材料就寄到了，我开车到盐湖城去购买了伪造证件需要用到的工具材料。我的"成绩单"成品非常精致，我给自己的平均成绩打了3.7分，博士论文写的是《航空业对北美洲农村人口的社会学影响》。正如我所预期的，纽约城市学院教务处的回信用的是学校官方信纸文件。我把它裁剪成标准打印纸的大小，然后坐下来，分别以教务主任和社会学系主任的名义，给自己写了两封推荐信。

　　我写这两封信时非常谨慎。上面只说明了我在一九六一年至一九六二年间曾在纽约城市学院担任导师，教委会给了我非常令人满意的评价，后来我主动辞职，进入商业航空业成为一名飞行员。写完后，我把信交给盐湖城的一家零售印刷商，告诉他我正在申请几所大学的教师职位，需要很多印在高级铜版纸上的推荐信，让他每封信各复印十二份。他草草了事，显然这是个很普通的要求。

　　当我把这些材料给格莱姆斯博士时，他只是扫了一眼，几乎看都没看。他把我介绍给社会学系副主任威尔伯·范德霍夫博士，范德霍夫博士也只是粗略地翻了翻我的文件，然后就把它们送到教工人事处归档。不到一个钟头，我就被聘用了，在夏天教两个学期，每学期各六周，一学期是1600美元的工资。我被安排上午教一年级新生，九十分钟的课，每周三次，下午也是九十分钟，教二年级，每周两次。范德霍夫博士给我提供了两本教学用的教科书以及学生点名册。"如果你还需要其他东西，可以在书店找到。那里有现成的标准申请借阅表。"范德霍夫博士咧开嘴笑了笑，"看到你又年轻又结实真让人高兴。我们的社会学暑期班都是大班，你可要辛苦了。"

此时，离暑期班开学还有三个星期的时间。我以恢复状态为由，旁听了范德霍夫博士的几节课，只是想了解一下大学究竟是怎样授课的。到了晚上，我就开始研读那两本教科书，我发现这书很有趣，信息量很大。

范德霍夫博士说得没错。我那两个班可真够大的。一年级新生班里有78名学生，二年级班也有63名，不过这两个班都是女生占了大多数。

那是我一生中过得最开心的夏天之一。我彻头彻尾喜欢上了扮演教师这个角色。我的学生肯定也这么认为。根据要求，我照本宣科就行了，这一点都不难，只不过得比学生提前读一章节，选出我认为文中需要强调的部分。但是几乎每次给两个班上课，我都会偏离书本，滔滔不绝地谈论犯罪问题、破碎家庭中的青少年问题，以及他们对整个社会产生的影响等等。我脱离课本的内容——大部分都取自我的亲身经历，当然，学生们并不知道——总是能在课堂上引起激烈的探讨和辩论。

周末的时候，我就在犹他州某处景色优美的仙境中尽情享受，通常身边还有一位美若天仙的伴侣。

那个夏天就像沙漠中的春天一样，眨眼就过去了。当要结束时，我切切实实地感受到了遗憾。范德霍夫博士和格莱姆斯博士对我的工作十分满意。"和我们保持联系，弗兰克。"格莱姆斯博士说，"如果我们有机会招一名长期的社会学教授时，我们很希望能够把你从蓝天上引诱下来。"

至少有50名我的学生来找过我，同我告别并送上祝福，告诉我他们是如何地喜欢听我的课。

我依依不舍地离开了犹他州这个乌托邦，因为我实在找不到充足的理由留下来。如果我继续留在那里，我的过去肯定会被挖出来，我可不想在这些人对我的美好印象上抹上污点。

　　我一路西行去了加利福尼亚。当我翻山越岭时，山脊上正积聚起一场大风暴，但这和我马上要犯下的一连串的罪行相比，简直小巫见大巫。

6

开劳斯莱斯的骗子

前休斯敦警察局局长曾经这样描述我："弗兰克·阿巴格内尔只需用一张香港的驾驶证作为身份证明，就能把一张草纸做成由美国南部邦联财政部开出的支票，签名栏上署名'你上当了'，然后就能在城里任何一家银行兑出现金。"

加利福尼亚的尤里卡有几位银行职员也赞同这种说法。其实，如果以议案的形式将它提出来的话，全国肯定会有更多的出纳和银行官员赞成这个描述。

凭良心讲，我可没有那么粗糙。不过我对银行人员的一些做法确实让他们非常尴尬，更不要提他们遭受的惨重代价了。

对我来说，尤里卡是我成为一个专业诈骗犯的起点。当然，在来这座城市之前，我已经是个裱糊高手了，但让我获得支票诈骗犯大师头衔的还是在加利福尼亚。

我并不是有意选择尤里卡作为我变幻莫测的职业生涯的里程碑，它本来只是我前往旧金山途中的一个加油站。但是，意料之中，姑娘出现了，于是我留下来玩了几天"过家家"，同时盘算自己的未来。我总是隐约觉得有一批联邦调查员、警察和警探紧紧跟在我后面，这像梦魇一样困扰着我，让我想赶紧逃离这个国家。这种恐慌其实并没有什么确凿的依据。我已经快两年没开过空头支票骗钱了，而"副驾驶弗兰克·威廉"这个身份也消失匿迹了差不多的时间。我本应该高枕无忧的，但是我没有。我总是惶惶不安、心烦气躁、疑神疑鬼，只要有人多看我一眼，我就觉得他是个警察。

姑娘加上尤里卡，几天后，我的忧虑便得到了缓解。姑娘对我温柔主动，而尤里卡则有无限潜力，使我从小偷小摸升级到偷天大盗。位于加利福尼亚红树林海岸北部的尤里卡依傍在太平洋边上，是一座舒适宜人的小城市。它有着西班牙巴斯克渔村如画一般的迷人风景，海湾上还有一支庞大的装饰得五彩缤纷的捕鱼船队。

对我来说，尤里卡最吸引人的一点是它的银行。在我去过的同等规模的城市中，尤里卡的银行是最多的。而如果我打算逃到国外去当裱糊匠的话，就会需要钱，需要很多钱。

我身边还有几沓假支票，只要在这镇上随便发上十几张，或者更多，我就可以轻松套出1000美元甚至更多。但我突然觉得，个人支票这种伎俩可成不了大买卖。虽然这是空头支票勾当中最简单易行的，但它涉及的面太多，容易节外生枝，而且，开一张100美元空头支票受到的惩罚和开一张5000美元的是一样的。

我觉得自己需要一张能带来更大甜头的支票，能够用同样的花粉酿出更多的蜂蜜，比如工资支票。当然，是泛美航空的工资支票。没有人会说我不是一个忠贞不渝的小偷。

于是，我就去采购了。我在一家文具店买了一本银行现金支票。这种支票在当时仍在广泛使用，由于它的相关信息，包括往来银行的名称都是由付款人填写，这点对我来说是比较理想的。然后我租了一台IBM公司的电动打字机，它能打出几种不一样的字体，比如手写体之类的，还有一些各种颜色的替换色带。我找到了一家制作泛美客机的模型店，买了几套小号的组装模型。最后，我到一家美术用品商店，买了大量的数字和字母贴纸。

东西都备齐后，我回到汽车旅馆，准备开工。我拿出一张空白的银行支票，从模型飞机上揭下印有"泛美世界航空公司"的印花纸，贴到支票顶端，在这些字的下面再用打字机打上泛美航空纽约的地址。我把泛美的标志贴在支票的左上角，对称的右上角上打了几个字："费用支票"，以和一般的工资支票在外观上做区分。这是我单方面的预防措施，万一某个尤里卡的银行出纳可能碰巧接触过泛美的支票。

当然，我用自己的名字，"弗兰克·威廉"作为收款人，金额为568.7美元，这笔数目对我来说还算合情合理。我在支票的左下方打上"大通曼哈顿银行"和它的地址，用渐变的黑色色带反复敲打，直到这些字在假票上看起来像是本来就印上去的。

在银行字体的下面，支票的左下角，我用磁条按下一串数字，是该银行的联邦储备区证明号码和泛美航空的账户号码，这些数字能够表明大通曼哈顿银行是联邦储备区的成员，而这对于任何一个用支票兑现的人来说都很重要，支票骗子则更甚。一个好的裱糊匠本质上就是在玩数字游戏，如果他不知道如何正确使用，就很有可能前后颠倒，完全把版式弄反了。

伪造支票是一项精密而又艰巨的工作，它花了我两个多小时，而我对最后的成品一点都不满意。我看着它，觉得如果我是出纳员，有人给我这样一张支票的话，我是不会给他兑现的。

但是，如果一件从旧货店里淘来的衣服穿在了貂皮大衣下面的话，通常就会被当作高级时髦的衣服。因此，我为这张兔毛支票设计了一个貂皮外壳。我找出一张开窗信封，贴上泛美航空的印花，打上泛美的纽约地址，弄得像真的一样，然后在信封里塞了一张空白信纸，寄到我住的汽车旅馆，收件人是我自己。第二天一早，这封信就寄到了，当地的邮局无意中助了我一臂之力。这邮政员干活实在是敷衍草率，从邮戳上完全看不出信是从哪里寄出的。这人马虎的工作态度让我十分高兴。

我穿上那套泛美航空的飞行员制服，把支票装进信封，塞到上衣的内侧袋。我开车到最近的一家银行，大摇大摆地走进去，停在一个年轻女子负责的出纳柜台前。"你好，"我微笑着说，"我叫弗兰克·威廉，正在这里度假，几天后要去洛杉矶报到。能麻烦你帮我把这张支票兑现吗？我想我带全了证明资料。"

我从内侧袋里掏出信封，取出支票，把它和我伪造的泛美航空身份卡以及联邦航空局飞行员执照一起放在柜台上。我故意将信封掉在台面上，露出泛美航空特有的标志和回信地址。

那个姑娘看了看我的冒牌身份文件，又瞄了一眼支票，但她好像对我这个人更有兴趣。看来，穿着制服的商业航空公司飞行员在尤里卡并不多见。她把支票还给我，让我在背面签字，她在点钱的时候，随意地问了问我的工作和飞过的地方，我的回答特地满足了她对飞行员显而易见的浪漫憧憬。

我离开时，小心地带走了信封。我确保她注意到了这个包装，这明显增强了她对支票的信任。这次的交易也同样证实了我长期以来的一个猜测：出纳和柜员在乎的并不是支票本身看起来怎样，而是拿着支票的是什么样的人。

我回到汽车旅馆，一直忙到半夜，又如法炮制了几张支票，金额都在500美元左右。第二天，我在市中心和郊区几家不同银行成功地把它们兑成了现金。就我对银行支票操作程序的了解，我估算着还能在尤里卡多待两天，制造并兑换这些空头费用支票，然后还有三天时间离开这里，逃去其他地方，之后第一张支票才会被作为假票退还。

但一次周期性的发生在我身上的身份认同危机，让我不得不修改自己的时间表。

我从来没有深陷假身份中而忘记自己的真实身份是小弗兰克·阿巴格内尔。事实上，平时随意遇到的一些人，在我认为假扮既没有必要也得不到什么好处的情况下，我总是以小弗兰克·阿巴格内尔的真名介绍自己，一个来自布朗克斯的单身汉。

在尤里卡同样如此。我用弗兰克·威廉这个名字登记了汽车旅馆，对那个姑娘也用的是这个身份，她迷上了那个她以为是泛美航空飞行员的男人无法自拔。当我远离这些，脱下飞行员的外衣时，我只是小弗兰克·阿巴格内尔而已。从某种程度上来讲，我的真实身份成了我躲避伪装带来的压力和紧张的庇护所。

我在尤里卡的一家海鲜餐馆遇到了一个打鱼归来的渔夫。他走到我的桌前，说我正在吃的那条鱼是他亲手抓的，接着就坐下来和我聊天。原来他是个汽车迷，于是我就和他谈我那辆老式福特车以及我对它进行的改装。"嘿，那是我现在正打算做的，一辆一九五〇年的福特敞篷车。"他说，"你不会没有你那辆破车的照片吧，有吗？"

我摇了摇头，说："有是有，但都在我自己家里。"

"把你在纽约的地址给我，等我把车改装好了后，给你寄点照片过去。"他说，"嘿，说不定我会把它开去纽约找你。"

他寄信给我或者来纽约看我都是不大可能发生的，就像我也不大可能会去纽约收信或见他一样，于是我在口袋里摸索纸张，用来记下我的名字和纽约的地址。

我找到一张空白的银行现金支票，我问服务员借了支铅笔，在支票背面匆匆写下我的名字和纽约的地址。这时，有个电话过来找那个渔夫，是挂在大门旁边墙上的收费电话。他电话打了没几分钟，然后朝我挥了挥手。"嘿，你看，弗兰克，我要回船上去了。"他大声喊道，"明天再过来好吗？"我还没来得及说话，他就走出门了。我把铅笔还给服务员并让他结账。"你需要换一支铅芯浓一点的笔。"我一边说，一边指了指刚才在银行支票背面写的字。那些字勉勉强强看得清楚。

我并没有把这张支票撕掉，而是把它塞回了口袋，事后证明这个举动既愚蠢又侥幸。回到房间后，我把它扔到打开的支票簿上，接着换了套衣服，打电话给那个姑娘。在尤里卡郊外某处长着高大的红树林的地方，我们找了家高级酒店，度过了一个愉快的夜晚。

那是个非常愉悦的夜晚，以致第二天早上我在制造另外三张假支票的时候仍意犹未尽。在尤里卡及其周边还有三家银行没被我精湛的骗术造访过，我可不想冷落了其中任何一家。于是我埋头于新的诡计里，把对紧跟在我屁股后的警方团队的恐惧全抛在了脑后，我也完全忘记了前一天下午遇到的那个年轻的渔夫。

第一张支票做好后，我把它放进那个用了很多次的信封里。另外两张也在两个钟头内完成了，我准备好对尤里卡做最后的告别袭击。事情进行得非常顺利。下午三点前我回到旅馆房间，塞满现金的行李箱内衬里又添了大约1500美元。

那天晚上我告诉姑娘，我第二天就要离开了。"我可能要从旧金山或者洛杉矶起飞，现在还说不清楚。"我撒了谎，"不管怎样，我会经常回来的，我只要租一架小型飞机，很快就能飞过来。我们可以换个花样，从高处俯瞰那些红树林。"

她相信了我的话。"那就一言为定。"她说，然后提议我们去码头吃海鲜。比起心中的不开心，她似乎更在乎食欲，于是我欣然同意。然而，当我饭吃到一半的时候，看到窗外有一艘渔船正驶进码头，我突然想起了那个年轻的渔夫。我也同样想起了我在一张现金支票的背面草草地写下了我的真名和我在纽约的地址——至少是我父亲的地址。我心中不禁起了疙瘩，就好像被人掐中了要害。我后来是怎么处理那张支票的，我一时半会儿想不起来，只能一边拼命地回忆，一边继续佯装热情地和姑娘聊天，这让我和那姑娘在一起的最后一晚变得不堪回首。

回到房间，我四处寻找那张空白支票，但没有找到。我有很多空白支票，但它们都是支票簿上粘在一起的。我最后只得断定，我把那张支票做成了泛美航空的费用支票，送进了那三家银行中的某一家兑现了。但是我对自己说，这是不可能的，我必须在每张支票背面签字，应该会看到上面有字的。可我真的看到了吗？我记得那支铅笔的颜色是有多淡。即使在下午明亮的光照下，我的字也看不大清楚。当我在背面签字的时候，很容易就会忽视掉那些潦草的字，尤其考虑到我在尤里卡行骗时所用的那套手段。我发现当我把出纳的注意力集中在我身上，而不是支票时，那些伪造的支票就会兑换得更加顺利。而要想吸引一个女人的注意，你就也得把注意力放在她身上。

我坐在床上，强迫自己回忆整个事件的来龙去脉，很快就明白了前因后果。我把那张支票扔到了打开的支票簿上。第二天一早当我制作那三张假票时，首先就把它拿了起来，却忘记了碰到的那个渔民。假票做完后，我马上把它放到了那个伪造的信封里，这么看来，它一定是三张支票中第一张被兑换的。我这才想起那个帮我兑现的出纳，我花了太多精力在她身上，看起来是有些过分了。

尤里卡的某家银行会收到一张伪造的泛美航空的费用支票，背面有一个冒牌副驾驶员的签名，而背面同样也有小弗兰克·阿巴格内尔的签名和他父亲在布朗克斯的地址。一旦这张假票暴露，即便不是夏洛克·福尔摩斯，任何人也能发现这其中的关联而侦破这个案子。

我突然感到自己像热锅上的蚂蚁。我又开始考虑离开这个国家，越过国界逃到墨西哥，或者往南去更远的地方。不过，这次我在盘算这个想法的时候并不心甘情愿。我在尤里卡设计了我认为是很伟大的全新的诈骗手段，比赌博时出老千赚得还多。我陶醉在这个方案的成功之中，把恐惧丢到了一边，忘记自己正被紧紧追踪，我相信自己就像北极的浮冰一样，没有融化的危险。我打算沿着海岸线和国界来实施我的支票诈骗。一想到自己因为愚蠢地暴露了身份而不得不放弃这些计划，我感到很恼火。

可我真得放弃这个游戏吗？此时此刻我的身份真的暴露了吗？假使我没有注意到支票背面那些字迹，可能别人同样也没有看到。

再说，那张纸片很可能还留在银行。我是下午一点多去兑现的，有可能要等到第二天才会把这张支票送去纽约。如果它还没有离开银行，也许我还能把它赎回来。我可以告诉他们说泛美航空开错了支票，本不应该拿来兑现之类的胡编乱造。我可以肯定自己能够编出一个十分可信的借口，只要支票还在他们手里。我思索着各种可行的理由，渐渐地睡了过去。

第二天早上，我便收拾行李，把装备都搬上车，结掉旅馆的账，然后打电话给那家银行。我要求找出纳主管，电话转到了一个女人那里，她自称史特拉·韦林，语气轻快利落。

"韦林夫人，一位泛美航空的飞行员昨天在你们银行兑换了一张支票，"我说，"你能告诉我……"还没等我把话说完，她就打断了我。

"是的，一张假支票。"她说，突然变得很愤慨，也不问一下我的身份和打电话的原因，"我们已经通报联邦调查局了，他们会派一个探员来取走这张支票。"

她并没有盘问我。出于对自己真实身份的保护，冲动之下，我回答道："是的，这里就是联邦调查局。我现在通知你，我们的探员会在十五分钟之后到你们那边。支票由你保管吗？还是要联系其他人？"

"就让他来找我吧，先生，支票在我这里。"韦林夫人回答，"当然，我们需要这张支票的复印件留档，这没什么问题吧？"

"当然没问题。"我向她保证，"我会告诉戴维斯先生给你提供一张复印件的。"

我换上一套蓝色西装，不到五分钟就到了银行。进门前，我谨慎地探察了银行的内部情况。没有看到昨天帮我兑现的那个出纳。

如果看到她在，我就不会进去了。我不清楚她是去休息喝咖啡了还是怎样，惶惶不安地担心会和她撞上，但我只能去冒这个险。我大步走进银行大厅，前台把我带到了大楼一侧韦林夫人的办公桌前。她长得苗条端庄，大概三十多岁，从头到脚散发着职业女性的气息。我来到她跟前的时候，她抬起头来。

"韦林夫人，我是联邦调查局的比尔·戴维斯，我的上司之前应该有联系你。"我说。

她点了点头，脸上露出尴尬的表情。"哦，是的，戴维斯先生。"她说，"支票就在这里。"她既没有问我要证件，也完全没有怀疑我的身份。她只是从抽屉里取出那张支票递给我。我装作很内行地检查支票，这种装模作样很容易，因为这张支票就是我做的。在支票背面，勉强可以看出我的真名和我父亲的地址。

"这看上去挺粗制滥造的，"我干巴巴地说，"我很惊讶，居然有人会给这样的支票兑现。"

韦林夫人无奈地笑笑，表示同意。"就是啊，我们这儿有些姑娘，一看到英俊潇洒的飞行员或者外表风度翩翩的男人就失去了理智。她们的注意力都在男人身上，而不是交付给她们的票据。"她用责备的口气说道，"收下这张支票的卡斯特小姐，她对此非常难过，今天早上都没来上班。"

得知这个消息，我顿时放松下来，开始享受扮演政府人员的乐趣。"好吧，我们需要和她谈谈，不过晚些时候也行。"我说，

"支票你复印过了吗？"

"还没有，旁边就有台复印机，只要一会就好了。"她说。

"我来复印吧。"我说，她还没来得及反应，我便快步走到复印机前。我只复印了支票的正面，然后把复印件放到她的办公桌上，她并没有注意到这一点。

"让我在上面签个名，写个日期。"我说着，拿起一支钢笔，"这张复印件就作为给你的收据。你知道的，我们要保留原件作为证据。它将由美国司法部保管。我想我们暂时就需要这些，韦林夫人。非常感谢你的配合。"我把那张该死的支票原件放进口袋后便离开了。

后来我得知，就在我刚走出银行不到五分钟，真正的联邦调查员就赶到了，他是尤里卡唯一一名探员。我后来还了解到，当韦林夫人得知自己也受骗了的时候，简直难过得要死，不过说起来，联邦调查员身上的确带有梦幻般的气息，就连一个成熟女性也会被这华丽的外表迷倒。

假扮联邦调查员还不是我犯罪生涯中最厉害的骗局。联邦调查员通常都是精明能干的高手，而当有人冒充联邦调查员时，他们就更加有效和果断了。我只是暂时躲过了一劫，使得冒牌飞行员弗兰克·威廉和小弗兰克·阿巴格内尔之间的关系没有暴露。但我不知道这件事情有没有给奥莱利提供了新的线索，在那以后，我们就一直玩着猫抓老鼠的游戏。

然而，作为一个骗子，我还只是个初学者，尽管已经算得上是名高才生，并且愿意去尝试那些连经验丰富的支票大盗都不敢冒的风险。我是个独立的电影人，表演、编剧、制片，并导演自己的剧本。我不认识其他专业罪犯，我也不探求其他犯罪的技能，甚至对于任何看似犯罪窝点的地方我都避而远之。

协助我违法犯纪的都是些正直老实、遵纪守法的正派好人，我连哄带骗地得到他们的帮助。事实上，我之所以成功，最大的因素就是我完全独立自由。对警察来说，那些通常的犯罪信息来源根本没法搜到我，黑道消息也完全没有关于我的情报。虽然我的真实身份可能会在作案过程中暴露出来，但警方搜集到的线索全都是马后炮。通常我的罪行被发现时，我已经溜走好几天了，警方从来没能逮到我的行踪，直到我再次作案，那时通常我已经在某座遥远的城市了。

我意识到，一旦入了支票诈骗这一行，就永远别想回头了。我选择"裱糊匠"作为我的职业和谋生手段，既然决定要做这种违法的行当，那就得把工作做得尽善尽美。在之后的几个星期、几个月里，我钻研了支票业务和银行存储程序，就像投资者研究投资市场一样刻苦勤奋，并尽量低调地来做我的功课。我和出纳们约会，一边抚摸她们的身体，一边汲取她们的专业知识。我造访各个图书馆，翻阅银行类杂志报纸和商业书籍。我阅读金融出版物，制造各种机会和银行职员接触谈话。很快，我技术上的所有错误都得到了适当的纠正。

当然，就像曾经有人说的，做坏事永远没有正确的方法。但是大多数成功的支票诈骗犯拥有三个有利因素，这三个因素中的任何一个，或者它们之间最松散的配合，都能让你在这场赌博游戏中取得成功。

首先，是一个人的个性。我把一个人的着装打扮也看作是个性之一。无论是推销空头支票还是兜售假冒的石油租约，但凡顶级的骗子都衣着光鲜，身上散发着自信和权威。同时，他们通常还富有魅力，彬彬有礼、态度真诚，就像是一个正在拉拢选票的政客，虽然他们有时也会装得像个大亨一样冷漠自大。

其二，是观察力。观察力这项技能是可以培养的，但我却是与生俱来的天赋（或者说是祸害），我能够抓住普通人容易忽视掉的小细节。观察力是这种新式盗窃成功的唯一要素，这一点我之后将会阐明。有个记者写过一篇关于我的报道，上面说，"一个诈骗高手能像印第安人那样读出每个动作、表情的意思，而弗兰克·阿巴格内尔可以让边境上最好的波尼族印第安侦察员变成一个半瞎的菜鸟。"

第三，是调查研究。这是精明的罪犯和超级骗子之间最大的区别。一个打算抢劫银行的蒙面大盗最初目的可能只是想把钱拿走，但通常最后他还是得依靠他的枪。而对一个诈骗大师来说，他的头脑就是他的武器。另外，同样是诈骗银行，一般的骗子会用伪造的支票，但一个老练的诈骗大师则会彻底研究这个行动的各个方面。在我兜售空头支票的全盛时期，关于支票的问题，我比全世界任何一家银行的出纳知道得都多。我甚至怀疑很多银行家都不及我知识丰富。

这里有几个例子说明了我了解到一些连出纳都不知道的事情，正是这些关于支票的小细节，使得他们像羔羊一样任我宰割。例如，所有正规的支票都至少有一边是有穿孔的（或者是扇形的）。如果支票是从个人支票簿上取下的话，这条边就在支票的上方，如果是商务支票簿，那就有两到三条这样的边。有些谨慎精明的公司甚至把他们支票的四边都做成了扇形。当然，心灵手巧的伪造者是可以仿造出这种票据的，不过他得先投资4万多美元买台穿孔机，而他用穿孔机的话，也谈不上什么灵巧了。穿孔机可不是能够装进包里到处跑的小工具。

当然，有些空头支票的确有一条边是穿孔的，因为支票是真的，假的是账户。我每一次兑换的个人支票，其实只是余额不足的空头支票而已。每次我要开始用支票诈骗时，我都会用假名先开一个合法账户，以获得其名下的五十到一百张的个人支票。我在前面提到过，一般我开出的第一张或前两张支票是合法有效的，之后才是空头的假票。

我前面说过，一个高明的支票诈骗犯就是在玩数字游戏，确实是如此。无论是个人支票还是商务支票，所有支票的左下角都有一串序列号。比如，随便拿出一张个人支票，左下角写着序列号"1130-0119-546-085"。我在支票诈骗领域呼风唤雨的时候，一百个出纳或者私人柜员中没有一个注意过这个序列号，因此我相信只有一小部分处理支票业务的人知道这串序列号意味着什么。我来破译一下：

数字"11"表示这张支票是在第十一个联邦储备区里印刷的。美国一共有十二个联邦储备区。这第十一个联邦储备区包括了得克萨斯州，支票就是在那里制造的。"11"后面的"3"则明确表示了该支票来自休斯敦，因为那里是联邦储备区第三个区的办事处。"0"表明该支票可以即时信贷。中间那四个数字，"0"指的是休斯敦清算所，"119"是该区的银行识别号码。后面的"546-085"是客户在银行的账户号码。

支票诈骗犯是如何从这些知识中受益的呢？比如说有个人给出纳或者柜员一张工资支票兑现。这张支票看上去没有任何问题，由休斯敦一家有名的大公司发行，能在休斯敦任何一家银行取现，或者票面上是这样写的。然而，左下角的序列号却是由"12"开头，但是出纳或者柜员并没有注意到它，抑或是注意到了，但他们却不知道这些数字的含义。

然而计算机知道。通常在当天晚上，那张支票会被送到清算行，这时计算机就会把它剔出来，因为虽然票面上显示该支票能够在休敦顿使用，但上面的数字却表明是旧金山的，而电脑只读得出数字。因此，那张支票就会被立即归整到第十二区，也就是旧金山。旧金山的另一台计算机则会因为银行识别号不符而拒绝这张支票，这样一来，支票就会被送到清算行的职员手中。在大多数的情况下，清算行职员只会注意到票面上写的在休斯敦兑现的信息，然后就把支票寄回去，认为它被送到旧金山是因为电脑操作失误。不管怎样，五到七天后，那个为该支票兑换的人才会发现自己被骗了，而骗子早就无影无踪。

银行人员只关心他们自己的数字代码，而对于客户来兑现的支票情况就不怎么了解。在逃离尤里卡之后，我在旧金山逗留了几个星期，伪造了几十张泛美航空的费用支票，然后在旧金山的银行、机场，以及周围社区的酒店或银行里兑现，根据我给这些支票的编号，它们会被送去很远的城市，比如波士顿、费城、克利夫兰和里士满。

没有一个淘金者能像我这样如此贪得无厌地挖掘金山了。我伪造的那个信封在我兑现假票的时候起到了无法估量的作用，但是我在洛杉矶湾区使用的次数太多了，导致它的接缝处开始有点断开了。我需要再做一个新的。

既然这样，为什么不用个真的信封呢？我认真分析了一下。旧金山是泛美航空的大本营之一，而我是泛美航空的飞行员，不是吗？见鬼，当然不是了，但是出了泛美公司的大门谁又会知道？我来到机场，大胆地走进泛美航空的综合运营部。"嘿，我在哪里可以拿到信纸和信封？我完全不熟悉这里。"我向遇到的第一个人问道，他是名无线电报务员。

"在储藏室，就在那里。"他指了指说，"请自便。"

由于储藏室没人看管，我就自己取了。我拿了一沓信封和一沓泛美航空抬头的信纸，正要塞进包里时，又看到了一沓表格，顶端用黑色的粗体字印着"支票授权"。我拿起一扎看了看最上面的文件。这是申请经费的表格，需在泛美航空旧金山公司经理签字同意的情况下，批准公司出纳给指定人的签发支票。于是我也拿了一些表格放进包里。我离开的时候没人来阻拦我。我根本不觉得我碰到的那些人有注意到我。

这张支票授权表是个让人爱不释手的小帮手。我把它折好和我的浑蛋小支票一起，塞进货真价实的泛美信封中。我能肯定的是，即使支票授权表填写得并不规范，但已经显得很正规，加上信封，足以证明我兑换的支票的真实性了。

一天，我从伯克利的几家银行觅食归来，发现手提箱和行李袋已经全部塞满了钞票，都没地方放衣服了。显然，我花钱的速度跟不上偷钱的速度。于是我拿了2.5万美元到圣何塞银行，用约翰·卡尔卡尼的名字租了一个保险箱，预付了三年的租金，把现金存到里面。第二天我又去了奥克兰的一家银行，同样，但是以彼得·莫莱利的名字存放了钞票。

之后我回到旧金山，坠入了爱河。

她叫罗莎莉，是美国航空的一名空姐。她和五个室友一同住在一栋老房子里，全都是美航的空姐。我有次从机场回来，在巴士上遇到她们六人，就这样认识她的。她们去机场是为了公务，而我是去做一些小偷小摸的坏事。当天晚上，我们就约会了。

罗莎莉是我遇到的最讨人喜欢的女性之一，而且至今我仍然这么觉得。她有一头寒霜般的金发，很快我就发现了她性格中也有寒霜的一面。她二十四岁了还是个处女，在我们第二次约会的时候她告诉我的，她打算保留贞操直到结婚那天。我对她这种态度表示十分钦佩，我的确如此，但这并不能阻止我每次和她独处时都试图脱她的衣服。

作为一个伴侣，罗莎莉的确讨人喜欢。我们有很多共同的兴趣：音乐、书籍、大海、滑雪、戏剧、旅行等其他很多的享受和乐趣。罗莎莉在宗教上非常虔诚，就像我是个虔诚的天主教徒一样，但她从不要求我和她一起做弥撒。

"对我的那些罪孽，你为何不向我说教呢？"有天我去教堂接她，打趣地问道。

她笑了笑。"我不知道你有什么罪，弗兰克。"她回答，"我没发现你有什么恶习，我就喜欢你这个样子。"

我发现每和罗莎莉在一起，关系就更亲近一步。她有如此多的优秀品德，简直是大多数年轻单身汉梦寐以求的贤妻代表：忠诚、干净利落、聪慧、脾气温和、善解人意、美丽可爱，还不沾烟酒。

她就像苹果派，像美国国旗，像母亲，也像姐妹，像春天，像所有这些一起别在了一条女童子军的绶带上。

"罗莎莉，我爱你。"一天晚上我对她说。

她点了点头。"我也爱你，弗兰克，"她轻声地说，"要不我带你上门拜访一下我的父母，告诉他们我们的事，怎么样？"

她的父母住在洛杉矶的南边的唐尼市。开车过去要花很长时间，半路我们停下，在庇斯摩海滩旁边租了个小木屋。我们度过了一个美好的夜晚，第二天早上我们继续赶路时，罗莎莉已经不再是处女了。对此我真心感到很糟，我认为自己本应该多为她的贞节考虑，而我非常清楚她很看重这一点。我们沿着海岸线行驶，她坚持我们开她的车，一路上我不停地向她道歉。

罗莎莉贴靠在我身上，笑了笑说道："不要道歉了，弗兰克。我心甘情愿的。至少，我们可以把那晚算作我们的新婚之夜。"

她的父母都是好人。他们对我热情款待，罗莎莉告诉他们我们准备结婚的时候，他们非常兴奋并热切地祝贺我们。整整两天，我耳朵里听到的都是关于婚礼的筹划，虽然我并没有真正请求罗莎莉嫁给我。

但是我怎么能娶她呢？她以为我是弗兰克·威廉，一个前途似锦的泛美航空副驾驶。我知道我们一旦结婚，我的冒牌身份就无法维持下去。她早晚会知道我的真实名字叫弗兰克·阿巴格内尔，是个二十岁不到的骗子，有着见不得人的过去和毫无前景的未来。我告诉自己，不能对罗莎莉这么做。

也许我可以呢？我有八九万美元的现金，足以维持婚后最初一段时间的开支。如果我告诉罗莎莉我一直打算开家文具店，不想再开飞机了，她可能会相信我的。事实上我根本不想开文具店，但这是我唯一熟悉的正当行业。我还是放弃了这个主意。我继续当"弗兰克·威廉"，而弗兰克·威廉仍然是个逍遥法外的通缉犯。

于是对我来说，这次本来很愉快的拜访就变成了痛苦的煎熬。我觉得我是真心喜欢罗莎莉的，而我也真心想和她结婚，但在当前这种情况下，我不知道该怎样去做。

然而，罗莎莉以为她就要嫁给我了。她的父母也以为她就要嫁给我了。他们开心地忙活起来，把大喜日子定在一个月之后，列出邀请参加婚礼的宾客名单，筹划招待工作，以及其他父母嫁女所需要做的一切事情。我参与了许多讨论，外表上装作很开心，像是对婚礼很盼望的样子，但内心却因内疚而备受折磨，羞愧难当，完完全全地陷入了痛苦中。我对罗莎莉和她父母说，我的父母正在欧洲度假，应该会在十天内回来，他们都觉得应该等我父母回来后，再来决定最终筹备方案。

"我敢肯定你母亲一定很想参与这件事，弗兰克。"罗莎莉的母亲说。

"她肯定很愿意。"我撒了谎，我能肯定的只有我妈一定很想揍我一顿。

我不知道该如何是好。我住在罗莎莉家的客房，夜晚躺在床上，我能够听见大厅另一头传来她父母的低语细声，我知道他们在谈论他们女儿和这样一位好青年的婚事。这让我感觉很糟。

一天下午我和罗莎莉骑车出游，我们来到一个公园，坐在一棵巨树的树阴下，像平常一样，罗莎莉聊起了我们今后的生活——我们住在哪里生几个孩子，等等。我就这样看着她说话，突然觉得，她应该能够理解我，她那么爱我，一定会理解并且原谅我的。我最喜欢她的特点之一就是她的同情心。

我轻轻用手捂住她的嘴。"罗莎莉，"我说，并十分惊讶自己竟能如此泰然自若，"有件事情我得告诉你，希望你能尽量理解。要不是我那么爱你，我是不会打算告诉你的，因为我从来没对其他人说过。现在我只想告诉你，罗莎莉，因为我是真心爱你，想和你结婚。

"罗莎莉，我不是泛美航空的飞行员。我也不是二十八岁，罗莎莉。我现在才十九岁。我的名字不是弗兰克·威廉，我叫小弗兰克·阿巴格内尔。我是个骗子，罗莎莉，是个冒牌货、支票诈骗犯，正被全国的警察通缉。"

她看着我，惊呆了。"你没开玩笑吧？"她终于开口说，"可我们是在机场相遇的啊。你还有飞行员执照，我亲眼看到过的！你有泛美航空的身份卡。当时你还穿着制服，弗兰克！你为什么说那些话？你这是怎么了？"

她胆怯地笑了笑："你在寻我开心吧，弗兰克！"

我摇摇头。"不，罗莎莉，我没有。我刚才说的每件事都是真的。"我说，并把从布朗克斯一直到唐尼的全部来龙去脉都向她坦白了。我说了大约一个小时，边说边看着她的眼神依次呈现出惊恐、疑惑、痛苦、绝望和同情，之后她的情感被泪水所掩盖。

她双手抱头，手指插进头发，眼泪控制不住地往下掉，仿佛要一直这样哭下去。然后她接过我递给她的手帕，擦干脸上的泪水，站了起来。"我们回去吧，弗兰克。"她轻轻地说。

"你先走吧，罗莎莉。"我说，"我很快就到，我得一个人待一会儿。对了，罗莎莉，在我回去之前，什么都不要说。如果你父母知道这件事的话，我也希望是我亲口告诉他们的。向我保证，罗莎莉。"

她点点头："我向你保证，弗兰克。一会儿见。"

她骑着自行车走了，此时此刻，一个可爱的女人沦落成了一个凄惨的身影。我骑上自行车，一边转悠，一边思考。实际上罗莎莉并没有说什么话，当然更没有对我说，一切都会好起来的，她原谅我了，不管怎样我们还是照常结婚之类的话。我并不知道她到底在想些什么，也不确定当我再次回到她家时，她会有什么样的反应。我是否还应该回去呢？我留在她家的所有东西也就是一些运动衫、两三套西装、内衣内裤，还有一套剃须用品。我把制服留在了旧金山汽车旅馆的房间里，伪造的身份卡和飞行员执照则在我的口袋里。我从没有告诉罗莎莉我住在哪儿。我总是打电话约她或者去她住的地方。有次她问过我这个问题，我说我和两个古怪的飞行员一起住在阿拉米达，他们古怪到房间里连电话和电视机都没有。

罗莎莉似乎对这回答毫不怀疑。她完全不是一个爱管闲事的人，人们装出什么样子，她都欣然接受。这也是我喜欢和她在一起，频频和她约会的原因之一。在她身边我觉得很安全。

但现在我不觉得安全了，我开始怀疑刚才一时冲动而招供的行为是否明智。我强迫自己排除这些疑虑。我对自己说，鉴于罗莎莉现在知道的那些事情，无论她怎样去应对，都不会背叛我的。

我考虑给她打个电话，问问她现在的想法，但我还是决定当面问她，催促她赶紧下决心。我抄了一条小路去她家，到了转角处我停了下来，把自行车放倒在一边，沿着隔壁邻居家的院子篱笆走过去，直到我可以透过树叶看到她家的房子。

罗莎莉家的门口停着一辆黑白相间的警车，还有一辆停在车道上，虽然没什么标志，但显然也是辆警车。

我可爱的罗莎莉把我揭发了。

我折回到放自行车的地方，往相反的方向骑车离开。到了市中心，我放好自行车，拦了辆出租车到洛杉矶机场。不到三十分钟，我就在回旧金山的飞机上了。整个旅途中，有一种说不清道不明的感觉折磨着我。在我收拾行李、给酒店结账，然后又回到机场的一路上，这种不明不白的情绪仍旧困扰着我。我用詹姆斯·弗兰克林的名字买了张去拉斯维加斯的机票，然后把梭鱼车丢弃在机场的停车场，车钥匙就挂在点火器上。在我买过和丢弃过的许多车中，这是第一辆。

在飞往拉斯维加斯的路上，这种奇怪的感觉仍然纠缠着我。它不是愤怒，不是哀伤，也不是内疚。我一直说不清楚这究竟是什么样的感觉，直到我在内华达州下了飞机，才终于明白。

这是一种解脱的感觉。我很高兴罗莎莉离开了我的生活！明白这一点使我很震惊，因为不到六个小时前，我还拼命地想方设法和她结婚。无论震惊与否，我都觉得如释重负。

这是我第一次来拉斯维加斯，这座城市比我想象中的还要棒。整座城市都被一种让人意乱情迷的华灯所笼罩，无论是游客还是当地人，大家似乎都在狂热地期待着什么。相形之下，纽约就显得悠闲祥和了。"赌博热。"当我和一个出租车司机提起这种风风火火的气氛时，他这样对我解释。

"每个人都染上了。大家都想来发笔横财，尤其是男人。他们乘着飞机或者开着豪车来到这里，离开的时候却只能搭便车了。这里唯一的赢家只有赌场，其他人都是输家。听我一句忠告，如果你想玩的话，就玩女人吧。她们大多数都饥肠辘辘。"

我在一家汽车旅馆订了一套房间并预付了两个星期的租金。付账的时候我拿出厚厚一卷百元纸币，但旅馆接待并没有被吓到，神色自若。很快我便知道，在拉斯维加斯，大捆的钞票就像平时我们放在口袋里的零钱一样普通。

我只是把拉斯维加斯当作一个疗养地来调节自己的状态。我接受了那个司机的忠告，只玩玩女人。并且，他对那些小妞的看法是对的。她们大多数都饥肠辘辘。确确实实的饥饿，简直要饿死了。我在同几个最像饿狼的女人混了一个星期后，有种摩西在喂养大批民众的感觉。

好在，就像《圣经》中说的那样：周济贫穷的，不致缺乏。

我正周济着一个挨饿的流浪姑娘。三天来她一直靠着赌场的免费午餐来充饥，一边试图和菲尼克斯市的哥哥取得联系，问他要钱乘车回家。"我一点家当都没了，"她悔恨地说道，一边狼吞虎咽地嚼着一块蘸满所有配料的巨大牛排，"我身上带来的每一个铜板、支票账户里的每一分钱、我所有的珠宝首饰典当来的钱，全都没了。我甚至把回去的机票都换成了现金。还好我的房租是预付的，否则我就得睡在大堂的沙发上了。"

她开心地咧嘴笑了笑："这是我活该。我以前从来没有赌过，我刚来到这里的时候也是不想赌的。可这该死的地方会让你就范。"

她困惑地看着我："我希望你是出于好心才请我吃饭。我知道在这里，女孩子可以有很多方法得到想要的东西，但这不是我的作风，朋友。"

我大笑了起来："别紧张。我很喜欢你的作风。你是回菲尼克斯工作吗？"

她点了点头："运气好的话，是的。但如果我下周一还没能回去，工作就要丢了。"

"是什么样的工作？"我问。她看上去像是干秘书这一行的。

"我在一家设计和制作支票的公司里做支票设计师，"她说，"其实我是个商业画家。虽然这是一家小公司，但有两家很大的银行，还有许多大型企业都是我们的客户。"

我如获至宝。"好吧，我被惊住了。"我顺势大胆地问她，"那真有意思。你们通常是怎么设计和制作支票的？"

"哦，这要看我们做的是普通支票还是花色支票了。你知道的，花色支票就是带图案、风景，五颜六色的那种。普通支票的话，制作就很简单了。我只是根据客户的要求在一块大剪贴板上进行设计，然后用制版照相机调节好尺寸翻拍下来，它就会生成一块刻板。我们只需把这块刻板放在一台小型的胶印机上，就可以印刷一版或者一张支票了。其实只要稍微培训一下，这事情人人都会做。"

她简直就是一个小精灵。我俯身亲了下她的额头。"小精灵，你看今晚就回家如何？乘飞机。"我问道。

"你在寻我开心吗？"她抱怨，目光看上去十分警惕。

"不，我是认真的。"我向她保证，"我是泛美航空的飞行员。虽然我们这里没有航班，但是我有免费搭乘飞机的特权。我可以让你乘上任何一架从拉斯维加斯飞往菲尼克斯的飞机。不用花一分钱，只是需要撒个小谎。我会对他们说你是我妹妹。不带其他任何条件，怎样？"

"嘿，太棒啦！"她欣喜若狂，然后熊抱了我一下。

在她收拾行李的时候，我用现金为她买了一张机票。我送她到机场，在她登机时，往她手里塞了100美元。"不要和我争，"我说，"这是先借给你的。过个几天我会找你要回来的。"

后来我确实去了菲尼克斯，但我根本没想过去找她。即使我找到了她，我也不会让她还钱，反而还要再给她一些，因为她为我指了条财路，让我发了大财。

第二天，我找到一家文具印刷品供应公司。"我正打算开一家小型文具店和印刷店。"我对一个售货员说。

"朋友建议我，刚开始买一台制版照相机和一台小型胶印机就足够了，从经济上来考虑的话，各方面性能良好的二手机器也可以纳入选择。"

售货员点了点头。"没错，"他同意道，"但问题是，二手的制版照相机非常难弄到。我们这里现在没有。不过倒是有一台很不错的小型胶印机，没用过几次，如果你同时买架新的制版照相机的话，我可以给你一起算个优惠价。两台一起8000美元好了。"

这个价格，让我多少有些吃惊，但在他把两台机器给我看过，并且演示了操作流程后，我就感觉到投资在这样的宝贝上，8000美元实在是有些微不足道了。制版照相机其实就是台光学刻版机。它通过对原件的摄影来造出一块可以翻印的刻版。再把这块轻型柔韧的刻版贴在胶印机的圆筒上，刻版上的图案就直接压在这胶布上，然后反过来，这胶印机就能再把这图案印在所需要的各类纸张上了。就像小精灵所说的，只要稍微培训一下，人人都会做，我现在就在当场接受培训。

制版照相机和小型胶印机尽管并不重，但体积却十分庞大，要把它们装进行李箱带着到处走是不可能了。不过，我也只是打算临时用一下它们。

我通过一家仓储公司，租了一间光线充足的小房间，预付了一个月的租金。然后我弄了张8000美元的现金支票，用它买下了制版照相机和胶印机，并让他们送到这个储藏室来。在同一天我又去了几家文具店，购买了所有我需要用到的材料——绘图板、钢笔、铅笔、尺、切纸刀、字母数字粘贴纸，正宗费用支票上使用的蓝色和绿色的安全卡纸，还有一些其他东西。

第二天我就把自己关进了这个临时工作室，用上各式各样的材料，照着我之前手工伪造的泛美航空费用支票，做了一个十六乘二十四英寸大小的模本。完成后，我把这件艺术品放到制版照相机下面，将尺寸调到三点五乘七点五英寸大小，然后按下了快门。不出几分钟，我就拿着生成的刻版放到胶印机里来复制我的作品了。

我简直惊呆了，欣喜万分。经过照相机的缩印后，那些曾经肉眼可以看出的字里行间的轻微瑕疵和出入都看不见了。我用切纸刀从卡纸上切下一张仔细端详。除了四条边都是光滑的之外，这根本就是一张正宗的支票！

我一共复印了五百张，然后才把胶印机关上，并把它和制版照相机一起扔掉。我回到旅馆，换上我的飞行员制服，往上衣口袋里塞了一沓支票，出门打老虎去了。

这些老虎对我来说，就是一只只小猫咪。我像熨床单一样把拉斯维加斯弄得服服帖帖。那天下午和晚上，还有第二天，我光顾了近百家赌场、酒吧、宾馆、汽车旅馆、夜总会以及其他赌博场所。在拉斯维加斯，无论你到哪个地方，基本上都会提供一些赌博活动。连杂货店里都放着老虎机。在我兑换假支票时，没有一个柜员表露出一丝一毫的犹豫。"请问能不能帮我把这个兑现，再给我换50美元的筹码？"我一般会这样说，50元的筹码会立即送到我的手里，余下的部分也会很快兑给我现金。为了装装样子，通常我会在一家赌场里待上二三十分钟，在桌上玩几盘，然后再换一个地方继续赌，有意思的是，我这样居然在赌场身上也捞到不少。

我玩老虎机赢了300美元，玩二十一点赢了1600美元。在对轮盘一窍不通的情况下，居然也能赚进900美元，另外我赌骰子还赢了2100美元。算上诈骗得来的，我在拉斯维加斯总共赚了3.9万美元！我开着一辆租来的凯迪拉克离开内华达州，为此我付掉了1000美元的押金，因为我告诉出租人这辆车我可能要用几个星期。

事实上我用了差不多三个月。我慢悠悠地在西北部和中西部四处游荡，继续扮演一名正在休假的航空公司飞行员，轮换使用弗兰克·威廉和弗兰克·亚当斯这两个身份。鉴于我并不想给猎狗们留下任何容易被发现的线索，所以就没有像仙女散花一样到处散发我伪造的支票，但时不时地也会停下撒上一两张捞一票。我在盐湖城捞了5000美元，在比林斯捞了2000美元，在夏安捞了4000美元，在最后抵达芝加哥之前，我又在堪萨斯城的几家银行骗取了1.8万美元。在芝加哥，我把凯迪拉克随便一停，就径自走开了。

我决定在芝加哥蛰伏一段时间，认真考虑一下自己的未来，或者起码想一想今后的大部分时间打算在哪里度过。我再一次想到了逃出国去。我并不太担心目前的安全状况，但我知道如果我继续在美国犯罪，早晚是会被抓住的。要出国，我面临的主要问题是如何申请到护照。自从我向罗莎莉泄露一切之后，我就不能用真实姓名申请护照了，而此时，当局肯定已经把弗兰克·威廉和弗兰克·亚当斯这两个身份同小弗兰克·阿巴格内尔联系起来了。我在芝加哥逗留的时候，仔细考虑过当前的形势，但后来事件发展太快，并没有太多的时间可供我思考。

我用弗兰克·威廉的名字在湖岸道上租了一套舒适的公寓。我之所以这样做，主要是因为我的个人支票用光了，而我比较习惯身上留有一些支票。我了解到很多汽车旅馆不能用公司支票，但接受个人支票来抵付账单或者兑换小于100美元的现金。我已经不再利用个人支票作为诈骗手段了，但在必要的时候，我还是会用它们付房租。在能够使用支票的情况下，我决不动用我的现金。

于是，在到芝加哥的一星期后，我到一家银行，以泛美航空飞行员的身份开了一个500美元的活期存款账户，并提供了一家纽约的邮政服务公司作为我的支票地址，我最近订购了他们的服务作为我掩盖行踪的一个方式。"但我想把我的支票和每个月的对账单寄到这个地址。"我对办理业务的银行职员说，并把我在湖岸道的地址给了他。

"你瞧，我之所以想在这里开账户是因为我为了公司业务，一天到晚在芝加哥进进出出，而在当地银行有个账户就方便多了。"

银行职员表示同意。"大约一星期后你就能收到你的常规支票，威廉先生。同时，你也可以使用这些临时支票。"他说。

观察力。我曾经说过，这是一个骗子最大的财富。当我走进这家银行的时候，就观察到一个非常可爱迷人的出纳。当我走出银行，她的倩影仍深深地印在我的脑海里，并且在接下来的几天里也始终挥之不去，于是我决定去见见她。几天后我借着存钱的名义又造访那家银行，我在大厅中央的柜台上拿起一张存款单开始填写，而此时，一件更吸引我注意的事情让我分了心。

我发现存款单的左下角有个填写存款人账号的长方形空格。我从来没填过，因为这不是必填的一项。在出纳给你开带章收据的时候，他们就把存款单放进他们柜台上的小机器里，这台机器的程序是先读账号，如果填过账号，那么钱就会自动存到这个账号里；如果没有填，钱还是会根据姓名和地址存入账户。因此，账号并不是非要填写的。

我身边有个家伙正在填写存款单，我发现他完全忽略了账号那一格。我在银行里闲荡了将近一个小时来观察那些办理存款、支票或信用卡业务的人，一共大概有二十多个人，但没有一个人在左下角的格子里填写他们的账号。

那个姑娘从我脑海中消失了。我偷偷拿了一小沓存款单塞到口袋，然后回到公寓，用我的数字印章，用和银行表格上所匹配的字体，在每张存款单左下角的空格里敲上我自己的银行账号。

第二天一早，我再次来到银行，偷偷又把这一沓存款单放回到那些存款单上面。我并不清楚这个计划能否得逞，但值得冒险一试。四天后我回到银行办理250美元的存款。"对了，能否帮我查一下现在我的账户里有多少钱？"我对出纳说，"这个礼拜有几张开的支票我忘记登记了。"

这个出纳十分热心地调出账簿查了一下。"你的账户余额，算上这次的存款，威廉先生，一共是42876.45美元。"她说。

就在银行快关门前，我又去了一次，借口说要买房，开走了一张4万美元的现金支票。当然我不可能真的买房子，但我确实扩充了不少私房钱。第二天早上，我到另一家银行把支票兑现了，当天下午，我就飞到檀香山，一名好看的夏威夷姑娘用亲吻迎接我，还在我的脖子上套了个花环。

话说，我还真是个恩将仇报的无赖。在之后的两个星期里，我用空头支票编织了一个价值3.8万美元的花环，用了三天的时间，分别把它套在瓦胡岛、夏威夷岛、毛伊岛和考艾岛的各家银行和酒店的脖子上，然后我就乘飞机到了纽约。

这是我干裱糊匠这行后第一次回到纽约，我真心想给父母打个电话，可能的话甚至去看看他们。不过，我还是抑制住了这个冲动，其他倒没什么，主要是觉得没脸见他们。如果我回去的话，父母肯定不会想到我在外面发了大财，我这种发财途径，他们两个是肯定不会容忍和原谅的。

我在纽约并没有逗留很长时间，其间正好想出了一个新的骗术。我用弗兰克·亚当斯的名字，以我在东区租的那套公寓的地址在大通曼哈顿银行的某家支行开了个活期账户，当收到我的个人支票后，我便飞去费城，勘查那里各家银行的情况。我挑了一家门面都是玻璃墙的银行，路过的行人可以看到内部所有的情况，银行职员的案桌就贴在玻璃墙边，因此行人也能很清楚地看到银行的现金是怎么运作的。

我想给他们留个好印象，于是，第二天我坐着一辆劳斯莱斯去那家银行，还为此专门雇了名司机开车。

在司机给我开门的时候，我看到有个职员已经注意到了我的莅临。当我走进银行大门后，就径直向他走去。我那天穿得十分讲究，得配得上劳斯莱斯车以及雇有私人司机的派头——量身定制的银灰色西装三件套、价值100美元的洪堡毡帽和巴利牌鳄鱼皮鞋，那个年纪轻轻的银行职员用他的眼神告诉我，他已完全意识到我这一身打扮就是象征着财富和权力。

"早上好，"我在他桌子前坐下，语速轻快地说，"我叫弗兰克·亚当斯，是纽约亚当斯建筑公司的。今年我们在此地有三个建筑项目，我想把我的一些资金从纽约的银行转到这边来，所以打算在这里开个活期账户。"

"当然，先生！"他热情地回答，一边拿来几张表格，"您准备把所有的资金都转过来吗，亚当斯先生？"

"是的，我所有的个人资金。"我说，"关于公司资金，我现在还不能确定，得看项目的进展才能决定，但不管怎样，我们打算在这里放一大笔资金。"

"好的，亚当斯先生，关于个人账户，您只要给一张支票，上面写好您在纽约银行的账户余额就可以了，那边的账户会自动关闭。"

"这样就行了吗？"我假装吃惊地说道，"没想到那么简单。"我拿出放在内侧袋里的支票簿，并把它握在手里以防他看见，我用手指凭空比划了几个数字，嘴里还一边念叨。然后我抬头看着他，"不好意思，能麻烦借用一下你的计算器吗？我昨天开了几张支票但还没有做结算，而我又实在不擅长心算。"

"当然。"他说着便把计算器调头转向我。我敲打了几个数字后，点了点头。

"好了，我的账户上还有17876.28美元，应该没有错。"我说，"我的账户就开1.7万美元吧。我偶尔还是要会回纽约的，所以还是想留点钱在那边。"

我开了张1.7万美元的支票给他，并附上所有开户需要的信息资料。地址用的是我登记过的那家旅馆。"在租到合适的公寓或房子之前，我会先住在那里。"我说。

年轻的银行职员点点头。"当然，亚当斯先生，您肯定也知晓，您的支票在纽约银行结清之前，您无法使用这个账户开任何支票。"他说，"这应该会在四到五天的时间内完成，而在此期间，如果你需要用到资金，请过来找我，我会帮您想办法的。这里给你些临时支票，以备不时之需。"

我摇了摇头。"你真是太周到了，但我预期到这个流程要花的时间，"我说，"所以我手头备好了足够的资金。"

我和他握了握手，然后就离开了。当天晚上我飞往迈阿密，第二天下午，我就在另一家由玻璃墙装饰的银行门前出现了，同样坐着劳斯莱斯，但这回换我自己开车，衣着虽然休闲但依旧价格昂贵。走进银行大厅的时候，我看了一眼手表。费城的银行还有半个小时就要开门了。在我进入大厅的时候，一位美丽动人、打扮时髦的女士注意到了我，并向我打招呼。

"请问有什么可以帮到你吗，先生？"她微笑着问道。近距离一看，发现她比我第一眼看到的年龄要大一些，但依旧十分迷人。

"非常感谢，"我也朝她笑着说，"但我想还是找你们的银行经理吧。"

她的眼睛调皮地眨了一下。"我就是银行经理，"她大笑起来，"那么，你有什么事情呢？你的样子看上去显然是不需要贷款的。"

我举起双手做出投降的样子。"不，不，不是这方面的事情，"我说，"我叫弗兰克·亚当斯，来自费城，几年来我一直在迈阿密附近物色一套合适的房子用来度假。我今天终于找到一个理想的楼盘，一栋位于在比斯坎湾附近的水上别墅，但是卖家想收现金，而且他要在今天下午五点前先收到1.5万美元作定金。他不接受个人支票，而我又没有这里的银行账户。

"所以我想问一下，如果我给你开张费城银行的1.5万美元个人支票，你可以帮我把它换成现金支票吗？我知道你们需要打电话给我的银行确认我账户里是否有这笔数目，我可以付这个电话费。我真的非常想要这栋房子。这意味着我的半辈子时间将会待在那里。"我闭上嘴巴，用恳求的眼神看着她。

她噘了噘嘴唇，样子可爱动人。"你在费城的银行叫什么？还有你的账户号码？"她问，我把银行名称、电话号码和帐号给了她。她走向一张桌子，拿起电话打给费城的银行。

"请帮我转到簿记处，"电话接通后她说道，"是的，我这里有张支票，账号是505-602，弗兰克·亚当斯先生，金额是1.5万美元。我想核实一下，谢谢。"

我屏住呼吸，突然发现一个身材魁梧的银行保安就站在大厅一角。根据我的经验，簿记部门的银行职员当被要求核实支票的时候，他们通常只是看一下账面上的余额。

他们很少进一步去核对账户的当前状态。我希望现在也是如此。要不，好吧，我只有指望银行保安的枪法不准了。

我听到她说，"好的，谢谢你。"然后她挂好电话，露出思索的神情打量着我。"这样吧，弗兰克·亚当斯，"她脸上浮现出另一种灿烂的微笑，"如果你来参加我今天晚上举办的派对，我就接受你的支票。我正缺少英俊帅气的男同胞。你觉得怎样？"

"没问题，一言为定。"我咧嘴笑着说，然后给她开了一张费城银行的1.5万美元的支票，兑换了一张同等数目的可直接支付的现金支票。

我去参加了派对。这可真是一个空前美妙的场面。然而她也是一个无比美妙的女人——在各个方面都是。

第二天一早我就把支票兑现了，然后退还了劳斯莱斯，乘上了飞往圣地亚哥的飞机。在飞行途中，我有几次思索着那个女人和她的派对，当我想到一个问题时，几乎大声笑出来。

不知道当她得知自己在同一天内，招待了我两个派对后会是什么反应，另一个是现金盛宴。

7

行骗欧洲

在每个不同的作案场合，我都能发明一个新的招数，有时也会放弃作案。我修改美国银行的业务体系以便于自己行动，像浣熊吸食鸡蛋一样从银行的金库中吸走金钱。我在一九六七年下半年越过边境进入墨西哥时，非法骗取的现金已经将近50万美元，数十个银行职员被打红屁股，难以自保。

实际上，这些都是数字游戏，一种统计学上的变戏法，而骰子总是在我的口袋里。

你们可以看一下自己的个人支票。在右上角是不是有个支票号码？这可能是你唯一注意到的，而且只有在你平时都准确登记支票时才会注意到它。大多数的人甚至连自己的账户号码都不知道，尽管也许很大一部分的银行职员能够破译支票底部的银行号码，但他们几乎从不那么仔细地检查支票。

在二十世纪六十年代，银行的安全保障可谓是相当的不合格，至少对我个人而言是如此。我自己亲身经历过的，比如有次我在迈阿密的一家银行兑现同城另一家银行的个人支票时，唯一可以算作安全防控的就是出纳瞄了一眼右上角的那个号码。那个号码的数字越是大，支票就会被承兑得越快。这就好像出纳在对自己说，"嗯哼，支票号码2876，好家伙，这人很早就开始在他的银行办理业务了嘛。这张支票肯定没问题。"

如果我到了一座东海岸的城市，比方说，波士顿，我用杰森·帕克的名字在波士顿国家银行开个200美元的账户，留的是临时住所的地址。没几天后，我收到两百张个人支票，右上角可以看到从"1"至"200"连续的编号，左边则是我的姓名和地址，当然，左下方边缘处还有那串奇怪的小数字。这串数字由"01"开头，因为波士顿位于第一联邦储备区。

从前，美国西部最成功的偷牛贼都是在商标上偷梁换柱的专家，而我就是在支票编号上偷梁换柱的专家，用的是数字印章和数字贴纸。

我在这张支票上弄完数字"1"，再到另外一张支票上制作数字"3100"，然后再搞左下方的那串数字，由"12"开头。不这么做的话，所有的支票看起来会是一个样子。

现在我走进距离波士顿国家银行只有一英里的老殖民农场和家庭储蓄协会。"我想开个储蓄账户，"我会对过来招呼我的职员这样说，"我妻子说我们在支票账户里的钱放得太多了。"

"好的先生，你希望存多少？"职员会问。就当这是个男性职员好了，银行的这些家伙男女比例非常平均。

"哦，我想存6500美元。"我回答他，一边开出一张支票给老殖民农场家庭储蓄协会。出纳接过支票后会快速扫一眼右上角的号码。他同时也注意到支票是由波士顿国家银行开出的。他会微笑着说："好的，帕克先生。现在，在你能够提款之前会先冻结三天。我们必须有足够的时间来结清你的支票，这是一张市内支票，因此冻结期是三天。"

"我理解。"我回答。我当然知道。我已经事先查清了市内支票会被存贷款机构实施冻结。

我会等上六天，然后在第六天的早上来到老殖民协会。我故意去找另一个出纳。我把存折递给他，说："我要取5500美元现金。"如果出纳对提款数额有疑问的话，我就会解释说买房子或者其他听起来可信的理由。但是存贷款机构的出纳很少会打探客户的私事。

这名出纳没有多问。他查看了一下账户文件，是六天前的。显然，市内支票早就已经结算完毕。他把存折和一张5500美元的现金支票一起递还给我。

我在波士顿国家银行里把支票兑现后，就离开了这座城市，得赶在我那张6500美元的支票被洛杉矶清算中心的银行计算机退回来之前。

我又投资购买了另一架制版照相机和印刷机，以同样的方式伪造了我的泛美航空费用支票。尽管所有的支票表面上都可以在纽约的大通曼哈顿银行里支付，我还是根据这个国家的不同地区制作了不同的批次。

纽约是第二个联邦储备区。所有纽约银行发出的货真价实的支票上都有一串由"02"开头的序列号。但是所有我在东海岸，或者北部和南部各州使用的伪造支票，都首先被送去旧金山或者洛杉矶。而在西南部、西北部，或者西海岸使用的支票，会被一路送往费城、波士顿或者其他一些需要横穿整个国家的地方。

我的数字游戏是一个打一枪换一个地方的完美体系。在猎狗嗅到我的踪迹前，我总是有一星期左右的逃跑时间。后来我才知道，原来我是第一个利用路径号码作案的支票诈骗犯。这把银行逼疯了。他们不知道究竟出了什么问题。他们现在知道了，这还多亏了我。

我没日没夜地在全国各地设计骗局，大显身手，直到我发觉自己可能已经被警方密切追捕。我不得不离开这里，逃往国外。我决定，既然同样是为一张护照烦心，与其待在里士满或西雅图，还不如去墨西哥，因为去墨西哥只需要一个签证就行了。我用弗兰克·威廉的名字和泛美航空飞行员的身份，从圣安东尼奥的墨西哥领事馆拿到签证，然后就免费搭乘了一架墨西哥航空的飞机飞往墨西哥城。

我并没有把诈骗得来的全部身家都带在身上。就像一只可以随时得到肉骨头并拥有四十亩肥沃土地的狗一样，我把战利品埋在了全国各地，一沓沓的现金被我藏在了从东海岸到西海岸、南至格兰德河、北至加拿大边界的各家银行的保险箱里。

我带了5万美元现金来到墨西哥，把它们分成几小叠藏在行李箱和外套的内衬里。尽职的海关官员本可以很快把这些钱翻出来的，可是我根本不用通关。我穿着泛美航空的制服，和墨西哥航空的机组人员一起潇洒离开了。

我在墨西哥城待了一个星期后，遇到了一个泛美航空的空姐，她正在墨西哥享受五天的假期，我接受了她叫我去阿卡普尔科①共度周末的邀请。在我们起飞后，她突然叹了口气，嘟哝了一句脏话。

---

① 墨西哥著名的海滨旅游城市，位于墨西哥南部太平洋海岸。

"怎么啦？"我问她，听到如此动人的唇齿间发出脏话，让我感到有些吃惊。

"我本来打算在机场兑换工资支票的，"她说，"我的皮夹子里只剩下3比索了。哦，好吧，我想等到了旅馆应该也可以兑换。"

"如果金额不是很大的话，我换给你吧。"我说，"我正打算今晚把自己的支票存起来，正好我可以一起存进银行。一共多少钱？"

我根本不在乎多少钱。一张货真价实的泛美航空支票！我需要它。我兑给她288.15美元，然后小心地把那张支票收起来。我一直没有把它兑现，而它为我带来了大笔的财富。

我喜欢阿卡普尔科。这里充满了有头有脸的人物，大部分人不是非常有钱就是很有名望，要么就是正在追求金钱和名望的路上。我们住在一家航空人员经常下榻的酒店，但我从未感到身处险境。阿卡普尔科是个让人忘记自己工作的地方。

在那个空姐回到她在迈阿密的基地后，我仍然留在这个地方。酒店经理逐渐和我熟络起来，他待我非常友好，我决定就我目前的两难处境探探他的口风。

一天晚上，他过来和我一起用餐，看到他似乎心情很好，我便当即决定试试看。"彼得，我现在陷入困境了。"我鼓起勇气说。

"不会吧，什么情况？"他用关心的语气惊叫道。

"是的。"我回答，"我在纽约的主管刚刚打来个电话。他要我明天搭中午的飞机从墨西哥城去伦敦，在那里接一个飞行任务，因为原先的飞行员突然生病了。"

彼得笑了起来。"就这点事？这算不上什么大麻烦吧。"

我摇了摇头。"可问题是，彼得，我没有把护照带在身上，我把它留在纽约了，而我们是要求随身携带护照的。要是现在赶回纽约取护照的话，肯定来不及去伦敦。如果主管知道我没带护照就上路的话，他会解雇我的。我该怎么办，彼得？"

他吹了下口哨。"好吧，你是碰到麻烦了，对吧？"他脸上露出了沉思的表情，然后点点头，"我不知道这有没有用，你听说过一个叫凯蒂·柯贝特的女人吗？"

我表示没听说过。"是这样的，她是一名专门写墨西哥人的作家，一个上了年纪的老妇人。她在这里住了已有二三十年，非常受人尊敬。据说，从墨西哥城的总统到美国华盛顿特区，甚至在白宫，她都有很大的影响力。我可以理解，也相信的确如此。"他咧开嘴笑着说，"现在的情况是，她就坐在靠窗的台子旁边，而且我知道，如果一个落魄的美国人哄哄她，她就会扮演起慈母的角色来。无论谁来向她求助，她都乐于出手，与人为善。我猜，大概这能让她觉得自己像个女王。不管怎样，让我们去找她，给她买瓶酒，甜言蜜语几句，再落几滴眼泪，她可能会给你想点办法的。"

凯蒂·柯贝特是个举止优雅的老妇人，而且十分敏锐。短短几分钟后，她便朝着彼得笑笑说："好了，店主，怎么啦？你从来都是无事不来的呀。这回又是什么事情？"

彼得大笑起来，举手投降。"说真的，这回我可没什么事情。但这位弗兰克碰到了些麻烦。告诉她，弗兰克。"

我把刚才对彼得说的故事又从头到尾对她讲了一遍，这次稍微加重了些情节。等我讲完，她看着我。"我得说，你的确非常需要一张护照。"她给出了意见。

"问题是，你已经有一张护照了，只是不在这里，在别的地方。你又不能同时拥有两张护照，你知道，这是违法的。"

"我知道，"我愁眉苦脸地说道，"我就是为这个烦心。而我又不能失去这份工作。就算真的有其他航空公司相中我，也得有好几年时间。我当年就在泛美航空的候选名单上待了足足三年。"我停顿了一下，然后不禁大声叫道，"驾驶飞机是我这辈子最想做的事情！"

凯蒂·柯贝特同情地点了点头，陷入沉思。然后她嘟了嘟嘴巴："彼得，给我拿部电话过来。"

彼得打了个手势，然后一个侍者拿来了电话，把它放在桌子上，在旁边墙上的插孔上插好电线。凯蒂·柯贝特拎起电话筒，摇了摇上面的钩子，然后开始用西班牙语和话务员说话。几分钟后，终于和对方接上了。

"是桑佳吗？我是凯蒂·柯贝特。"她说，"听着，我想请你帮我一个忙……"她开始仔细地叙述我困境，然后听对方的回答。

"那些我都了解，桑佳。"她说，"我已经想好了，给他办一张临时护照，就当是他原来的护照掉了或者被偷了。等他哪天回到纽约，可以把临时护照撕掉，也可以把原先的护照撕掉重新办张新的。"

她又听对方讲了一会儿，然后用手捂住话筒，看着我说："你不会正巧身边带着你的出生证吧？"

"我真的带着呢。"我说，"我就把它放在皮夹子里。虽然有些破旧，但还是能看清楚的。"

凯蒂·柯贝特点点头又继续打电话。"是的，桑佳，他有出生证……你觉得你能搞定？太好了！你真是太棒了，算我欠你个人情。我们下星期见。"

她挂上电话，满脸微笑着说："好了，弗兰克，如果你能在明天早上十点前赶到墨西哥城的美国领事馆的话，领事助理桑佳·冈德森会给你办一张临时护照。你原先的护照丢失了，明白了吗？要是你向别人透露此事，我会杀了你的。"

我亲了她一下，然后点了瓶最上等的香槟给她。我自己甚至也喝了一杯。然后我打电话到机场，发现一小时后有一架航班起飞。于是我订了票，转身对彼得说："听着，我要把许多东西都留在这边，我没有时间去整理，帮我找个人把这些都打包好，然后存放在你的办公室，两三个星期后我会来把它带走，可能还用不着那么久。我会尽快回到这里。"

我把飞行员制服、一套西装，还有钱一起塞进了一只手提箱。我下楼走到大厅时，彼得已经帮我叫好一辆出租车等在那里了。我真心喜欢这家伙，但愿我能够用什么方式答谢他。

我想到了一个方法。我给了他一张我伪造的泛美航空支票，用来支付酒店的账单。不管怎样，这酒店是他经营的。

在机场，我兑现了另一张支票，然后登机前往墨西哥城。抵达之后，我换上泛美航空飞行员制服，然后把我的包锁在一个存放柜里，在上午九点四十五分的时候，来到冈德森小姐的办公室。

桑佳·冈德森是一个干净利落、严肃刻板的金发女郎，她丝毫不浪费时间。"请提供你的出生证。"

我把出生证从皮夹子里拿出来交给她。她扫了一眼，然后看着我说："我记得凯蒂说你的名字叫弗兰克·威廉。而这上面的名字是小弗兰克·阿巴格内尔。"

我笑了笑。"是小弗兰克·威廉·阿巴格内尔。你了解凯蒂的，她昨天晚上多喝了几口香槟，不停地向她的朋友们介绍我是弗兰克·威廉。但我以为她把我的全名告诉你了。"

"有可能，"冈德森小姐表示同意，"她说的很多话听上去都不清不楚。这些该死的墨西哥电话。不管怎样，你显然是一名泛美航空的飞行员，而你名字的一部分确实是弗兰克·威廉，所以这肯定是你了。"

根据之前的指示，我已经在来的路上顺便拍了两张护照用的照片。我把照片交给了冈德森小姐，十五分钟后我走出领馆大楼，此时一张临时护照已经在我的口袋了。我回到机场，换上西装，在英国海外航空公司的售票处用现金买了一张去伦敦的机票。

通知说飞机晚点，要等到晚上七点才能起飞。

于是我换回飞行员制服，花了六个小时用空头支票把墨西哥城里里外外糊了一遍。当我飞往伦敦时，我钱包里又多了6500美元。当然，后来墨西哥联邦部队也加入到了追捕我的队伍中来。

到了伦敦后，我用F.W.亚当斯的名字，以正在休假的环球航空飞行员的身份住进了肯辛顿地区的皇家花园酒店。我用这个假名是因为考虑到伦敦警方可能会很快收到指令调查小弗兰克·W.阿巴格内尔，或者又叫弗兰克·威廉，他曾经假扮的泛美航空飞行员的名字。

我在伦敦只待了没几天，就开始感觉到了压力，曾在美国困扰我的惶惶不安的感觉又重新出现。我这才意识到，即使离开美国也不能解决我的问题，墨西哥警方也好，伦敦警察厅也好，做的事情都和纽约或者洛杉矶的警察一样——抓坏蛋。而我就是一个坏蛋。

意识到了这点，还有我在各地藏起来的一笔笔现金，我本该在国外找个与世隔绝的地方隐姓埋名，然后谨慎低调地生活，这才是明智之举。我当然知道这样做的好处，可惜小心谨慎从来都不是我具备的品格。

现在我认识到，在当时那种无法控制的强大压力下，我根本没有能力做出正确理智的判断。当时我认为合理的解释是：我正在被追捕，警察就是追捕我的人，所以警察是坏人。我不得不苟且偷生，不得不为今后不断地奔波筹集资金以远离坏人，因此，我的违法手段成为了正当的理由。于是在英格兰不到一周的时间里，我用我的狗皮膏药贴满了皮卡迪利广场，然后飞去巴黎。我荒谬地认为这是出于自我保护才干的诈骗，还为此自鸣得意。

精神病医生一定会从不同的角度来分析我的行为。他会说其实我是希望自己被抓到，因为当时英国警方已经开始收集我的档案情报了。

也许我当时的确试图让自己被抓住。也许是我下意识地在寻求帮助，而我的潜意识告诉我，当局会提供给我一直以来所寻求的帮助，但我在那个时候还没有清楚地认识到这点。

当时我只是十分清楚自己就好像在一个飞快的转盘上，骑着失控的旋转木马不停地打转，骑虎难下，但我肯定不希望是警察来停下这个转盘。

我刚到巴黎不到三个小时就遇见了莫妮克·拉伐利亚，并且很快就和她建立起了一种关系，这种关系非但拓宽了我敛财的前景，还最终捣毁了我的蜂房。现在回顾当时，我要真心感谢莫妮克，还有泛美航空，尽管有些泛美职员可能对此持不同意见。

莫妮克是法国航空的空姐。我是在温莎酒店的酒吧里遇到她的，当时她正和数十个法航的机组人员一起，为一个将要退休的机长举行派对。我不记得当时有没有见到那位机长，因为我像着了魔一样只盯着莫妮克。她像派对上刚端上来的上等香槟，闪亮耀眼、令人陶醉。我是被法航的一名副驾驶邀请去的，他看到我身穿泛美航空的制服在服务台办理登记，便立即前来同我搭讪，并匆匆把我拖进酒吧。当他向我介绍莫妮克时，我心中原本的抵触情绪立刻烟消云散了。

她拥有罗莎莉全部的魅力和气质，又没有罗莎莉那样的条条戒律。很显然，我们都对彼此着迷，就像莫妮克吸引我一样，她也被我吸引了。在巴黎以及之后的其他几个地方的游玩期间，我们变得形影不离。假使莫妮克有任何想要和我结婚的想法，她也不会跟我说，但她会有暗示。在遇到我的三天后，她就把我带回去介绍给她的家人了。拉伐利亚一家都是十分有趣的人，尤其是拉伐利亚老爹，我对他特别感兴趣。

他是一个零件印刷商，在巴黎的郊区经营一家小型的印刷店。我的脑袋中立即蹦出一个想法，要让自己伪造泛美支票的骗局更上一层楼。

“我在泛美航空商务部门有几个关系很好的朋友，”吃午饭的时候我随口说道，“或许我能让公司交给你一些印刷业务。”

拉伐利亚老爹听了后喜笑颜开。“行啊，太好啦！”他大声叫道，“随便他们有什么要求，我们都会努力做到，非常感激你，先生。”莫妮克在中间充当翻译，因为她的家人不会半点英文。那天下午她父亲带我参观了他的印刷厂，他和莫妮克的两个兄弟一起经营，另外还雇了一个年轻人，他和莫妮克一样，会说一点不连贯的英语，但拉伐利亚老爹说，任何印刷工作都由他和他的两个儿子亲自操刀，我大可放心他们这小作坊的质量。"无论你想印刷什么英文的东西，我父亲和兄弟们都能够做。"莫妮克自豪地说，"他们是全法国最好的印刷工。"

我仍然保留着我在墨西哥帮那名空姐兑来的那张正宗泛美航空支票。仔细观察后，我震惊地发现，它和我想象中的泛美支票简直天壤地别。当然，我的仿制品还是很不赖的，否则也不可能成功地用掉那么多张。但是，如果把它和真正的支票放在一起，那简直就能大声尖叫："冒牌货！"像这样的支票兑换出去也能平安无事，只能算我运气好了。看起来，那些出纳们还从来没有经手过正宗的泛美航空支票。

然而，我突然想到，既然泛美航空公司在美国大陆之外有大量的业务，那么泛美航空的支票对欧洲银行的出纳们来说大概就不会陌生。在伦敦时，我就有这样的感觉，当时一家银行的出纳似乎过分端详了我的支票作品。

"这是一张费用支票。"我当时指着支票上的几个粗黑体字母向他说明。

"哦，是的，当然。"他回答，随后就把支票兑换了，但有一丝不情愿。

现在我又想到了另一点。有可能泛美航空也有其他种类的支票，或许不同的支票颜色对应不同的国家地区。我觉得在实行我的计划前最好还是先确认一下。于是第二天早上，我给泛美航空的巴黎办事处打电话要求转接商务部门。接电话的是个听上去十分年轻的男人，而且缺乏经验，这在随后很快得到了证实。我越来越相信幸运女神是我的私人接线员。

"你好，我是戴格尔货代公司的杰克·罗杰斯。"我说，"我这里收到一张你们公司寄来的支票，我想应该是你们搞错了吧。"

"呃，好的，罗杰斯先生，你为什么这么说呢？"他问。

"因为这张支票是从你们纽约办事处寄来的，面值1900美元，而我没有与之匹配的发票记录这笔款项。"我回答，"我找不到任何与你们公司的业务记录。关于这张支票你有什么建议吗？"

"这个，我现在无法马上回答你，罗杰斯先生。你肯定这张支票是我们公司寄过去的？"

"嗯，在我看起来的确如此。"我说，"这是一张常规的绿色支票，顶端有很大的字母印着泛美航空的抬头，金额是1900美元。"

"罗杰斯先生，这听上去不像是我们的支票，"那家伙说，"我们的支票是蓝色的，而且整张支票票面上印满了很浅的泛美——泛美——泛美字样和一张世界地图。你的支票上有这些吗？"

我手中拿着那个空姐的支票。他的描述和这张支票一模一样，但我并没有和他老实交代。"你那里有泛美的支票吗？"我问他，听上去是要消除一切疑虑的口气。

"有是有，可是……"

我打断了他。"上面签的什么名字？审计员的名字是什么？"我问。

他回答了我，和我手中支票上的完全一样。"底下那一小串号码是什么？"我接着问道。

"干什么？02……"他略带恼怒地把那串数字一溜儿报给我，同那空姐的支票上的全部符合。

"哦，我这张支票上签的不是那个家伙的名字，号码也不一样。"我撒了谎，"不过，你们公司和大通曼哈顿银行有业务联系，是吗？"

"是的，我们有业务，但很多公司都和他们有业务往来，你的支票可能是泛美航空名下经营的其他公司寄过去的。我不认为你的支票是我们公司的，罗杰斯先生。我建议你把它退回去，并和对方联系一下。"他热心地说道。

"好的，我会去做的，非常感谢你。"我说。

莫妮克在法航飞的是两天的行程，从柏林—斯德哥尔摩—哥本哈根的转航线路，然后休息两天。那天她正好有个航班要飞，她的飞机几乎刚离开地面，我就出现在了她父亲的店里。她父亲见到我很开心，我用从我母亲那里学来的法语和他交谈毫不费劲，加上他那位年轻的印刷工也说几句英语。

我把从泛美空姐那里得到的支票给他看，但把她的名字和金额涂掉了。"我和我们商务部的人谈过了，"我说，"目前我们这些支票是在美国印刷的，工序上有点贵。我告诉他们，你们也能干这活，而且还能省下不少费用。你们可以复制这张支票，把它做成工资支票簿吗？"

"如果你们能做的话，公司委托我让你们先试印一万张，当然，价格必须要比纽约的低。"

他仔细端详着支票，问道："你们纽约的印刷商要多少钱印这个，先生？"

我对此一点概念都没有，但我还是报了个我感觉不会得罪到纽约印刷商的价格。"一千张350美元。"我对他说。

他点了点头。"我可以给你们公司提供品质一模一样的复制品，一千张的价格只需要200美元。"他热切地说，"我相信，我们的工作一定能让你们满意。"

他踌躇了一下，似乎有些尴尬。"先生，我知道你和我女儿是很亲密的朋友，我绝对地信任你。但是按照惯例，我们必须收取百分之五十的定金。"他带着歉意说。

我大笑起来，"今天下午你就能收到定金。"

我穿着泛美的飞行员制服到巴黎的一家银行，在一个出纳的柜台上放了1000美元的现金。"我想把这些钱换成现金支票。"我说，"汇款人是泛美世界航空公司，如果方便的话，请注明该支票是付款给印刷商的莫里斯·拉伐利亚父子。"

下午我把支票送过去时，拉伐利亚老爹已经把第二天开工的样品检验工作都准备好了。我仔细地看了看，拼命地克制住想要大叫出来的冲动。这些支票太漂亮了。不，简直是华丽。真正的泛美航空公司的支票。一页四张，一本二十五页，边上打着穿齿孔，用的还是IBM的卡纸！我感觉自己站在巨峰的山巅上，不管怎样，这是一个支票诈骗犯的顶峰了。

一个星期不到，拉伐利亚老爹就完成了订单上所有的工作，然后我再次去换了一张正规的现金支票，依旧冒用了泛美航空的抬头开出。这样，工钱就结清了。

拉伐利亚老爹给了我发票和收据，见我如此满意，他也很高兴。由于在此前没有和美国人打过交道，他也许从来都不会想到，我们这样的交易有任何奇怪和不妥的地方。我是泛美航空的飞行员，他的女儿可以为我证明。他拿到的支票由泛美航空开出，而且合法有效。

"我希望我们能更多地为你们公司效劳，我的朋友。"他说。

"哦，会的，会的，"我向他保证道，"事实上，我们对你的工作非常满意，可能还会向其他公司推荐你们。"

后来确实有几笔推荐的业务给他，当然都是伪造品，也全都是我亲手交待给他的。拉伐利亚老爹对我提的要求从来没有半点疑问。自从他把那一万张泛美支票交给我后，他就成为专门替我制作假冒伪造文件的印刷商。他是个无辜的受骗者，对我还心怀感激，因为我为他打开了"美国市场"的大门。

当然，我肯定用不着一万张泛美航空支票。这个数量只是为了防止他起疑心。即便是像拉伐利亚老爹这样的人也知道泛美航空是航空界的大腕，如果订单的支票数量太小，会让他产生警惕的。

我保留了一千张支票，其余的就成为巴黎垃圾焚烧炉的燃料了。然后我买了一台IBM电动打字机，给自己开了一张781.45美元的支票。我穿上泛美的飞行员制服，来到最近的一家银行。

这是一家小银行。"先生，我相信这张支票没什么问题，但我在给你兑现之前必须先确认一下，可是我们不允许用银行的经费拨打越洋电话，"他苦笑着说道，"如果你不介意支付电话费……"他用询问的神情看着我。

我耸了耸肩膀。"没问题，你去打吧。不管多少费用都算在我的账上。"

　　我没有料到银行方面会如此谨慎，但我仍然面不改色。我无意中选错了时间去兑换支票，此时，假票是可以被查证出来的。当时是巴黎时间下午三点十五分。纽约的银行已经开门十五分钟。这名出纳用了差不多十五分钟的时间才和大通曼哈顿银行的簿记部门接通。他说的英语虽然带有口音，但十分流利。"我这里有一张泛美航空飞行员拿来的支票，是你们银行开具的，数额是781.45美元，"出纳说，并把支票左下角的账号报给对方。

　　"我知道了，是的，非常感谢……哦，这里的天气很好，谢谢你。"他挂上电话，笑了笑，"每次和美国打电话，他们都会问这里的天气。"他把支票递给我让我在背面签字，一边开始点出支票上的金额，扣除8.92美元的电话费。从各方面的情况来看，这点钱作为服务费倒也无可厚非。

　　我拿着这些伪造的支票在巴黎及其周边到处播撒，还租了一个银行保险箱，并预付了五年的租金，用来存放我的诈骗所得。极少会碰到支票被质疑的情况，即使有，也顶多是一些核实问题，如果纽约的银行关门的话，我就会在他们开门时再去一次。只有一次，我经历了一个惊险的时刻。一个出纳并没有打电话给大通曼哈顿银行，而是打给了泛美航空纽约的商务部！他不仅提到了我的假名字，我还听到他把我的银行、账号以及泛美审计员的名字都提供给了对方。

　　泛美航空一定是确认了这张支票，因为出纳把钱兑给我了。

　　对于我最新的作案手段进行得如此轻松和顺利，我自己都感到吃惊。天啊，我的假票现在居然已经能够通过电话核查，还能得到泛美航空公司的确认。我租了一辆车，在莫妮克飞行的时候，我就开车周游法国，一路上看到的各个乡镇和大城市银行，我一家不落地去兑换支票。在之后的几个月甚至几年里，我时常想到，之所以我会如此成功地兑换那些泛美支票，是不是因为泛美航空在为此掏腰包！但是我的这些猜疑一直没有得到证实。

拉伐利亚老爹在我这里接了许多业务。我让他帮我重新制作了一张新的泛美航空身份卡，比我原来那张骗骗人的可逼真多了。在这之前，一名真正的泛美航空飞行员不小心把他的身份卡掉在了温莎酒店的酒吧里。"我来还给他。"我对酒吧侍者说。我后来的确寄给他了，由泛美航空的纽约办事处转交，但在此之前，我已经让拉伐利亚老爹仿制了一张，然后在上面换上了我自己的假名、假冒的头衔以及我的照片。

我曾经对拉伐利亚一家说，我是泛美航空驻巴黎的特别代表，为公司做一些公关上的事情。然而，在我认识莫妮克的一月后，我告诉她，我将作为待命飞行员，不得不重新回到飞行状态，随后我便搭了一架飞机飞往纽约。我在星期二中午之前一抵达纽约，就立刻赶到最近的一家大通曼哈顿银行分行，在那里我购买了一张1200美元的现金支票，汇款人是"罗杰·D.威廉"，收款人是"弗兰克·W.威廉"。

当天我就搭飞机赶回巴黎，这次住在了乔治五世酒店。一进房间，我立刻修改起支票上的联邦储备区号码，如此一来，支票被兑现后就会被送去旧金山或者洛杉矶。

然后我把支票拿给拉伐利亚老爹。"我需要三百张这样的支票。"我说。

我以为他肯定会对复制这种东西提出质疑，因为这一看就知道是汇票，但是他没有。我后来才知道，他在帮我干活的时候，从来就不明白他印的到底是什么，只是一味地相信我的诚实正直。

在这三百张和原件一模一样的复制品到手后，第二天我就飞回纽约。大通曼哈顿银行仅在纽约市区就有一百一十二家支行。我用了三天的时间拜访了其中的六十家，给每家各发出一张复制品。每次银行都只是例行公事般草草地问我几句话，只有一次略为认真。

"先生，我知道这是张大通银行的支票，但它不是在我们支行开出的，"她充满歉意地说，"我必须得打个电话到开票行。你能稍等片刻吗？"

"当然，你去打吧。"我轻松地说。

她打电话的地方我耳朵能够听得到。电话内容都不出我所料。"你好，我是皇后区支行的珍妮丝，我这里有张现金支票'023685'，你能告诉我是开给谁的，金额多少，还有现在的状态吗？"她等了一下，然后看起来是在重复对方告诉她的信息，"弗兰克·W.威廉，1200美元，一月五日，目前尚未偿付。一定是这个没错。非常感谢。"

"对不起，先生。"她一边说，一边微笑着点出现金。

"没关系，"我说，"你用不着为你的恪尽职守道歉。"我真心这么觉得，但那个姑娘听到后却像是被针扎了一下。银行就该雇用像她这种类型的。她挽救了大通银行的大量资金。我本来打算光顾至少一百家大通银行的支行，但在她打了那个电话后，我立即停止了这个把戏。

我心想，如果再有电话打去开票行取证的话，我可承受不了。

我知道老天眷顾我，即便如此，我也不敢冒这个风险，万一再碰到个出纳要查证支票，而接电话的还是上次那个簿记员怎么办。

纽约让我局促不安。我再次觉得自己还是应该远走异国他乡，可是我决定不了，究竟是返回巴黎找莫妮克，还是另外去开辟一个新鲜刺激的地方。

当我正在脑中和自己作斗争的时候，我飞到了波士顿，在那里，我被投入监狱，又抢了银行。前者让我震骇不已，就像一次意外怀孕。后者则是由一种无法抗拒的冲动所引发的。

我去波士顿纯粹是为了逃离纽约。我以为，波士顿就像东海岸其他地方一样，是个很不错的启程港，同时那里还有很多银行。抵达波士顿后，我把行李存放在机场的出租柜里，并把柜子钥匙放在我的身份证件的卡夹中，然后去了几家银行，用几张泛美支票的复制品交换货真价实的现金。我在傍晚回到机场，打算尽快赶上一个国际航班。在这次对波士顿惨无人道的突袭中，我一共搜刮了五千多美元，我把其中的4800美元藏进行李包里，然后就去查询那天晚上有哪些国际航班。

但直到深夜我才有机会查到我要的信息。正当我转身离开出租柜时，碰上了一个漂亮的阿勒格尼航空的空姐，她是在我初出茅庐，刚开始冒充飞行员时认识的。

"弗兰克！真是太令人惊讶了！"她大叫起来。自然，我们只好叙叙旧了。于是，到了晚上十一时点我才回到机场，我决定先去迈阿密，到那里后再转机搭乘国际航班。

我走到阿勒格尼航空的售票台。"你们下一个去迈阿密的转机航班是几点？"当班的售票员是个男人，我问他。这时我已经换上了飞行员制服。

"刚刚起飞。"他扮了个怪相。

"那下一个航班是哪家，国航，美航，还是其他？"我问。

"哪家都没了，"他说，"要到明天早上才会有了。这里半夜之后就没有航班起飞了。现在波士顿有个噪音管制条例，过了半夜就禁止各路交通。早上六点半之前不允许有任何飞机起飞，飞往迈阿密的第一个航班是国航，早上十点一刻的飞机。"

"但是现在才十一点四十分。"我说。

他冷笑了一下，"好吧。你想去佛蒙特州的伯林顿吗？那是今天晚上的最后一个航班。"

在我再三考虑之后，还是放弃了。我离开售票柜，走到大厅，坐在椅子上，思索当时面临的处境。这个大厅，和大部分机场的门厅一样，周围一圈开满了礼品店、咖啡店、酒吧，以及其他各种商店。我不经意间发现，就正在我沉思时，这些店都逐渐打烊了。同时我又突然饶有兴致地注意到，很多店员都走向靠近出口走廊正中的一家很大的波士顿银行的夜间存款箱，把袋子或者大信封——很明显是他们的当天收入——扔进那个钢制的箱子里。

我正观察得入神，突然被两个让人心惊胆战的词打断。

"弗兰克·阿巴格内尔？"

我极力平息心中的恐慌，抬头一看，两个身穿制服、人高马大的马萨诸塞州州警板着面孔站在我跟前。

"你是弗兰克·阿巴格内尔吧？"一个警察冷冰冰地问到。

"我是叫弗兰克，不过是弗兰克·威廉。"我淡定地回答，如此泰然自若，连自己也吃了一惊。

"可以麻烦出示下你的身份证明吗？"其中一个问。虽然措辞十分客气，但是他的眼神在示意，如果我不立马拿出我的身份卡，他就会拎起我的两只脚把它从我的衣袋里面抖出来。

我乖乖地把身份卡和伪造的联邦航空局飞行员执照一起交给了他。"看着，我不知道这究竟是什么情况，你们肯定是哪里搞错了，"我一边递出证件一边说，"我是泛美航空开飞机的，你看这些足以证明了。"

一个警察仔细检查了身份卡和执照，然后把它们交给他的搭档。"小子，你何不老老实实招了呢？你就是弗兰克·阿巴格内尔，对吧？"另一个警察用近乎温和的口气说。

"弗兰克什么？"我反问道，装作很生气的样子来掩盖我内心越来越紧张的真相，"我不知道你到底在说谁，反正肯定不是我！"

一个警察皱了皱眉头。"好吧，我们不打算站在这里和你争论，"他低声吼道，"来吧，跟我们进去再说。"

他们没有向我询问我的行李在哪里，我更不会主动提。他们把我带到大厅外面，按进他们的巡逻车，然后一路驶向州警察局。到了那里，我被领到一个面目可憎的副警长办公室，我猜想他可能是值班长官。

"这是什么情况？"他火气很大地问。

"是这样的，副警长，我们认为他就是弗兰克·阿巴格内尔，"其中一个警察说，"他说他是泛美航空的飞行员。"

那个副警长打量了我一下。"你看上去年纪并不大，不可能是飞行员。"他说，"你为什么不说实话呢？你就是弗兰克·阿巴格内尔。我们已经找了很久了。他也称自己是飞行员。你完完全全符合他的特征。"

"我三十岁了，我的名字是弗兰克·威廉，在泛美航空开飞机，我要和我的律师说话。"我大叫道。

副警长叹了口气。"你还没有受到任何指控呢，"他说，"把他带到市监狱，登记成流浪罪，然后给他找个律师，再打电话通知联邦调查局。这事由他们管，让他们想办法去解决吧。"

"流浪罪！"我抗议道，"我不是什么流浪汉。我身上差不多还有200美元呢。"

副警长点了点头。"是的，可你无法证明你是领薪受雇。"他不耐烦地说，"把他从这里带出去。"

我被带到波士顿市区的县监狱，那里的各种外观都显示，这座监狱早就该废弃了，实际上它的确被废弃过。他们把我转交给负责登记的警官。

"该死的，他犯了什么罪？"他看着我，询问道。

"就写流浪罪吧。明天一早就会有人把他带走的。"一个警察说道。

"流浪罪！"警官咆哮道，"见鬼了，如果他是流浪汉的话，我倒希望你们这帮家伙不要再把那些要饭的带进来了。"

"你只管登记就行。"一个警察嘟哝着，和他的搭档离开了。

"把你口袋里的东西都拿出来，小子，"警官粗暴地说着，从抽屉里取出一式三份的表格，"我给你的物品写一张收据。"

我开始把我的贵重物品一件一件地摆放在他面前。"嘿，我能不能把身份卡和飞行员执照留下？"我问他，"公司明文规定我必须随时把它们带在身边。我不确定被拘留的时候是不是也算进去，但我想还是留着它们吧，如果你不介意的话。"

警官仔细查看了一下身份卡和执照，然后把它们还给我。"没问题，"他和气地说，"我觉得这肯定是哪里出了什么乱子，小子。还好这不关我什么事。"

一名狱警把我带到楼上，把我关进了一个又黑又脏还发出腐臭气味的牢房，紧贴着一个醉汉。"如果你有什么需要，大声叫出来就行了。"他同情地说。

我点了点头，并没有答话，随后一下子倒在了床铺上。突然之间，我感到绝望、悲伤、害怕。我不得不承认，游戏结束了。我知道，第二天一早，联邦调查局的人就会把我带走。我猜测，之后就会是一个接一个的审判。我看了看牢房四周，希望牢房能更稳固些。老天，这里简直就是个老鼠洞。我不知道逃离这里的祷文，但是我懊悔地想，如果一个人崇拜的是骗子之神，那就更不会有什么希望了。

然而，即便是骗子之神，也会有他的守护天使们。而有一个天使现在就在我面前显身了，还未见他人，就先听到一声薄弱颤抖的口哨，仿佛一个走在墓地里的孩子在给自己壮胆。他在我的牢房前停下来。他像是一个穿了件极其难看的绿色格子西装的幽灵，以致于那张脸好像是从龙虾笼子里伸出来的，嘴唇之间还夹着一支味道很重的雪茄。他用跟黄鼠狼看到一只老鼠一样的眼神上下打量着我。

"哟，不错，你在这里做什么呀？"他嘴里叼着雪茄问。

我不知道他是什么人。看上去也不像是能帮到我的人。"流浪罪。"我不耐烦地说。

"流浪罪！"他大呼小叫起来，精明的目光仔细地端详着我，"你是泛美航空的飞行员，对吧？你怎么会变成流浪汉的？难不成有人把你们所有飞机都偷走了？"

"你是什么人？"我问。

他在口袋里摸找着，然后隔着铁栏伸过来一张卡片。"我是阿罗尤斯·詹姆斯·'保释家'·保利，我在天上飞的朋友，"他说，"超级担保人。警察把人带进来，我把人弄出去。你现在在他们的地盘，我可以把你弄到我的地盘上去。就是大街上。"

我并没有对此满怀希望，但却蠢蠢欲动。

"好吧，我实话告诉你吧，"我小心翼翼地说，"机场里有个家伙。当时他正在找一个姑娘的麻烦，于是我踹了他的屁股。他们把我们都关了起来，说我们打架闹事。我真该离得远远的。如果我们头儿发现我在蹲监狱，可能会把我开除的。"

他难以置信地盯着我看。"你说什么？居然没有人把你保出去？看在上帝的份上，给你的哪个朋友打个电话吧。"

我耸了耸肩。"我在这里一个朋友都没有。我是开着一架货物包机到这里的。我的基地在洛杉矶。"

"你飞机上的其他人呢？"他问，"给他们打电话。"

"他们去伊斯坦布尔了，"我扯道，"我正好休息，本打算搭架飞机去迈阿密找个妞。"

"哦，他妈的活见鬼！你真是摊上倒霉事儿了，对吧？""保释家"·保利说着，随后面露微笑，突然他的样子看上去像是个快乐的小精灵，"好吧，我的战斗机飞行员朋友，让我们看看能不能把你的屁股从这座波士顿堡垒里挪出去。"

他消失了，虽然离开最多只有十分钟，但这段时间对于我简直是极度的煎熬。然后他又出现在我的牢房前。"该死的，你的保释金要5000美元，"他吃惊地说，"警官说你肯定没让那些警察好过。你带了多少钱？"

我的希望之光再一次熄灭。"只有200美元，可能还没那么多。"我唉声叹气地说。

他听了我的回答，斟酌着，眼睛眯了起来。"你有什么证件吗？"他问。

"当然有，"我说着，便把身份卡和飞行执照递出铁栏，"你可以看到我的飞行员资历，我在泛美航空已经干了七年了。"

他把证件还给我。"你有个人支票吗？"他突然问道。

"有，有的，在楼下那个警官那里，"我说，"干吗？"

"因为我要问你拿支票啊，你说干吗，开飞机的，"他咧开嘴笑道，"等警官放你出去的时候，你可以给我开张支票。"

三十五分钟后，那个警官放了我。我按照保释金的百分之十给保利开了张500美元的支票作为佣金，另外又给了他100美元现金。"这算加奖，就当是我的亲吻，"我说着，开心地笑起来，"要不是那支雪茄，我就真的吻你了！"

我告诉他我要赶头班飞机去迈阿密，他开车把我送到机场。

这件事情的后来是这样的。套用白宫发言人常用的言论，我也有足够可靠的消息来源得知这些事。心花怒放的奥莱利就好像他自己拿到飞行执照一样，欣喜若狂地出现在监狱里。"阿巴格内尔，或者随便你用什么名字给他登记的，赶紧把他带出来让我看看。"他大笑着说。

"他今天凌晨三点半被保释了。"狱警自告奋勇地告诉他。此时警官已经回家了。

　　奥莱利中风似的勃然大怒。"保释！保释！哪个浑蛋把他保出去的？"最后，他用吊死鬼一样的声音尖叫道。

　　"是保利，'保释家'·保利，还能有谁？"狱警回答。

　　奥莱利怒气冲冲地找到保利。"你今天早上是不是帮一个叫弗兰克·威廉的人保释了？"他问道。

　　保利看着他，吓了一跳。"那个飞行员？是呀，我帮他保释了。有什么不对吗？"

　　"他是怎么给你付钱的？有多少钱？"奥莱利咬牙切齿地问。

　　"老规矩，500美元。我这里就有他的支票。"保利说着便拿出了那张支票。

　　奥莱利看了看他的支票，然后把它丢在保利的案桌上。"你活该自找苦吃。"他咆哮着转身向门口走去。

　　"你这话什么意思？"联邦调查员握住门把正要开门离去，保利问道。

　　奥莱利诡异地冷笑道："把它存到你的银行账户里，蠢货，你就会明白这是什么意思了。"

　　出了门，一个马萨诸塞州的警探向奥莱利提议："我们可以发布全境通告来通缉他。"

　　奥莱利摇了摇头，"算了吧。那个畜生已经在五百英里外了。波士顿的警察抓不到他的。"

　　一个处事谨慎的人或许已经逃到五百英里开外了，但我可不是省油的灯。人越是在危急关头，越是不肯消停，我还惦记着某个小金库呢。

保利把我送到机场，他前脚离开，我后脚就招了一辆出租车，在附近找到一家汽车旅馆住了进去。

第二天早上我给某家在机场设有分行的银行打电话。"请转到保安部。"当总机接过电话时我说道。

"这里是保安部。"

"嗯，听着，我是新来的保安，康纳斯。今天晚上我需要值班，但是没有制服。我那套倒霉的制服碰上点意外，撕破了。小姐，请问我在哪里可以再弄到一套替换的？"我愤慨地说。

"这样啊，我们的制服都是在比克兄弟那里购买的，"电话那头的女人用安慰的口气回答我，"去那里就可以了，康纳斯先生。他们会提供给你一套替换制服的。"

我查了查比克兄弟的地址。我同时还在黄页中的其他板块搜寻了一下。

我先去了比克兄弟。没有人来询问我的情况。十五分钟不到，我就走出店门，带着全套保安的制服：衬衫、领带、裤子和帽子，衬衫胸前的口袋和右肩上都纹有银行的名字。我又去了一家警备用品行，挑了一根武装带和一个手枪皮套。接着我来到一家枪支店，选了一把警察专用的点三八手枪的仿制品。虽然它完全没有杀伤力，但是一般被它指着的话还是会心惊肉跳的，除非是傻子。随后，我租了一辆小货车。当我离开汽车旅馆的时候，这辆车的每扇门上都神气地标示着"安保-波士顿国家银行。"

夜里十一点十五分的时候，我在波士顿国家银行机场支行的夜间存款箱前立正站岗，存款箱上贴着一行精美的文字："夜间存款箱已坏，请将存款交给保安人员。"

存款箱前有一部小推车，上面放着一个敞开的大邮政袋。

至少有35个人把他们的袋子或者信封丢进去。

他们顶多说声"晚上好""晚安"，没有多说一字半句。

当最后一家商店打烊后，我把这个帆布袋的口系好，开始把这些战利品推到小货车那里去。在出口的地方，小推车被地上的挡风条卡住了，推都推不过去。我使出浑身解数，可这该死的推车就是跨不过这条小小的坎，实在是太重了。

"怎么啦，老兄？"

我转头一看，差点吓尿。两个州警就站在五尺开外的地方，不过还好，不是昨天的那两个。

"是这样的，存款箱坏了，这货又不听使唤，我把银行的车停在了那边，但是没有液压滑轮，而我又不是什么大力士。"我说着，不好意思地笑笑。

一个年长的、面孔和头发都红彤彤的警察笑了起来。"好吧，那么，我们来帮你一把。"他说着便走上前来，握住小推车的把手。在我们三个人齐心协力的推动下，小车轻松地跨了过去。他们帮我把小推车推到货车跟前，又帮我把这又大又笨重的邮政袋放进了后备厢。我把后备厢门砰地关上后，转过身面对这两个警察。

"实在是太感谢你们了，"我微笑着说，"我真想请你们喝杯咖啡，但我还得把这小笔财产送去银行。"

他们笑了起来，一个警察举起一只手说："嗨，这没什么。下次再说吧，好吗？"

不到一个小时，我就把赃款搬到了我在汽车旅馆的房间，开始清点现金。我只要纸币，零钱、信用卡收据和支票统统被我扔进了浴缸。

这一票共捞到了6.28万美元的现金。我换了身便装，用一件备用的衬衫把钱包裹起来，然后开车去机场，在那里取回我的行李。一小时，后我就坐在了飞往迈阿密的飞机上。我中途在纽约转机停留了三十分钟。趁着这点时间，我给波士顿机场的管理人打了电话。他正好人不在，秘书接的电话。

"听着，告诉波士顿国家银行，昨天晚上夜间存款箱盗窃案的大部分赃物在里斯特黑文汽车旅馆208号房间的浴缸里。"说完我便挂了电话。

第二天我从迈阿密起飞，前往伊斯坦布尔。

我在特拉维夫转机停留了一个小时。

我用这一个小时来维护一下我的为人准则。在我的整个犯罪生涯中，从未讹诈过一个诚实守法的老百姓。

我找到一家美国银行的支行，把一捆钞票放在出纳的柜台上。

"请给我换一张5000美元的现金支票。"我说。

"好的先生，你的名字是？"

"小弗兰克·阿巴格内尔。"我回答。

"好的，阿巴格内尔先生。请问这张支票是开给你自己的吗？"

我摇了摇头，"不，"我说，"开给马萨诸塞州波士顿的阿罗尤斯·詹姆斯·'保释家'·保利。"

8
我的机组

大人物总会带着随从。总统、伊丽莎白女王、弗兰克·辛纳屈、穆罕默德·阿里、阿诺德·帕尔默……其实大部分的明星大腕都有。

　　还有航空公司的飞行员。

　　"先生，你的机组人员呢？"伊斯坦布尔酒店的前台向我问道。我以前也遇到过这样的问题。

　　"我没有带机组人员，"我回答，"我是来顶替生病的飞行员的。"我一般都会这样回答，在欧洲以及中东地区，此类问题要比美国问得多。看起来，欧洲大陆的酒店更习惯接待整个机组人员。飞行员独自一人让他们觉得奇怪。

　　我需要一个机组。我在一家土耳其饭店进行晚餐的时候，思考着这个问题。当时我已经脱去了制服。除了一些特殊场合，现在我一般只在酒店登记结账、兑换支票或者免费搭飞机时才穿制服。

　　以前我就考虑过机组的问题。其实，每次看到一个机长被他的乘务员们簇拥着时，我就会有这样的想法。他那个样子不仅比我更真实可信，乐趣似乎也比我多许多。我发现，空姐们往往像侍女一样跟在飞行员身边。相比之下，身为冒牌飞行员的我，就显得形单影只了。不过，逃犯通常总归是孤苦伶仃的。当你像一只被开水烫到的小猫一样四处逃窜的时候，很难扮成狮子在社会上招摇。总体来说，我的那些风流情事都像是兔子的尾巴——长不了，其中所得到的满足感也是如此。

当然，我对拥有一个自己机组的幻想，并不单单是渴望身边有人陪伴。一个空勤机组——提起空勤机组我只想到空姐——会让我扮演的航空飞行员角色更加真实可信。我知道，孤零零的一个飞行员容易被人详细盘查。相反，如果飞行员后头跟着一帮子可爱的空姐，则几乎不会让人产生任何怀疑。如果在我的旅途中有一群美丽的空姐陪伴，我想我就能随心所欲地散发空头支票了，而它们也会像节日贺卡一样被大家欣然接受。倒不是我现在兑换支票碰到什么困难，只不过我现在每次只能兑换一张。如果有一班人马跟着我，我就可以一次性兑换大量支票了。

一星期之后，我离开伊斯坦布尔飞往雅典。"先生，你没有和其他乘务员一起吗？"酒店前台对我问道。我还是用常规的借口应付了他，但开始觉得有些烦人了。

第二天我飞到巴黎拜访拉伐利亚一家。其间，莫妮克曾一度表示："真希望你能在法航开飞机，这样我就可以加入你的机组了。"这话更加让我相信，建立一个空勤机组是很有必要的。

但是，一个只是装装样子、对飞机驾驶一窍不通的飞行员，怎样才能去召集一个空勤机组呢？总不见得随便找几个姑娘，然后向她们提议说，"嘿，姑娘们，想去欧洲吗？我有一个兑现空头支票的远大计划……"而且，我跟美国和欧洲的黑社会一点关系都没有，所以也不可能找他们帮忙。

我在西柏林的时候，脑中闪现出了一个计划。这会涉及多个方面，而且充满风险，但也同样富有挑战。泛美航空这个蜂巢总能为我提供大量的蜂蜜。即使泛美不是我真正的母公司，但在某种意义上，我也算是它的私生子，现在到了尽孝道的时候了。

我要让泛美航空给我提供一个空勤机组。

我飞到纽约，一落地就打电话到泛美航空的人事部，我声称自己是西部一所没名气的院校——普雷斯柯特长老会学院的就业主任。"我得知你们每年都专门派人去各大高等院校招聘，你们今年能不能把我们学校也安排进去？"我说。

"很抱歉，我们不能。"接电话的泛美人事专员说，"不过，我们有一组人员会在十月份的最后两个星期，在亚利桑那大学校园里面试应聘各种职位的学生，如果你的学生们有兴趣来泛美航空公司工作，我想我们的招聘人员一定会很乐意与你的学生们谈谈。如果你要的话，我们可以寄一些资料册给你。"

"那太好了。"我说，然后我给那根本不存在的学校编了个地址，告诉了他。

我的计划需要拥有登山运动员那样的胆识。我穿上制服来到肯尼迪机场的十四号机库。由于胸前晃动着冒牌身份卡，我不费吹灰之力就进了大门，然后又慢悠悠地在供销部里逛了半个小时，直到把我需要的物品都找齐：信封、大马尼拉纸文件袋和信纸，全都印着泛美航空的抬头，还有一叠求职申请表和彩色小册子。

回到汽车旅馆后，我坐下来给亚利桑那大学的就业办公室写信。我写道："泛美航空今年正开展一种新的招聘方式，除了以往十月份的校园招聘以外，泛美航空还会另派飞行员和空姐来面见那些未来可能成为飞行员和空乘的同学，因为真正的飞行人员会从一个更清晰的角度对泛美航空飞行职位的要求提供建议，同时也能更准确地对应聘者进行评估。

"我方一名飞行员会在九月九日，星期一访问贵校，并且有三天时间来面试接待申请空姐职位的同学。"这封伪造的信件里写道，"我们将随函另寄相关资料册和求职申请表，可根据需要派发给有兴趣的学生。"

我在落款处签了泛美航空人事部主管的名字后，把信装进泛美的专用信封，并把册子和申请表一起包裹在大马尼拉纸文件袋内。然后我来到泛美航空的办公大楼，找到公司的收发室，把这些信件丢给一名小职员，态度粗暴地吩咐他按航空邮件寄出。

我觉得泛美航空的公司邮戳，上面附带那一行泛美的小广告——世界上经验最丰富的航空公司，会让这份伪造的信件看起来更专业一些。

我寄出信件材料的时间是八月十八日。到了八月二十八日，我打电话到亚利桑那大学，接通了就业办公室主管约翰·亨德森。

"你好，亨德森先生，我是弗兰克·威廉，泛美世界航空公司的副驾驶。"我说，"公司安排我两个星期后访问你们学校，我打电话过来是想确认一下你们是否收到我们的材料以及时间是否方便。"

"哦，你好，威廉先生。"亨德森热情地回答，"我们热切期盼着你的大驾光临。材料收到了，而且已经张贴在校园内，看起来会有相当多的应聘者的。"

"好的。我不知道寄给你的信上是怎么写的，"我撒了谎，"但是飞行主管要求我只面试三四年级的学生。"

"这点我们知道的，威廉先生。"亨德森说，"事实上，到目前为止也都是三年级和四年级的学生来向我们询问这事。"他积极地要在校园里给我安排住宿，被我婉言谢绝了，我表示已经在公司指定的酒店订好了房间。

九月九日，星期一早上八点，我出现在了亚利桑那大学的校园里，亨德森先生热情友好地迎接了我。当然，我穿上了飞行员制服。亨德森特地留出一间小房间供我这几天使用。"目前为止，我们一共有三十个应聘者，我安排他们每天十个人一批，"他说，"当然，你还要和她们分别交流，如果你想的话，也可以按照自己的方式来面试，不过第一批的十个人九点钟就会到这里。"

"那这样的话，我想还是先统一面试吧，然后再分开面试。"我说。

第一批的这十个女生，无论是放在一起还是单独分开，都十分可爱动人。越是看着她们，我就越觉得自己需要一个机组。她们十个看我的眼神就好像看着正准备表演的猫王。

我装出一副公事公办的样子。"首先，女士们，我想让你们知道，这件事对我对你们都是第一次。我更习惯在驾驶室，而不是教室，但是公司派给我这个任务，我也希望能够把它圆满完成。我相信在你们的帮助和理解下，一定可以把它做好。

"我用了'理解'这个词，是因为我对招聘的最终结果没有决定权。我的工作只是挑选我认为适合做空姐的姑娘，并且根据她们的表现来评估建议。人事主管有权力拒绝任何一个甚至全部我推荐的候选人。但是，我同时也要说，你们可以凭我的推荐就可以被录用，而不需要其他人的面试。

"还有就是，在你们毕业以前，泛美航空是无法雇用你们的。但是如果你们被选定作为我司空姐，根据政策，我们会在你们学业的最后一年向你们提供一些补贴，以确保你们不会去找其他工作。我的话都听明白了吗？"

大家都表示听得很明白。然后我把她们解散，开始进行单独面试。我并不确定我的"机组"需要哪种类型的姑娘，不过我很清楚哪种类型是我不想要的。我不希望我的姑娘当得知她被坑进一个计划周密的骗局之后会立即崩溃。

太傻太天真和过分正直的面试者，我立刻就把她们从名单上划掉。那些优雅迷人，但是太直率的（航空公司比较喜欢这种类型的人做空姐），我标了个问号在上面。那些让我感觉性格随和、容易轻信别人、性格有些胆大的，或者自由散漫、信奉自由主义的，起码在紧急关头不会惊慌失措的姑娘，我都在她们的名字旁边打了个钩。我认为具备这些特点的姑娘，才是我那个虚构的空勤机组最合适的人选。

亨德森旁听了上午的面试，到了午饭休息的时候，他把我带到他办公室后面的一间档案室，并且指给我看，就在我面试的房间旁边有一道门。他给了一把那扇门的钥匙。"很少有人在这里上班，因为我们的学生档案系统全部电脑化了。"他说，"你会用到这把钥匙的。我已经把所有应聘者的档案都调出来放在这张台子上了，考虑到你可能需要参考一下某个学生的档案。这样的话你就可以更加独立自由地工作，当然如果你觉得需要任何帮助，我们随时乐意效劳。"

档案管理系统激起了我的兴趣，亨德森热情地向我展示了该系统的工作原理，之后又把我作为客人邀请我吃午饭。

下午，第一批的十位应聘者很快就面试结束了。第二天早上又面见了第二批候选人。和第一批一样，我把那套口若悬河的说辞重复了一遍，姑娘们也同样对我给出的条件表示认可。最后一批姑娘也是如此，到了第三天下午，我把候选者的范围缩小到了十二人。

我花了两个小时一个一个地调查了这十二个人的档案，一边回顾当时的面试情况以及我对她们的印象，然后选定了八位。我正准备离开档案室的时候，一下子心血来潮，突发奇想，我花了不到半个钟头的时间就让自己满足了一下。于是当我离开档案室的时候，出生于布朗克斯的小弗兰克·阿巴格内尔获得社会学学士学位和硕士学位的报告单已经在那些档案里了。

第二天早上，我对那八位进入决赛的姑娘发表我的"论文"，正因为有她们这些羊羔，我才能搞到我异想天开的羊皮文凭。

我把这些姑娘召集起来的时候，她们个个都很兴奋，这种情绪状态正好有利于我施展骗术。"安静，请安静下来，"我恳求她们，"你们还没有被录用为空姐呢。我想你们应该知道这点。"

这些话果然达到了预计的威慑力。下面顿时一片寂静。我笑了笑，接下来便开始安抚她们。"那是因为你们全都才三年级，在加入泛美航空之前，我们希望你们先完成学业。"我对她们说。

"我想我之前提到过，我们公司会资助录取的空姐候选者最后一年的学业，现在公司委托我给你们八个人提供一份差事，我想你们会有兴趣的。

"公司告诉我，他们计划招几名女生作为来年的暑假实习生，这些女生会分成几个小组，作为我司的形象代言及公关人员派往欧洲。也就是说，她们会成为泛美航空的广告模特，照片会登在世界各地的刊物上，我敢肯定你们应该都见过我说的那种刊物。有些女生将作为学校、市民集会，商务研讨会之类的活动发言人。这是一次宣传公司形象的旅行，我们通常使用真正的空姐，或者穿好空姐制服的专业模特。

"但在来年的夏天，我们打算用这些正在申请空姐职位的女生，这也是作为对她们的一种前期培训。我个人认为这是个很棒的主意，理由有以下几点：首先，这能让我们的宣传人员使用我们公司自己人的照片，在自己工作的城市中展示出来；第二，碰到拍摄真实空姐的情况，我们就不用特地把人家从航线上叫下来了。过去类似这样的情况是很给空姐添麻烦，因为夏季是我们的乘客高峰期，我们把一些空姐调出来的时候，其他的空姐就必须分担她们的工作。

"那么现在，如果你们当中有人，或者全都想参加这个夏季活动的话，我被授权来雇用你们。你们可以得到一次免费的欧洲旅行。公司还会付给你们和新人空姐一样的工资，你们也将穿上空姐制服，但还不能算是空姐哦。我们会给你们提供制服。另外，公司还会给你们一张聘书，这张聘书非常重要。它意味着你们如果决定毕业后当空姐的话，就能以前泛美航空职员的身份去申请，就会比其他的应聘者有优势。

"你们有谁愿意参加吗？"

她们全都踊跃报名。"很好，"我微笑着说，"接下来你们都得用到护照，这个你们自己去搞定。你们还要提供地址以方便公司和你们保持联系。我可以肯定你们会在一个月内收到聘书。就这样，女士们。认识你们十分高兴，我衷心希望你们将来成为空姐以后，有谁会分配到我的机组来。"

我把安排给姑娘们的活动差事告诉了亨德森，他听了后和姑娘们一样开心。那天晚上，亨德森和他的太太，还有那八个姑娘一起，在亨德森家后院的池子边为我举办了一个美妙无比的晚宴。

我飞回到纽约，租了一个办事处设在泛美公司大楼、带有邮件处理服务的信箱。这是一个绝佳的掩护，我在随后和姑娘们的通信中就可以利用泛美航空公司的地址，而她们所有的回信都会通过邮件处理公司直接送到我的信箱。

差不多一个星期后，我给她们每个人寄了一张"聘书"，同时还附上一封我亲笔署名（弗兰克·威廉）的信，告知她们每一个人这个惊喜！超级惊喜！公司派我带领她们参加的这个欧洲活动团，因此她们终究还是成为了我的"机组人员"。我又随信附了一张我自己做的表格，上面要求她们填写自己的衣服尺寸以定做制服。我指示她们每一个人，如果今后有什么问题或信息，可直接通过我的信箱号码写信给我。

然后，我就开始着手准备旅行了。我手里的护照只是一张临时的，用的还是我的真实姓名。我觉得自己必须得用弗兰克·威廉的名字办张普通护照，于是我决定试试运气，但愿纽约的护照办理处事务繁忙，工作人员没工夫对你仔细盘问。

一天早上，我走进护照办理处，把临时护照交给了他们，十天后，一张普通护照就发下来了。

护照到手我很开心，但是，这毕竟是发给弗兰克·W.阿巴格内尔的，在关键时刻，它无法和"泛美航空第一副驾驶弗兰克·W.威廉"对上。我开始四处寻找，然后在东海岸一座大城市的档案馆里找到了我需要的东西。它是一个叫弗朗西斯·W.威廉的人的死亡通知，死于一九三九年十一月二十二日，只有二十个月大。档案显示这个婴儿一九三八年三月十二日出生在当地的一家医院。我对医院的工作人员称自己就是那个弗兰西斯·W.威廉，花了3美元拿到了一张经认证的出生证复印件。一般名叫"弗朗西斯"的人都比较喜欢别人叫他"弗兰克"，对我来说这合情合理的，其他人也一定会这么觉得。

我把这张出生证的复印件和需要的照片一起，交到了费城的护照办理处，两个星期后，另一张和我泛美制服相称的护照就到手了。我现在就已经准备好了"指挥"我的人马，要是在接下来的几个月里没有什么意外发生的话。

那几个月里，我就在国内四处转悠，尽量保持低调，不过也时不时地扔出几张伪造的泛美工资支票或者现金支票。

有一次我去迈阿密，住进枫丹白露海滩酒店的顶层套房，扮成加利福尼亚的股票经纪人，带着一个塞满20美元、50美元和100美元钞票的手提箱，之前还在洛杉矶租了一辆劳斯莱斯，一路开到佛罗里达。

这些都是我脑中构想出来的大骗局的一部分，在我为自己打造出显赫门面后，准备向迈阿密的几家银行和高档酒店扔一些数目庞大的空头支票。我获得这显赫的声望很大部分纯粹是出于偶然。我特地让自己认识一些酒店的高层管理人员，其中有一个某天下午在大厅里叫住我，把我介绍给佛罗里达的一个经纪人，他在金融上的天赋连我都略有耳闻。

他是一个坚定的佛罗里达人，带着正宗佛罗里达人对加利福尼亚人那几乎不加掩饰的轻蔑，从我们闲谈时他的言辞中就看得出来，他也完全没有把加利福尼亚的股票经纪人放在眼里。有时候他太过无礼、狂妄自大，连酒店的主管都面露尴尬。他太不友好，几分钟后我便找借口离开，结果他一把抓住我的胳膊不让我走。

"土星电子新股发行你怎么看？"他自鸣得意地笑着问。我当时根本就没听说过这家公司，实际上，类似这种公司我都完全不了解。但我却冷冷地看着他，然后眯起一只眼睛。"能买进多少就买进多少。"我说着便离去了。

没过几天，我又碰到了那个人，当时我们都在大门口等服务生把车开过来。他带着勉强的敬意和我打招呼，这让我有些意外。"关于土星股票，我应该听你的，"他说，"你是怎么知道银河通信正准备接管土星电子的？"

我只是笑了一笑，又对他眯了眯眼睛。后来我才了解到，土星电子在被银河通信并购之后，股票在四天里每天上涨五到八个点。

那天晚上在电梯里，一个三十多岁穿着考究的男人过来与我搭话，他说自己是一名杰出的市政官员。

"瑞克（酒店的一个管理人员）对我说起过你，威廉先生，"他说，"他说你可能会在这里设立一个办事处，或许还会在迈阿密安个家，每年过来住一段时间。"

我点了点头。"是的，我正在认真考虑这个事情，"我微笑着说，"我很可能在一两个星期内就定下来。"

"这样的话，也许我能帮到你。"他说，"我太太和我会在今晚办一个派对，一些市里和州里的政府高层和企业领导们都会来参加，包括市长和部分州政府官员。如果你也考虑来参加的话，我很乐意邀请你。我相信你会度过一个愉快的夜晚，而且我敢说，你也许会遇到一些贵人给你帮忙做决定。"

从某些地方来看，他说得有点道理，于是我接受了他的邀请。他的某些客人很可能会对我有帮助。让我敲诈他们一笔。

这是一个需要正装出席的活动，不过我很快就找到了一家还没打烊的礼服出租店，然后穿戴一新。我同样毫不费力地就找到了市政府官员的家，发现它就在某位银行家的房子隔壁，这让我有些心神不安。但愿她没有被邀请，为了防患于未然，我让停车场的服务生把我的车停在了方便我立刻逃跑的地方。

这位银行家没有被邀请，不过我却遇到了这辈子见过的最美艳动人、最有风韵的金发女郎之一。我刚走进派对的人群，就立刻注意到了她。整个晚上，我的注意力都在她的身上。奇怪的是，尽管她好像一直被仰慕她的人围在中间，可她看起来不像是和任何一个向她献殷勤的男士在交往。派对主人也证实了这一点。

"那是谢丽尔，"他说，"她是这类派对的一个标配花瓶。她是个模特，曾经上过几本杂志的封面。我们和她之间有个相当不错的协议，她给我们的派对带来刺激和欢乐，而我们则确保她的名字出现在所有报纸的社会专栏里。来，我给你介绍一下。"

她立刻就让我知道她对我同样很好奇。"你来的时候我就看到你了，"她伸出一只手说，"那辆劳斯莱斯真漂亮。它是你自己的车还是为了这个场合特地借的？"

"哦，它是我拥有的车之一。"我告诉她。

她抬了抬眉毛。"之一？除了这辆劳斯莱斯，你还有其他的车？"

"还有几辆，"我回答，"我喜欢收集。"我看到她的眼睛在闪闪发光，就知道自己交到了一个好朋友。显然她十分追求物质财富。事实上在派对剩下的时间里，我不断地感到吃惊，在这样美丽动人的外表下，竟藏着如此腐败贪婪的内心。不过，我对她的人品道德并没有兴趣。我被她这种显而易见的堕落深深吸引了，她是个唯利是图的尤物。

我们并没有一直待在一起。我们时不时分开行动，各自觅食，就像是同一片丛林中的两只猎豹。我发现了我正在搜寻的猎物——两只肥美多汁的银行鸽子。她也找到了她的猎物——那就是我。

凌晨两点半左右，我把她叫到一旁。"你看，派对快要结束了，"我向她提议，"不如我们去我的顶层公寓吃点早餐，你说呢？"

她的回答打击到了我的自尊。"如果我跟你回酒店，对你来说这值多少钱？"她用挑逗的眼神看着我问道。

"我以为你是个模特。"我吃了一惊，脱口而出。

她微微一笑。"模特也有好多种。有些模特工作是要比其他的更高级一些。"她说。

我还从来没有为了睡一个姑娘付过钱。色情行业对我来讲还是个未知的领域。就我所知，我之前还没有遇到过妓女或者应召女郎。但很明显，现在我碰到了。然而，我还是想把她弄到我的床上，并打算让她变成真正的应召女郎，我尝试给她开个价。管他呢，我有的是钱。"嗯，300美元？"我试着问。

她动人地做了个鬼脸，摇摇头。"恐怕300美元不够。"她说。

我被震惊到了。原来我在这昂贵的奢侈品堆里欢蹦乱跳了那么多年，居然完全不知晓她们的价值。"哦，好吧，那翻个倍，600美元怎样？"我说。

她用冷冷的目光掂量着我。"接近了。"她说，"但是像你这种有钱的男人，我觉得价格应该再要高一点。"

我看着她，心中有些恼火。自从走上职业犯罪的道路后，我就建立了一套并一直遵守的犯罪道德准则。比如，我从来不欺诈个人。比方说，我在买衣服或者其他私人用品时，从来不开空头支票。大多的百货商店和商业公司在收到空头支票后，会把损失推给营业员个人。如果一个营业员卖西装的时候收的是支票，而这张支票又是假的话，这套西装的价钱就会从他的工资里扣除。我的目标都是些企业公司——银行、航空公司、酒店、汽车旅馆，或者其他有保险保障的机构。当我想花钱买新衣服或者其他私人性质的东西时，我总是会先去光顾一家银行或者酒店兑换所需要的现金。

我突然想到，谢丽尔可以成为我那套规则中美丽的例外。"听着，这样下去我们要整晚站在这里讨价还价了，"我说，"我最讨厌为这种小事争论计较。不要去我的公寓了，去你那边吧，待个一两个小时，我给你1000美元，行吧？"

她伸手拿起了她的小包。"我们走吧，"她答应了，"不过我现在没有公寓住，我房子的租约到期了，现在住在迈阿密海滩的一

204

个酒店里。"她说出了那家酒店的名字，离我住的那家倒不算太远，三十分钟后我们就到了那里。

她把钥匙插进她房间的大门时，我转过身准备离开，说："我很快回来。"

她急忙抓住我的胳膊。"嘿，你去哪儿？"她略带不安地问道，"你不会就这么一去不回了吧？"

我把她的手从我的胳膊上放下。"你觉得我会随身带着1000美元现金吗？"我说，"我去楼下换一下支票。"

"现在可是凌晨三点！"她大声叫出来，"这种时候你是兑换不到这么大数目的现金的，连100美元都换不到。"

我傲然一笑。"我想我可以兑换到。我认识这家酒店的老板。除此之外，我的支票还是纽约大通曼哈顿银行的保兑支票。在这里就像黄金一样。我随时都可以兑换它们。"

"让我看看。"她说。我把手伸进夹克的内侧袋，拿出一张来迈阿密之前伪造的大通曼哈顿银行支票。上面的金额是1400美元。她仔细地看了看这张支票，然后点点头。"的确像黄金一样，"她表示同意，"不如你在后面签上字把它转让给我？"

"呃，这可不行。"我回绝了她，"这张支票有1400美元，我们之前谈好的价格是1000美元，虽然这400美元也不是什么大数目，但交易就是交易。"

"我同意，"她说，"你就签字吧，我再给你400美元就是了。"她翻了翻皮夹子，挖出薄薄一沓100美元纸钞，从里面数出四张递给我。我也在支票背面签了字，交给她。

我从记者那些所谓的"可靠来源的消息"知道了后来的情况。

几天后，她接到银行通知说那张现金支票是伪造的，于是她气急败坏地向戴德县警察局报了警。最终，她联系上了奥莱利。

"他为什么要给你这张支票？"奥莱利问她。

"这不重要，"她厉声说道，"他把这张支票给了我，但是假的，我只想快点逮到那个畜生。"

"我知道，"奥莱利说，"但我同样需要了解这个人的想法，以便能够抓到他。你的描述的确符合弗兰克·阿巴格内尔的特征，但他从来没有给个人开过空头支票。他甚至都没有在零售店里用过假票。为什么会突然给一个安分守己的老百姓，而且又非常漂亮的女士一张面值1400美元的空头支票？他的目的是什么？"

奥莱利自己差不多也是一个骗子高手。他从她的嘴里套出了整件事情的来龙去脉。"他玩过不给钱也就算了，"最后她伤心地说，"唉，我以前也不是没白干过。但那个畜生居然还骗了我400美元现金。这才是让我愤怒的。"

我一直同意奥莱利对这件事情的看法，我和她都进行了诈骗。

然而，她和我在一起的这段经历也许还算是比较开心和便宜的，相对于我在离开迈阿密前遇到的两个银行家而言——我在他们每个人身上分别刮走了2万美元。我还用了一张伪造的现金支票在枫丹白露结账，他们另外还找给我几百美元。

我把劳斯莱斯开到一个长期停车库，然后给加利福尼亚的租车公司发了份电报，通知他们这辆车的下落。谢丽尔是对的。这是一辆漂亮的车，不应该被随意丢弃，遭受自然和人为的破坏。

冬天，我蛰伏在太阳谷，安分守己，保持低调。当春天来临的时候，我就飞回纽约，租住在曼哈顿的一处高雅地段的一个上流公寓里，然后给我每一个未来的"空姐"发去了"提醒通知"。收到的回信让我放下心来，她们对我这个泛美航空宣传主管的冒牌身份仍然没有丝毫怀疑。于是我便继续去实现我那惊心动魄的奇思妙想。我知道在好莱坞的那家为泛美航空所有空姐设计和制作制服的公司，我穿着飞行员制服飞往好莱坞，去到那家公司。我把一封伪造的介绍信交给一位负责泛美航空业务的女士，对她详细说明了这个虚构的欧洲公关之行，她对我说的话信以为真。"全套制服在六个星期后就能做好，"她说，"我觉得你的姑娘们是不是还需要个行李箱？"

"这是当然。"我说。

当姑娘们的衣服正在制作中的时候，我就待在洛杉矶地区，为这个恶作剧处理一些其他的必要事宜。我穿上制服来到洛杉矶机场的泛美航空的供销部，挑选了空姐帽子和制服上所有需要的徽章。

我之前让姑娘们把她们的一寸彩色报名照寄给我。我用这些照片伪造了泛美航空身份卡，就和我自己的那张差不多，然后把她们每个人的职务状态写成"空勤人员"。

当制服做好以后，我开着一辆租来的小货车亲自去拿，车门上贴着假冒的泛美标志，我给他们签了一张发票，制服的账会算在泛美公司的头上。

五月下旬，我给每个姑娘寄了一封信，并给她们每个人附上一张机票——都是我用现金买的，告知她们五月二十六日在洛杉矶机场大厅集合。

将这群雏鸟召集起来是我诈骗生涯中最大胆也是最华丽的杰作之一。我在机场附近的一家比较豪华的酒店，给每个姑娘分别订了一个房间，另外还预订了该酒店的一个会议室以便她们抵达后使用。我用泛美航空的名义订了所有的房间，不过是用现金付的账。我对负责办理这个业务的副经理解释说，这不是泛美航空的常规业务，而是公司宣传部的一项"特殊活动"，以满足其好奇心。

在姑娘们到达的那天早上，我穿好泛美飞行员的制服到位于机场的泛美航空地面指挥中心，找到公司的机场班车负责人。

"是这样的，今天下午两点我这里会有执行特殊任务的八名空姐过来，我需要用车接送她们到酒店。"我说，"你可以帮我解决这个问题吗？"

"当然没问题，"他说，"我这里有一辆常规的机组人员客车。我会亲自去接送她们。你也一起去吗？"

"那么我就一点半过来找你，和你一起去，"我说，"需要我签什么东西吗？"

"不用的，包在我身上，机长。"他咧嘴笑道，"你就放心吧。"

姑娘们准时出现，并对闪闪发光的泛美机组人员班车发出恰如其分的赞叹，其实那只不过是一辆加长的普通客车。我和班车负责人把姑娘们的行李搬到车上，然后他开车送我们去酒店，到酒店后，他又帮忙把行李搬下车，把姑娘们安顿好。在一切都忙好结束的时候，我想请他喝一杯，被他婉言谢绝了。"我很喜欢你们这个任务。"他笑着说，"需要帮忙的话请随时找我。"

第二天一早，我把姑娘们召集到会议室，把身份卡发给她们，还向她们展示了制服和行李箱。她们爱不释手地摸着衣服和行李箱，开心地尖叫出来，每样东西上面都有她们各自姓名的缩写图案和泛美航空的标志。

当我把行程路线告诉她们的时候，又引来了更多兴奋的尖叫：伦敦、巴黎、罗马、雅典、日内瓦、慕尼黑、柏林、马德里、奥斯陆、哥本哈根、维也纳，以及其他一些欧洲胜地。我让她们安静下来，然后摆出一副严父的架子。

"好了，这听上去是开心得不得了，我也希望如此，但是记住，我们是在执行严肃的任务，我不会容忍任何胡闹行为。"我告诉她们，"如果有谁行为不端或者捣乱，我有权力把她开除，必要的话还会把她送回家去。让我们把一件事说清楚——在这里，我是老板，你们的一举一动都要听从我的指示，按照我定的规矩来。我想你们会发觉我的规矩都是公平合理的，对你们来讲应该不会有什么问题，都是小菜一碟。

"首先，你们可以看到，在你们每个人的身份卡上都标明你们的身份是空姐。对我们要入住的酒店的员工和工作上要涉及的摄影师来说，你们是空姐。但我们日常出行都会作为普通人，包括乘坐飞机、汽车，我会告诉你们什么时候需要换上制服。你们这趟旅行是十分惹人羡慕的，这个任务可能会引发我们普通空勤人员的纷争和嫉妒，不论男女。因此，万一你们混到了普通空勤人员中，就说自己是公司纽约公关部的，正在执行特殊任务，关于你们自己的真实情况尽量少提。如果有人对你们纠缠不休，就叫他们来找我。

"另外，你们每两个星期拿一次工资，发的是一般公司都用的工资支票。在欧洲兑换支票非常困难，所以当你们拿到支票后，就在背后签个字，我会拿到当地的泛美航空办事处、某家银行或者我们入住的酒店一起兑换。

"我知道你们有些人可能会问，为什么不直接把这些支票寄回家存起来呢？理由有两个：第一，支票很可能是由公司的某个海外账号签发的，因此公司会希望这些支票能在欧洲兑换掉；第二就是汇率，你们自己去兑现的时候，是以当时的即时汇率来计算的，通常都会有些损失。所以由我来帮你们统一兑现，给到你们现金，如果你们想把钱寄回家去的话，可以通过汇票或者现金支票的方式。你们还有什么问题吗？"

　　没人提出问题。我笑了笑。"很好，那么，今天接下来的时间里你们自己安排，但要保证充分睡眠，明天一早我们就出发去伦敦。"

　　飞去伦敦的机票花了我一大笔现金。飞机在天亮之前抵达伦敦，外面下着阴冷的小雨。去酒店之前，我让姑娘们换上她们的空姐制服。

　　这个诈骗计划开始了。当然，我内心非常紧张和不安，但我还是不顾一切地勇往直前。我甚至还让大家住进了肯辛顿的皇家花园酒店赌一赌运气，但愿酒店员工没有把环球航空的弗兰克·亚当斯和泛美航空的弗兰克·威廉联系到一起。我租了一辆厢型车把我们从机场送到酒店，当看到酒店接待是一副完全陌生的面孔时，我不禁松了口气。

　　"我们是泛美航空738航班的，"我说，"从香农转航过来，不知道有没有人帮我们订过房间。"

　　"没问题，机长，"接待员说，"不过，如果姑娘们不介意两个人住一间的话。我们只剩下五个房间了。"

　　姑娘们直到中午时分才起床。然后我放她们在城里自由活动，并且告诉她们我和当地的泛美航空办事处一起安排了一个"拍摄活动"。而我其实是查了一遍伦敦的电话簿，找出一家我认为合适的商业摄影公司。我给那家公司打了个电话，称自己是泛美航空的公关部代表。

"我现在有八个姑娘在皇家花园酒店，都是空姐，我们要为广告和宣传册拍摄一些彩色和黑白照——你懂的，在皮卡迪利广场以及泰晤士桥上抓拍一些真实的镜头之类的。"我说，"你们可以做吗？"

"哦，当然可以！"对方那男的殷切地说，"要不我现在就派个人上门给您送些样品参考下？我敢肯定您会满意的，威廉先生。"

我和那家公司的业务员一起吃了中饭，并把拍摄事宜谈妥。看起来，我似乎选了伦敦一家数一数二的摄影公司，他们甚至以前也接过泛美航空的业务。

"好吧，这次有些不一样，我们正尝试一些新的方式，"我说，"我敢肯定你一定喜欢。我们每天按日结账。你只要把费用的发票开给我就行了。"

"那么样片怎么办？"业务员问。

"我们那时很有可能已经赶去其他城市了，我们的日程安排得很紧，所以你就把照片寄到纽约的泛美航空公关和宣传部吧。"我说，"要是你们拍摄的照片被采用的话，他们还会按照市场价再付给你一笔费用。"

他吹了声口哨，举起了他的啤酒。"这个方式的确是有些与众不同，不过我喜欢。"他说着，满意地笑了起来。

第二天早上，三个人的摄制小组乘着一辆满载摄影设备的厢型车来到酒店，把我那八只小雏鸟带走了。我没和她们一起去，只是告诉那个主摄影师运用他们自己的判断和想象，最后把姑娘们安然无恙、衣冠整洁地送回来就行了。

"了解，长官。"他笑着把姑娘们安排上车。

我还有自己的事情要处理。我开始着手为这次非法的长征路准备足够的罪孽必需品：伪造的现金支票（由我亲手制作）、泛美航空的费用支票和普通工资支票（拉伐利亚老爹无意间的作品），以及泛美航空的报销审批表（从泛美航空的供销部顺来的），最后那个只是为了虚张声势，没什么大用场。

有很多因素都对我有利。在伦敦和我们行程中其他大部分城市，都遍布美国几大银行的支行。

第二天一早，我把姑娘们集合到我的房间里，向她们解释了酒店针对航空机组人员的政策，然后把八张伪造的泛美航空"费用支票"发给她们在背面签字。当然，每张支票的数额要比酒店账单上的高得多。"我还需要你们的身份卡，并且当我结账的时候，你们全都站在出纳看得到的地方。"我对她们说。她们中没有一个人对自己签字的支票提出疑问，即使她们可能都已经注意到了。

这个骗局进行得十分顺利。姑娘们在大厅里聚成一堆，出纳能看得很清楚，我给她九张假票支付我们的住宿和其他开销。这名出纳只问了一个问题。

"哦，数目有点大呀，长官，我不能保证有这么多美元来找给你，"她说着，一边检查她的现金抽屉，"的确，我没有这么多。恐怕我只能找给你英镑了。"

我装作有些生气，不过还是欣然接受了，我知道出纳很可能会从中获利，或者她是这么认为的。不过，她给我的英镑是货真价实的，而我给她的泛美支票就不是了。

我们在那天下午飞去罗马，在那里待了三天，重复着同样的程序。罗马的酒店出纳也同样问了关于支票数额的问题，不过在我解释后便消除了疑虑。

"哦，对此十分抱歉，"我说，"但是我们在意大利有十八天的旅程，当然，如果你愿意的话，可以找给我里拉。"

他很愿意，因为这意味着他个人可以从中获利50美元。

我决定在欧洲的短途游览就不坐飞机了，倒不是因为机票太贵，而是因为乘飞机会让姑娘们不断地暴露在其他空勤人员面前。这是我实行这个阴谋计划中面临的最大问题——避免姑娘们被其他航空人员撞见。就像我之前提到过的，在航空公司工作的人都喜欢说行话，尤其当你们在一家航空公司工作的话。

但是自然，和其他空勤人员的接触是不可避免的，因为要想我的空头支票计划成功进行，就必须得住在为航空人员提供服务的酒店里。风险无处不在，例如我的一个姑娘在穿着制服的时候遇到了另一个姑娘，一个货真价实的泛美航空空姐，于是接踵而来的就是一段灾难性的对话。

真正的空姐："你好，我叫玛丽·爱丽丝，来自洛杉矶。你们的基地在哪儿？"

我的姑娘："哦，我没有什么基地。我只是来这里做公关之类的。"

真正的空姐："你不是空姐吗？"

我的姑娘："不能算是。我们一共有八个人，正在为广告宣传做一些摄影模特的工作。"

真正的空姐（自言自语）："见鬼了。我在泛美干了五年，从来没听说过还有这种事情。我还是最好跟主管汇报一下，看看这是不是真的。"

我不想看到任何此类的情形出现，于是对姑娘们三番五次地教育，频频强调我的指示。"听着，当你们穿着便装的时候如果碰到了穿着制服的泛美空勤人员，千万不要说你也在泛美航班上工作，因为你并没有。"我警告她们。

"当你是穿着制服遇到其他泛美空姐的时候，如果对方问起你的情况，你就说是来这里度假的。你们可能觉得这不是在骗人吗？没错，确实如此，但这是有原因的。我们不希望其他的航空公司得知这个活动，因为他们很可能在业内散布泛美航空在旅游广告和宣传册里没有用真正的空姐之类的流言，有理有据。我们也并不想让自己公司的空姐知道，我已经说过了，因为这很容易引起纠纷。对于一个在职的空姐来说，这是一个从都会争取的肥差。"

这群姑娘们在这一点上配合得非常积极。然后我租了一辆舒适的、简直称得上豪华的大众客车以供我们畅游欧洲。我时常觉得这个诈骗计划不像是在犯罪，而更像是悠闲舒适的度假，因为我们经常在某个国家的某个吸引人的郊区小地方待上几天、一星期，甚至更长的时间。这种时候，我就会控制住自己的诈骗行为。诈骗农民可不在我的计划之内。

但是一来到大城市，我的骗局就重新步入正轨。在进入大都市前，我们会先停下来换上航空制服，在抵达我挑选的酒店后，这个计划就再一次鸣笛，继续进行。

每两个星期我就会给姑娘们发一张工资支票，让她们在背面签字后，我再拿去给她们兑换现金。因为她们的全部开销都由我来支付（尽管她们全都认为是泛美航空在付账），所以她们大多数人会把钱汇给家里的父母或者银行。

当然，这些姑娘们完全是无辜的。整个夏天，她们没有一个人察觉到自己卷入到了刑事犯罪中。她们都以为自己是被泛美航空合法雇用的。她们完完全全地上了我的当。

我设计的是一次田园式的诈骗之旅，不过也经常奔波忙碌，精疲力尽。要管束这八个活蹦乱跳、兴高采烈、精力充沛的姑娘，我就好像骑着一匹瘸腿的马，赶着一群狂野的小公牛上山——该死的这几乎不可能。我在这计划执行之初就下定决心不和任何一个姑娘牵扯到私人关系，虽然在这一整个夏天中，这个决心也时常岌岌可危。姑娘们个个风情万种，诱惑难挡，当然，我本身也是个风流倜傥的花花公子，而当某个姑娘暗示要和我进一步发展男女关系时（她们每个都不下几次地表示过），简直很难把她推开。不过我还是经住了诱惑。

但在夏天期间，我也没有完全孑然一身。在我们每一个所到之处，我都有足够的机会勾搭到姑娘，而我是不会放过每一个能占到便宜的机会的。

莫妮克并没有列在其中。当我们到巴黎的时候，我找过她，她告诉我，我们的关系结束了。"我们还是朋友，弗兰克，我希望你能继续帮我爸爸介绍生意，我想让自己安定下来，可是你不想。"她说，"我遇到了另一个人，他是法航的飞行员，我们正认真地为将来做打算。"

我表示能够理解，让她放心，其实心里多少松了一口气。我也向她保证了会继续帮她父亲介绍泛美航空的业务，尽管这是在撒谎。对于欺骗拉伐利亚老爹这件事情，我已经开始感到有些内疚，便决定把他这枚棋子从我那卑鄙肮脏的棋盘上撤下来。反正他已经给我制作了足够多的复制品，如果我把它们都用掉的话，足以把十几家银行都榨干了。

我和姑娘们在哥本哈根结束了我们的欧洲之行，我安排她们上了一架飞往亚利桑那州的飞机。她们双手捧满鲜花玫瑰被我送回美国，我还为她们设计了一篇花言巧语的讲话，以减轻在接下去的几个星期里可能产生的疑虑。

"保管好你们的制服、身份卡，还有支票存根（我兑完支票后总是把存根还给她们），"我要求她们，"如果公司要回收你们的制服和身份卡的话，会和你们联系的。关于这份工作情况，你们先回学校再说，毕竟公司要等你们毕业之后才能长期聘用你们，到时候，公司还会派代表来联系你们。这很可能就不是我了，因为我已经接到命令回去开飞机。不过我希望你们所有人都能再次成为我的机组人员，这个夏天我同你们一起过得非常开心。"

从各方面来看，我的确过得非常开心。虽然这些姑娘让我煞费苦心，但是她们也在不知不觉中朝我的口袋里塞满了绿色大钞。总共算下来大约有30万美元。

事实上，泛美航空确实联系到了那些姑娘。在连续三个月里，泛美航空源源不断地收到从欧洲几十个城市寄来的照片，上面都是同样的八个姑娘，全套泛美空姐打扮，于是，公司的广告部主管开始着手调查。最终，整件事情落到了奥莱利的手里，他简明熟练地理清了思路，对公司官员以及那些姑娘重点解释了下大概经过。

我认为这八个姑娘全都愉快地接受了这个现实，甚至还有可能进行一些添油加醋。

和姑娘们分开后，我在欧洲待了几个星期，然后才回到美国。回国后我又像个吉卜赛人一样四处游荡了几个星期，决不在同一个地方逗留超过三天。我又变得情绪低落，紧张不安。一想到我可能永远就这样居无定所，一辈子逃亡下去，我便开始惴惴不安，无法正常理智地生活。

我实际上几乎停止了支票诈骗活动，因为担心警探们可能已经到了我附近，不能再留下任何线索和踪迹了。只是偶尔地，我还是会尝试着展现一下我犯罪的创造力。

有一次在中西部的一个大城市里。我下飞机后没多久，正坐在机场餐厅里吃午饭，此时，临近桌的对话引起了我的兴趣，一个是有点年纪、表情严肃的男人、另一个则非常年轻，低三下四的样子，看起来那个年纪大的是他的老板。我从他们的谈话中了解到，年长的那个是名银行家，他正要去旧金山开会，在他对那个年轻人的训话中可以看出，很明显他希望在他不在公司的期间银行照样能够赚钱。他看起来十分冷酷、暴躁、自大，并且对自己高高在上的地位颇觉得意。当机场广播呼叫到他的时候，我知道了他的名字，贾斯珀·P.卡什曼。

那天下午，我在当地一家报社的图书馆，仔细地挖掘有关贾斯珀·P.卡什曼的情况背景。J.P.卡什曼在他的社交圈里是名杰出的人物，一个白手起家的大亨。他最初是在银行里做出纳，当时银行的资产不超过500万美元。现在他成为了这家银行的行长，而银行的资产已经超过了一个亿。

第二天我就去侦查了那家银行。那是一幢新建的大楼，楼前的大玻璃窗上赫然展示着公司的箴言。银行内部十分宽敞舒适。出纳员都在一边，下级职员被隔墙分散在对面。高级职员则在用玻璃隔起来的通风的办公室里，自在舒适。卡什曼的办公室在三楼，他认为不应该和下属走得太近。

我租了一辆车，开到一百七十五英里外的某个不起眼的城市，用一张伪造的现金支票开了个一万美元的账户。然后我回到卡什曼的城镇，第二天去了他的银行。我并不真正关心这次能诈骗到多少钱，只是卡什曼的举止态度让我很不爽，我纯粹是想蜇他一下。

当我走进银行的时候，大家看到的是一个有钱的商人形象。灰色的三件套西装，油光锃亮的鳄鱼皮鞋，伯爵夫人牌领带，一个真皮公文包，轻巧又高雅。

卡什曼在机场的那位同伴是名下级管理职员。他的办公桌干净整洁，崭新的姓名牌闪闪发亮。看来他是最近刚晋升上来的。我一屁股坐到他办公桌前的椅子上。

"先生，您好，需要什么帮助？"他问道，我的穿着和风度显然已经引起了他的关注。

"是的，的确需要，"我轻松地说，"我是罗伯特·利曼，来自强克逊，我现在需要兑换一张支票，金额比较大。我把相关的证件都带来了，你也可以打电话给我的银行去核实，不过我认为没那个必要。J.P.卡什曼认识我，他会核实这张支票的。你可以给他打个电话。不，我还是自己来打吧，反正我也要和他说些事情。"

还没等他做出反应，我就伸出手去拿起电话，一字不差地拨了卡什曼的分机号码。卡什曼的秘书接过了电话。

"你好，麻烦找卡什曼先生……他不在……哦，对的，他上星期说过，我都忘了。好吧，听着，麻烦你等他回来后转告他鲍勃·利曼①来找过他了，我和珍妮正盼着他和米尔德里德来强克逊打猎。他会懂我的意思的……对，谢谢。"

我把电话放回去，站起身做了个痛苦的表情。"今天看起来不大走运啊，"我愁眉苦脸地说，"我急需现金。要是回强克逊再赶过来，时间就来不及了，这笔生意泡汤啦。算了，再见，先生。"

我正转身离开，这个年轻的职员把我拦住。"呃，你要兑换的支票金额有多大，利曼先生？"

"相当大。"我说，"我需要7500美元。你看你能帮我搞定吗？我可以给你我在强克逊的银行账号。"不等他回答，我便又一屁股坐回了那张椅子上，当即利索地开出一张7500美元的支票交给他。正如我预计到的，他没有给强克逊的银行打电话。他站起来，转身准备走向一间玻璃办公室。"先生，我必须经过副行长詹姆斯先生的批准才行，我想这没问题。我很快就回来。"

他走进了詹姆斯的办公室并且一字不差地说了我刚才告诉他的话（我是后来得知的）。"先生，有一位来自强克逊的利曼先生需要兑现一张大金额的支票。他是卡什曼先生的私人朋友，来找卡什曼先生的，但是您也知道，卡什曼先生现在旧金山。"

"那老头子的私人朋友？"

_____

① 鲍勃，罗伯特的昵称。

"是的，先生，生意上和社交上的朋友，据我看来。"

"给他兑吧。我们可不能得罪那老头子的人。"

一分钟后，这个年轻的职员把假票交给出纳。"请给这位先生兑换现金。利曼先生，我很高兴可以帮上忙。"

对于这个巴甫洛夫的狗①式的骗局我并没有感到太高兴。实际上，我一点都不喜欢。我当天就离开了那个城镇，几天后来到佛蒙特的一个偏僻的村庄，留在那里苦思冥想。我满脑子尽是些阴郁的想法。我认为我并没有在生活，而仅仅是在生存。我靠着违法的伪装、欺诈和犯罪积累起了一大笔财产，然而却并没有享受这些罪恶的果实。我觉得是时候该隐退了，像只狐狸一样找个偏僻安全的巢穴躲起来，我便可以放松下来，重新开始一个崭新的、没有犯罪的生活。

我在脑海里的地图上回顾了我去过的所有地方。在回忆过去几年里的旅途时惊讶地发现，我游历过的地方居然如此广。从新加坡到斯德哥尔摩，从塔希提岛到的里雅斯特，从巴尔的摩到波罗的海，还有其他一些去过但忘记名字的地方，足迹遍布整个地球。

但是有一个地方我不会忘记的。当我想寻找一个安全的避风港的时候，它的名字就会不断地在我的脑海中跳出来。那就是法国的蒙彼利埃。

蒙彼利埃，我终于做出决定，它就是我的避风港了。下定决心后，我便再也没有多去想它。

我应该再多考虑一下的。

---

① 伊万·巴甫洛夫（1849-1936），俄国生理学家，通过在狗的身上做实验，创立了条件反射学，并于1904年获得诺贝尔生理学或医学奖。

9 锒铛入狱

就数量上来看，朗格多克低地的葡萄园生产的葡萄酒要比法国另外三大葡萄酒产地加起来的还要多。但从质量上看的话，除了个别例外，朗格多克葡萄酒的香味、醇度及口感都像是平淡无味的根汁啤酒。体贴周到的主人只会给隔夜的肉卷配上瓶普通的朗格多克葡萄酒，这对于那些他不想再见到的客人来说再适合不过了。

　　大致意思就是说，朗格多克葡萄酒难喝得要命。

　　幸运的是，在法国，葡萄酒商、葡萄采摘工、装瓶工以及剩下来的大多数法国人消耗了大量的朗格多克葡萄。法国只出口来自勃艮第、波尔多和香槟地区的高级葡萄酒，它们的品质等各方面都名不虚传。

　　我在蒙彼利埃了解到了所有关于葡萄的种植和酿造。我学到的第一件事情，就是不要喝当地酿出来的葡萄酒。

　　大概整座城里就我一个人是喝白开水的。毕竟，我又不是为了喝东西去蒙彼利埃的。我去那里是为了藏身。最好能一直藏下去。

我已经爬到了犯罪高山的顶峰，可惜那边的风景并不怎么好。现在我希望有个可靠的山谷能把我庇护起来。

我第一次用空头支票袭击欧洲的那段时期，曾经从马赛开车去巴塞罗那，途中经过蒙彼利埃。我把车停在城外的一棵巨大的橄榄树下，用在城里买的奶酪、面包、香肠和饮料吃了顿野餐。在我的近处，采摘工们像蚂蚁一样密密麻麻地在葡萄园里来来往往，远处，比利牛斯山脉的雪峰在阳光下闪闪发光。我觉得很舒服、很惬意，甚至是幸福。就像回到家一样。

从某种意义上讲，我是回家了。这片位于法国南部的地方是我母亲的故乡，她是在这里出生的。在她和我父亲结婚后，随着阿尔及尔①游击战爆发，她的父母就带着他们的其他子女又回到这里。我的外公外婆、几个舅舅姨妈，还有一群表兄弟姐妹们，依旧住在距这棵橄榄树一小时车程以内的地方。我克制住了调头去拜访母亲家人的冲动，开车去了西班牙。

我一直忘不了当时在蒙彼利埃附近的那段短暂安宁的休养。现在我已经到了二十岁高龄，决定金盆洗手，告别招摇撞骗的人生，于是我选择了蒙彼利埃作为我的隐退地。为了回到这里隐居，我不得不伪造另一个身份，这让我很不痛快，但又别无选择。

从很多方面来说，蒙彼利埃对我都十分理想。它不是个旅游胜地，位于远离地中海的内陆上，不会招来在里埃维拉度假的游客，但又不是那么远，开车的话，一会儿就能到达海滨。

这座城市很大（有八万人口），大到一个美国人到此居住不会

---

① 阿尔及利亚首都。阿尔及利亚曾是法国殖民地，1962 年宣布独立。

激起过分的好奇，同时这座城市又很小，不足以建造一个枢纽机场或者吸引大型酒店来此经营。蒙彼利埃没有希尔顿或者谢拉顿，那座小到可怜的机场设施只能容纳轻型飞机。没有空客服务或招摇阔气的酒店，这对我十分有利。这样，我遇到能把我认出来的飞行员、空姐或酒店人员的可能性就微乎其微。

我在蒙彼利埃自称是来自洛杉矶颇有成就的编剧作家罗伯特·蒙佐，我在当地一家银行开了个金额相当大的账户，"颇有成就"就是对此的合理解释。即便如此，我还是没有把身上带着的所有现金都存进去。如果那样的话，可能会引发大家对于我真实职业的怀疑。我藏在行李里的现金是那笔数额的三倍。实际上，蒙彼利埃人并不喜欢管别人的闲事。我只在刚作为外籍公民移居进来时，被问了一些例行公事上的问题。

我买了栋小屋，一间讨人喜欢、典雅的小房子，有一个用高高的木栅栏围起来的小巧玲珑的后院，上个房屋主人把它栽培成了一个微型的花园。我购买家装材料的店铺老板让他的妻子过来给我帮忙，她是一位技术熟练的室内设计师，在选择合适的家具以及装饰布置上非常有经验。我把一个房间装修成书房和藏书室，以加强我作为一名一心从事文学创作的作家形象。

我买了辆雷诺，款式宽敞舒适，价格适中，不会吸引别人的注意。两个星期不到，这个新环境就已经让我感到安心和舒适了，完全就像在自己家一样。

如果上帝在葡萄质量上对地中海的朗格多克有所亏欠的话，那他肯定在当地人身上做了弥补。总的来说，他们是一群身强体壮、热情友好、彬彬有礼、喜欢与人打交道的民众，遇人总是面带微笑，给予帮助。我周围的家庭主妇们时常来敲我的门，给我送来点心、刚出炉的面包，或者她们做的其他美味。我最喜欢的是住我隔壁的邻居，阿尔芒·佩里格。他是个身材高大、皮肤粗糙的七十五岁老人，仍然在葡萄园里做监工，每天骑自行车上下班。

他第一次来看我时，带来两瓶葡萄酒，一瓶红的和一瓶白的。"我们的葡萄酒大部分都不合美国人的口味，"他的声音低沉却很和蔼，"但在朗格多克还是有几种优质的葡萄酒，比如像这两瓶。"

虽然我不是品酒师，但喝过这种优质葡萄酒后，便决定再也不去碰其他酒了。不过，葡萄酒是蒙彼利埃人喝得最多的液体。每顿午餐和晚餐都少不了葡萄酒。甚至我还见过有人早饭时都在喝。

我从阿尔芒那里了解到，朗格多克在生产葡萄酒上的坏名声其实和上帝没什么关系。他说，将近一百年前，有种叫葡萄根瘤蚜的虫子毁坏了法国所有的葡萄园，对葡萄酒产业几乎是个致命的打击。"我听说这种害虫是依附在从美国进口的葡萄藤根上，被带进法国的，"阿尔芒说，"但我不知道这说法是不是真的。"

不过，阿尔芒对我说，他知道有件事情是真的，那就是法国有许多葡萄藤的根茎都是美国的，因为它们对这种虫子免疫，所以把法国的葡萄藤嫁接在上面。在我取得他的信任之后，他又偷偷告诉我，美国和其他国家消耗的朗格多克葡萄酒其实要比他们自以为知道的要多得多。

他告诉我，几乎每天，灌满朗格多克廉价葡萄酒的酒罐车都要突突地向北行进到几个大型的酿酒区，在那里，酒罐车里的廉价酒会被掺进勃艮第和波尔多的优质酒里。"这叫掺兑，就像往威士忌里加水一样，"阿尔芒说，"我认为这么做不厚道。"

他对我说，蒙彼利埃是学习关于葡萄酒方面知识的好地方。"法国的葡萄酒大学就在我们城市里，"他自豪地说，"你可以去那里学习学习。"

我一直没有去那所大学。尽管我会在社交场合逢场作戏地喝上几口葡萄酒，但我喝不出什么名堂来，所以根本就没有学葡萄酒方面知识的念头。阿尔芒透露给我的那些星星点点的情报信息已经很让我满足了。他是个好老师，并且从来不考试测验，也从来不给我打分。

保持忙碌对我来说十分困难。游手好闲真是个苦差事。我花了很多时间开车到处转悠。我会开车到海边，花上几天工夫考察沙丘。或者开车去西班牙边境，在比利牛斯山脉的山麓上徒步几个小时。偶尔，我也会参观阿尔芒工作的葡萄园，或者其他葡萄园主的果园。在第一个月的月末，我开车去了外祖父母居住的小村庄，和他们一起住了三天。我的外祖母定期和我的母亲通信，因此对家里发生的事情全都了如指掌。我小心谨慎地从她嘴里套出家里的情况，因为我不想让她知道我离家出走了。我的母亲很好，两个哥哥和妹妹也是。父亲仍旧在向母亲讨好，外祖母觉得这十分有趣。看来，母亲告诉外祖母我正在"免费搭车"周游世界，寻找一个目标，努力为将来做打算。我的这次拜访更加加深了他们这种印象。

我并没有告诉外祖父母我就住在蒙彼利埃，而是对他们说我正要去西班牙，打算在西班牙找一所大学入学读书。在我待在蒙彼利埃的期间，后来我又去拜访了他们一次。这回告诉他们，我在西班牙没有找到富有挑战性的大学，现正准备返回意大利，看看那里的大学情况。我越来越满足于我在蒙彼利埃的生活，我甚至真正考虑起了继续上学的问题。蒙彼利埃是法国二十个学院区之一，城里有一所规模虽然不大但教学一流的国立大学。我了解到这所学校有几门课程是面向外国人的，不过课程都不是用英语教授。但这对我来讲根本不是什么障碍，因为法语也算是我从母亲那儿学来的第二语言。

同时，我考虑找一份工作，或者做点小生意，开个文具店什么的，因为这种闲适的日子让我的身材日渐发福。甚至连阿尔芒也发觉我越来越胖了。"写写东西可不是什么锻炼运动啊，是吧，罗伯特？"他说着，戳了戳我的肚子。

"你要不要来我的葡萄园工作？我会让你瘦下来，变得结实的。"我婉言谢绝了他。体力劳动可不是我的强项，另外，我也不会强迫自己去锻炼的。

我仍然斟酌着究竟是去读大学，还有去找份实用的工作。现在回过头来看，这两件事情在当时都显得微不足道。我在蒙彼利埃住了四个月后，了解到一个残酷的真相：如果猎狗有帮手的话，狐狸躲在哪儿都不会安全的。

我定期会到蒙彼利埃郊区的一个小市场（以美国的标准）买东西，那是阿尔芒推荐的一家杂货店。我每星期去那里两次，主要买点食品，平常若有需要也会随时去。那天我像往常一样去买东西，店员正在把我买的东西打包，我突然想到还要买牛奶。我让店员把我买的东西先放在旁边（后面还有人排队），然后又慢慢走回里面拿牛奶。当我绕开一排罐装食品货架，再次走出来结账的时候，看见收银台旁边站着四个男人，而顾客和店员全都不见了。

其中有个人扛着一支猎枪，另一个的手里似乎是短管机枪，还有两个人则拿着手枪。我的第一反应就是劫匪在打劫商店，而且店员和顾客全都趴在地上。

然而正当我转身准备藏到货架后面时，一个人喊道："阿巴格内尔！"

我低下头躲在架子后面，却迎面碰到三个穿着制服的警察拿着手枪对着我。他们从四面向我夹击，穿制服的，穿便衣的，全都拿着家伙指着我，手枪、猎枪、机枪，还有来福枪。各种命令声就像抽鞭子一样在我耳边炸开：

"把手举起来！"

"两手放到头上！"

"面朝架子，四肢张开！"

"脸朝下趴到地上！"

我举起双手，然而不知道接下去该听从哪个命令，但我肯定不想被他们开枪打死。有几个警察手持武器的模样吓住我了。事实上，其他的警察也被他们吓到了。

"看在上帝的份上，别开枪，"我大声喊道，"你们中一个人告诉我该怎么做就行了，我会照办的。"

一个高高瘦瘦，看上去一丝不苟的警察用枪指着我，咆哮道："趴到地上，脸朝下！"在不怎么温柔的七手八脚的帮助下，我照他说的做了。几只粗暴的手把我的手臂扳到背后，然后又有几只无情的手将手铐牢牢地铐上了我的手腕。

然后我被粗鲁地拖了起来，被刑事调查局警探、国际刑警组织官员、警察，还有其他天晓得什么样的条子紧紧包围在中间，我被他们推搡着押出了杂货店，粗鲁地塞到了一辆没有任何标志的轿车后座上。虽然不能说法国的警察是野蛮的，但是我得说他们对待嫌疑犯也太过强硬了。我被直接押到蒙彼利埃警察局。路上一个人都没有说话。

到了警察局，那个一丝不苟的警探和另两名警官把我带到了一个小房间，他们都是刑事调查局的。法国的警察在罪犯处理上有很大的行动自由，尤其是在审问嫌犯的时候。他们直截了当、直奔主题，完全忽略了罪犯理应享有的权利。我认为恶棍在法国没有任何权利。

"我是马塞尔·加斯顿，来自刑事调查局，"那个高瘦的警官用无礼的口气说，"你是弗兰克·阿巴格内尔，对不对？"

"我是罗伯特·蒙佐，"我愤慨地回答，"我是一个来自加利福尼亚的作家，是美国人。恐怕你们这些先生们犯了一个严重的错误。"

加斯顿扇了我一巴掌，顿时感到一阵火辣辣的剧痛。"我犯过的错误里，大多数都是非常严重的，先生，但在这件事上我不会错的。你就是弗兰克·阿巴格内尔。"

"我是罗伯特·蒙佐。"我毫不屈服地说，一边在他们的脸上寻找不确定的神情。

另一名刑事调查局探员一只手攥起拳头，凑上前来，但是加斯顿伸出手制止了，而他的眼睛始终一眨不眨地盯着我看。然后加斯顿耸了耸肩膀。

"我们大可严刑逼供让你招出来，但没有这个必要，"他说，"我有的是时间，阿巴格内尔，但我可不想在你身上浪费时间。我们可以把你关到世界末日，或者至少等到我们找到可以证明你身份的人为止。在那之前，除非你愿意合作，否则我就把你关进囚禁酒鬼和小混混的牢房。你会在那里待上一个星期，两个星期，一个月，这对我没什么区别。但是，你会没有东西吃，也没有水喝，直到你决定供认不讳。你何不现在就把我们想知道的这些说出来呢？我们知道你是谁。我们知道你做了些什么。你现在这样只是给你自己找麻烦。

"还有一件事，阿巴格内尔。关于这些你现在明明可以告诉我们的情报，如果你逼得我们非要花时间和力气去把它们调查出来的话，我是会记住的。而且我可以对你保证，你也会一直记住这样做的后果。"

我看着加斯顿，知道他说的每个字都是认真的。马塞尔·加斯顿真是个难对付的角色。

"我是弗兰克·阿巴格内尔。"我说。

不过，我并没有像他们希望的那样真正地坦白交代。我从来不主动说出我在法国的那些违法犯罪行为的任何细节。但如果他们知道某个特定的案子并把大致情况说给我听的话，我就会点个头说"没错，事情的大概就是那样的"或者"是的，是我干的"。

加斯顿做了一份报告，记下了我的诸多罪行，以及逮捕和审讯时的情况，然后让我看了一遍。"如果内容大致正确的话，你就自己在上面签个名吧。"他说。

我对这几纸文书没有丝毫异议。他甚至把他打我一巴掌的事情也写进去了。我签上了名。

这份口供书还揭露了我是怎么被抓到的。法国的几个主要航空公司在蒙彼利埃都没有航班，但经常会有空姐和其他航空人员来此光临。两个星期前，一名法航的空姐在蒙彼利埃拜访亲戚的时候，撞见我正在买东西，把我认了出来。她见我钻进了车，便记下我的车牌号码。她一回到巴黎，就找到机长并把这些猜疑都告诉了他。见她如此有把握，机长就通报了警察。

"我可以肯定就是他。我和他交往过。"她坚持称。

我一直不知道究竟是法航哪个空姐告发我的。没人会告诉我。那些年里我勾搭过好几个法航空姐。我希望不是莫妮克，尽管直到今天我仍旧不知道那个通风报信的人是谁。我认为她不会是莫妮克，因为如果莫妮克在蒙彼利埃看到我的话，她一定会来找我的。

我在蒙彼利埃关了六天，其间有几位律师过来找我，要求为我辩护。我选择了一位外表和言行举止都有点像阿尔芒的中年男人，尽管他坦率地表示他可能无法为我争取到自由。"我看过了警方的所有文件，你已经是板上钉钉的了，逃不掉的，"他对此评论道，"我们现在最大的希望就是从轻判处。"

我告诉他，那样就可以了。

令我惊讶的是，在被捕后还没到一个星期，我就被转押到佩皮尼昂，到那的第二天我被带到巡回法院接受审判，法庭由一名法官、两名陪审（检察官）和九名公民陪审团组成，他们将共同判定我是否有罪。

事实上这根本算不上是什么审判，只持续了两天不到的时间。加斯顿列出了对我的指控以及他收集到的针对这些指控的证据。另外还有大量的证人可以出庭作证。

"被告方有什么要说的吗？"法官对我的辩护律师问道。

"我的当事人对这些指控不作任何辩护，"律师回答，"出于时间的考虑，我现在来总结一下我方的观点。"

然后他开始激情四射地为我能得到轻判而滔滔雄辩。他指出我还很年轻，还未满二十一岁，把我描绘成一个不幸的迷途青年，一个破碎家庭的产物，"顶多还是个少年犯，而不是个罪犯"。他指出，我在欧洲其他的十几个国家犯过同样的罪行，他们已经提出正式要求，一旦在法国偿清债务，就立即将我引渡过去。

"几乎可以认定，这个年轻人在很多、很多年里都将看不到自己的祖国，即便他有朝一日回到家乡，也是带着枷锁，等待他的只有家乡的监狱。"律师争辩道，"我不需要向法庭指出，这个年轻人在这里将不得不忍受的牢狱生活是多么的严酷。我只请求法庭在量刑的时候考虑到这一点。"

我被宣判有罪。不过在那个时候，我心满意足地觉得，虽然我的律师输掉了一场战斗，但他赢得了这场战争。因为法官只判我一年有期徒刑。

我被还押至佩皮尼昂的监狱，确切地说是个"拘留所"，它是一座十七世纪建造的阴森可怕的石筑堡垒，直到我在那儿蹲了几天后才意识到，那名法官是多么的宽大仁慈。

我被两名看守接收了进去，他们粗鲁地命令我把衣服脱光，就这样一丝不挂地把我押送到楼上，然后被带到一条狭窄的走廊，一路走下去，看不到什么牢房，两边只有石头建起的墙壁，上面安着一扇扇坚固厚重的钢制大门。看守在一扇大门前停了下来，其中一个看守拿出钥匙把门打开。门被推开时发出了尖利刺耳的声音，让人联想到恐怖电影，另一个看守把我推进这漆黑的小囚室里。我跌跌撞撞地向前绊倒，一头撞在了囚室后面的墙壁上，原来这间囚室是向下倾斜的。我没有注意到地上那两级向下的台阶。我从来没有真正地看清楚过那两级台阶。

我完全陷入到了黑暗中。一种潮湿、寒冷、叫人窒息和毛骨悚然的黑暗。我站起身来四处摸索电灯开关，却不料头顶撞到了钢制的天花板上。

根本就没有电灯开关。根本就没有什么灯。其实，牢房里除了一只水桶外什么都没有。没有床，没有抽水马桶，没有水池，没有下水道，什么都没有。只有那只水桶。事实上这根本不是什么牢房，只是个洞穴，一个建在地面上的地牢，大概五英尺宽，五英尺高，五英尺深，钢制的天花板和门，石筑的墙壁和地面。天花板和门摸上去冰冷刺骨。墙壁一直滴滴答答地落着冰冷的水滴。

我等待着眼睛适应这片黑暗。没有一丝光线从其他地方渗透进来。天花板和墙壁上没有任何裂缝。这个由钢铁和石头筑成的匣子上的那扇古老大门，就像一个密封条一样和门缝融为一体。我的眼睛没有适应过来。人类的眼睛根本无法适应完全的黑暗。

不过，空气能够进入囚室。每隔一段时间就会有一股冷风，好像又冷又湿的手指一般触摸我的皮肤，这种阴森恐怖的感觉让我起了一身鸡皮疙瘩。我不知道这风是从何处吹来，但无论风口在哪里，都是一片漆黑的。

我一下子瘫倒在地上，颤抖着感觉到自己就像被活埋了一样。惊慌失措让我抖得愈发厉害。我试图合理地解释现在的处境以使自己平静下来。我告诉自己，这里肯定不是要我蹲上一整年的牢房。他们把我关在这里很有可能是为了观察。我立即排除了这种想法。想要在这个牢房里观察我，除非他们眼睛有X光。好吧，那么，他们是为了让我尝尝如果我不守规矩的话，就会吃到什么苦头。我认定一定是第二个推测。是的，这种待遇是为了保证我一旦被关到普通犯人中后，不会惹出什么麻烦。毕竟，只有难以驾驭的犯人才会被单独禁闭在这种恶劣的环境里，不是吗？毫无疑问，没有任何的文明国家会无缘无故地允许监狱实施如此残酷不人道的刑罚。

但是法国就是这样做的。或者至少以前这样做过。

我被关在佩皮尼昂监狱的第一天里没吃到东西。我是在下午接近傍晚的时分被关进这个破牢房的。几个小时后，我便感到精疲力尽、饥寒交迫、迷惑恐惧，还有悲伤和绝望，我在坚硬的地上躺下，就这么睡着了。我睡觉的时候把身体蜷缩成一个球，因为我有六英尺高。

尖利刺耳的开门声把我吵醒。我坐起身，不舒服的睡姿导致我浑身痉挛酸痛。看守模糊的身影隐隐出现在门口。他把什么东西放在我囚室里的台阶上，正当他起身准备关门时，我立即采取行动。

"等等！等等！"我大声喊道，跌跌撞撞上前用两只手把住门，不让它关上。

"为什么把我关在这里？我要在这儿蹲多久？"

"蹲到你刑满释放为止。"说完，他猛地关上了门。他的一字一句伴随着铁门撞进石头门框时的金属声，绝望地在我的耳边当啷作响。

我向后跌倒，这个苍白的事实将我击垮了。一年，我要在这个漆黑的棺材里蹲一年？没有亮光，没有铺盖，没有衣服，没有抽水马桶，没有清洁用具，还有天晓得的什么都没有！我对自己说，这不可能。没有人能在这每日都是黑暗的真空里，在什么都没有的条件下活上一年。他会死的，而且死的过程还会漫长痛苦，饱受煎熬。与其这样，还不如把我送上断头台一了百了。我爱法国。但这究竟是个怎样的国家，居然能够纵容对我这样的罪犯实施如此的刑罚。如果政府对监狱条件不知情，民众也不了解的话，那么那些亲手把我送进来的法国刑罚学家们又是些什么样的人呢？毫无疑问，都是些道德败坏的禽兽，丧心病狂的疯子，卑鄙无耻的流氓。

我突然感到恐惧，确切地说是忧虑不安。我不知道如何在这个阴曹地府里活过一年，如果活得下来的话。直到今天，我做噩梦时仍然会梦到当时被关在佩皮尼昂监狱时的情景。和佩皮尼昂监狱比起来，印度加尔各答的黑牢就是个健康的疗养院，而魔鬼岛①简直就是度假天堂了。

我从来没指望过牢狱生活会是轻松自在的。之前我有过一次在看守所的经历，虽然只有短短几个小时，却也充分让我相信，拘留所也好监狱也好，都不是人待的地方。但是，像佩皮尼昂监狱这样如此野蛮、没有人性的，真的是见所未见，闻所未闻。

我四处摸索着，找到了刚才看守拿来的食物，一罐水和一小块面包。这顿早饭如此的简单，甚至都没有把它盛在托盘里。看守只是把那罐水放在最上面的台阶上，面包就直接扔在旁边。这已经都无所谓了，我狼吞虎咽地把面包吃个精光，又一口气喝干了罐子里的水。然后我可怜地缩成一团，靠在冰冷潮湿的石头墙上，满脑子都在思索着法国司法部门的阴谋诡计。

我遭受的不是在监狱里的服刑，而是一种蓄意摧毁身体和心灵

———————————

① 南美洲法属圭亚那沿岸的一座岛屿，长期被法国用作关押政治犯的监狱，1953 年关闭。

的苦难折磨。

佩皮尼昂监狱的菜单始终一成不变。早饭是面包和水。午饭是一碗清汤寡水的鸡汤和一块面包。晚饭则是一杯黑咖啡和一块面包。这些单调乏味的饮食只在送来的时间和顺序上有变化。我没有办法知道时间，很快我便算不清日子。送饭的看守总是不能按时给我送那些少得可怜的食物，这更加打乱了我试图在脑子里记下的时间和日期。比如说，连着几天的早饭、午饭和晚饭都是在早上七点、中午十二点和晚上五点的时候按时送来的，然后突然，午饭在上午十点的时候送了过来，晚饭则在下午两点，而晚上六点的时候送来了早饭。我只是大概估计着时间次数。其实我并不知道送饭的确切时间，也不知道是在白天还是晚上。另外，一天里只吃到一顿或两顿饭的情况也不在少数，甚至偶尔，我整整一天里都吃不到任何东西。

我从来没有离开过牢房半步。我在这个古老阴森的大牢里服刑期间，一次也没有准许我出去活动活动，透一口气。假使这座监狱有提供犯人读书、写信、听广播、看电视，或者玩游戏的休息厅的话，他们也没有给我权利去使用。他们不准我写信，即使我的亲人知道我被关在佩皮尼昂后写信给我，我也没收到。我向送饭的看守请求联系我的亲人、律师、红十字会、监狱长或者美国领事机关人员，全都被无视了，只有一次除外。

那次，看守用他的大手啪的一下朝我的脑袋捆了上来。"别和我说话，"他吼道，"这是不允许的。不准说话，不准唱歌，不准吹口哨，不准哼小调，不准发出任何声音，否则就要挨打。"然后他砰的一声关上重重的门，不再理会我的诉求。

那只桶就是我的茅坑。他们没有给我任何卫生纸，水桶用过之后也不给我换掉。很快我就习惯了这股恶臭，但是几天后，水桶溢了出来，我不得不到处挪地方，最后只能睡在自己的排泄物里。我的身心已经麻木，对此感觉不到任何厌恶。然而，这气味变得越来越令人作呕，显然连看守都无法忍受了。某天在两次进餐之间的时候，门嘎吱一声打开了，一个囚犯冲了进来，像只耗子一样鬼鬼祟祟地抓起水桶就跑。几分钟后，他把水桶还了回来，倒干净了。我被关在这个狭小的墓室期间，这套程序大概重复了六次，但只有两次派人来把囚室地上的污物清理干净。每次都由一个看守把着门，一个囚犯拿着水管冲洗牢房，然后拿起拖把把里面的积水拖干净。那两次我都冒着看守发怒的危险，设法用水管里喷出的水给自己冲个澡。两次的清洁过程都是在绝对安静的情况下进行的。

那是我在服刑期间，仅有的两次能够清洁身体的机会，此外，我偶尔也用早饭的那份水冲下手或者浸把脸。

他们不准我刮胡子，也从没给我剪过头发。我天生毛发浓密旺盛，如果不去打理控制它们的生长的话，很快就会以惊人的速度长下去。没过多久，我的头发就超过了肩膀，湿湿的打着结，乱作一团，我的胡子也蹭到了我的胸膛。无论是头发还是胡子都十分油腻，还散发着一股粪便的味道，因为我实在无法避免不被自己的排泄物弄脏。

虱子以及那些小到可以钻进这臭气熏天的牢房的虫子，在我的体毛里做了窝，尽情享用着我的血肉。身上的皮肤被我抓破，伤口又因无法避免接触污物而感染，疼得要命。我身体上很快就结满了痂，成了一个活生生的培养皿，培养着无数品种的细菌。由于被禁闭在狭窄的空间里，包裹在无尽的黑暗中，我失去了平衡感，当我试图活动身体、伸展四肢，或者做一些简单的锻炼时，就会频频摔倒，要么撞在粗糙的墙壁上，要么跌倒在坚硬的地上，划破的口子和青肿的淤伤更加重了我的伤势。

我刚关进佩皮尼昂的时候，体重有两百一十磅。乏味单一的三餐里没有足够的营养和热量来支撑我，于是我的身体开始自我蚕食，肌肉和肌腱吞食着储存的脂肪和油脂组织以给我的心脏和循环系统提供燃料。没过几个星期，我就能用手指圈起我的上臂了。

承受这种苦难的不止我一个。我很快推断出，即便不是全部，佩皮尼昂监狱的大多数钢制牢门后面都关着一个不幸的囚犯。

牢房和牢房之间隔着厚厚的石墙，相邻的犯人间无法通话，但这些墙壁并不是隔音的。隐隐约约的叫喊和咒骂声，痛苦凄惨的尖叫声，还有压抑低沉的呻吟和哭泣声，几乎永不停息地沿着外面的走廊轻轻回荡，有时会突然止住，没到几分钟又再次开始。这些声音总是承载着绝望，弥漫在我阴湿囚室的外墙上，从墙壁和地面上渗透进来，就像一个被围困在这里出不去的报丧女妖发出的叹息和啜泣。还有些时候，这些声音变得狂躁和愤怒，让人以为是远处一只正在狩猎的狼的嗥叫，或是一只受伤的郊狼挑衅性的吠叫。

也有时候这些声音是我自己发出的，在孤寂中我经常自言自语，只是为了听到一个人类的声音。或者我俯身站在门前，朝外面的看守大喊大叫，要求把我放出去，或者起码把我当人对待，即使得不到尊重，但至少也得有最基本的尊严和照顾。我咒骂他们。我咒骂我自己。我大声叫嚷、胡言乱语、哭喊尖叫、高亢唱歌、狂笑咆哮、拿起水桶对着墙壁猛砸，粪便在箱子一样的囚室里泼洒得到处都是。我觉得我快要疯了。

我毫不怀疑佩皮尼昂监狱的很多人都已经疯了，被这惨无人道的待遇逼得精神错乱。几个星期后，我就十分确定自己很快也会失去理智。我已经分辨不清什么是真实还是虚幻，开始产生幻觉。我会发觉自己回到了皇家花园酒店，身边围着可爱的"机组人员"，奢侈地享用着大龙虾和烤牛肉，或者怀抱着莫妮克，漫步在布拉瓦海岸的金色沙滩上。然后我又突然恢复理智，发现这个阴暗潮湿的地牢才是现实，我在自己的排泄物中疯狂打滚，诅咒让我在佩皮尼昂服刑的命运。

我一直认为，要不是我有着丰富逼真的想象力，我肯定会真的疯掉，然后在佩皮尼昂的监狱里慢慢死去。我的创造力赋予了我编造巧妙骗局的能力，让我在过去的几年里干尽了坏事，从而落到如今这步田地，而现在它又像救生员一样把我救了上来。

我决定，既然同样会产生幻觉，还不如自己来设计，于是我开始编造自己的幻象。比如，我坐在地上，回忆我身穿飞行员制服的样子，假装自己是一名真正的驾驶员，波音707的机长。于是，监禁我的这个狭窄、恶臭的烂泥坑瞬间变成了一架干净整洁、闪闪发亮的喷气式客机，里面坐满了快乐兴奋的乘客，时髦亮丽的空姐正在为他们提供服务。我用上了这几年学到的所有航空术语，一边假装把飞机滑离机场跑道，得到控制台的起飞许可，驾着这个大家伙飞向天空，一直上升到三万五千英尺的高度。

然后我拿起泛美的麦克风。"女士们先生们，我是本次航班的机长。欢迎乘坐阿巴格内尔航空572次航班，我们将从西雅图飞往丹佛。我们现在正以每小时五百七十五英里的速度飞行，天空状况很好，我们将顺利飞到丹佛。坐在右舷，也就是机舱右侧的乘客，可以清楚地观赏到远处下方的雷尼尔山。大家可能都知道，雷尼尔山海拔高度14,410英尺，是华盛顿州最高的山峰……"

当然，我时不时地也变成一个英雄，驾驶我那架巨大的飞机穿越恶劣的暴风团，或是解决了惊险的机械故障，把我的乘客们安全送到地面，然后受到乘客们的一片感激。尤其是女人。尤其是漂亮的女人。

又或者，我会想象自己是一名旅游巴士司机，带着一群神情专注的游客游览壮丽的科罗拉多大峡谷，或是圣安东尼奥、新奥尔良、罗马、纽约（我竟然还记得纽约也有迷人的地方），以及其他历史名城的迷人风光，一边还用我快速幽默的口才滔滔不绝地给他们讲解。"现在，女士们先生们，你们左边的这幢公馆是这座城市的创建人之一，J.P.格林斯塔夫的家。他花了大半辈子来挣大钱。但问题是，他搞得太大了，现在他只好在联邦监狱里度过余生了。"

在我的幻象中，我想变成什么人就是什么人，这和我在被捕前的那五年中发生的情况很相似。不过，我在佩皮尼昂监狱的模仿秀还进行了添加和放大。我是一个赫赫有名的外科医生，为总统做手术，用我高超的医术拯救了他的生命；我是一个伟大的作家，获得了诺贝尔文学奖；我是一个电影导演，拍摄了一部获得奥斯卡奖的史诗片；我是一个登山向导，救出了不幸陷入峭壁的登山者；我是锅匠、裁缝、印第安酋长、面包师、银行家，以及技术高明的小偷。我有时会重现几个印象特别深刻的骗局，当然还有几个特别难忘的爱情场景。

但是，任何表演总有落幕的时候，我再次回到了现实中，然后发现我只是在这个阴冷、压抑、黑暗，臭气熏天的牢房里，又做了一次虚幻的旅行。

沃尔特·米蒂[1]遭到了非法拘禁。

某天，牢房的门在一个意想不到的时间里嘎吱打开了，看守把什么东西扔了进来。这是一条单薄的、脏兮兮的、已经发臭的褥垫，比枕头套大不了多少，但我还是立即把它摊开在地上，卷起身体躺上去，尽情享受着它的舒适。我一边奇怪他们为什么给我如此奢侈的奖赏，是不时因为我哪里表现良好，一边很快就睡着了。

我突然被惊醒，一个魁梧的看守野蛮地把褥垫从我身下猛地一抽，讥笑着把门砰地关上。我不知道当时是几点。反正，过了很长时间后他们才送来早饭。晚饭后，门又被刺耳地打开，那条垫子又被扔到台阶上。我急忙把它抓住，陷进它的温柔里，不停抚摸着，就好像它是个女人。但是，我再一次被惊醒，看守又把这条枕头套大小的褥垫从我身下抽走。可是过了一段时间后，褥垫又扑通一声落到台阶上。我终于明白了。看守在耍我呢，一个残酷野蛮的游戏，但在他们眼里，这只是个游戏。我告诉自己，一些老鼠已经让他们玩死了，然后再也不去管那条垫子。我的身体已经适应了光滑的石头地面，或者说，我柔软的身体已经和坚硬的岩石融为一体，至少不会再难受了。我没有再上他们的当，尽管看守每天晚上仍会把垫子丢进来，我猜，他们是想让我继续用它，以给他们带来更多的消遣。

---

① 短篇小说《白日梦想家》里的主人公。

在我关进佩皮尼昂监狱的第五个月（时间是后来被证实的），有人在外面敲了一下我的牢门，然后门上有一小块被拉开了，一丝微弱的光线透了进来。我吓了一跳，我从不知道这扇门上还有个小窗，设计得太巧妙了。

"弗兰克·阿巴格内尔？"听声音毫无疑问是个美国人。

我挣扎着挪到门口向外张望。外面站着一个身材高瘦、面孔也瘦骨嶙峋的男人，他用手帕捂着嘴巴和鼻子，被臭气熏得退缩到走廊的对面。

"我是弗兰克·阿巴格内尔，"我迫切地说，"你是美国人吗？你是联邦调查局的人吗？"

"我叫彼得·拉姆塞，是美国驻马赛领事馆的，"那个瘦子把脸上的手帕拿下来，说道，"你怎么样啊？"

我盯着他看，震惊了。老天啊，他说这话的样子就好像我们是在马赛街头咖啡馆，手中拿着杯葡萄酒聊天。突然我的话匣子好像大河决堤，滔滔不绝地喷涌出来。

"我怎么样？"我用几乎歇斯底里的口气重复了他的话，"我来告诉你我怎么样了。我恶心、疼痛、全身赤裸、饥饿，全身上下都是虱子。我没有床，没有马桶，没有洗脸盆。我睡在自己的粪便里。没有光线，没有剃须刀，没有牙刷，什么都没有。我不知道现在是几点，今天是几月几日，甚至不知道现在是哪一年，看在上帝的份上……我被当成疯狗一样对待。再这样待下去，我就真的要发疯了。我会死在这里的。这就是我怎么样了！"

我一下子瘫倒在门上，这番激烈的长篇大论使我精疲力尽。

拉姆塞的表情，除了一次对我牢里发出的臭味表现出明显的反感外，没有其他任何变化。听完我的话，他不动声色地点了点头。

"我知道了，"他平静地说，"好吧，也许我应该向你解释一下我此行的目的。是这样的，我大约每年两次巡视我负责的区域，拜访一下这块区域的美国人，我最近才得知你在这儿。现在，在你燃起希望之前，让我先来告诉你，我是没有能力帮助你的……我知道这里的条件，也清楚你现在的遭遇。

"我束手无策的就恰恰是这种待遇。你要知道，阿巴格内尔，其他被关在这里的法国人遭受着和你完全相同的现状。其实，你受到的这种待遇，和你隔壁牢房的犯人，以及整个监狱的犯人都是一样的。他们每个人的牢房条件和你一样，他们也同样生活在肮脏的环境中。他们和你吃着一样的食物。你被剥夺的权利他们也同样无法享受到。

"你并没有被单独挑出来特殊虐待，阿巴格内尔。只要他们一视同仁地对待你，对你所处的困境我就无能为力，连投诉都不行。

"只要一旦他们歧视你，或者因为你是个美国人而对你区别对待，我就能够干预进来，提出控告。即使那样也没什么作用，但起码我可以为你的利益而干涉调解。

"但如果他们和对他们自己人一样对你加以惩罚，那就无计可施了。法国监狱就是法国监狱。就我了解，他们很久以来一直就是这样，而且以后也不会改变。他们不相信犯人能够被改造好，他们只相信以牙还牙，以眼还眼。总而言之，他们认为对罪犯就该严惩，而你就是个罪犯。说真的，你算运气好的了。信不信由你，以前的情况比现在还要惨。犯人每天都要被打一顿。所以只要你没有明确被人虐待，我就什么都帮不了你。"

他的这番话刺进我的耳朵，就好像无数条鞭子落在我的背上。我觉得自己像被宣判了死刑。这时候，拉姆塞的嘴角微微上扬，向我传达了一条缓刑令。

"根据我的理解，你在这里只需要再待上三十多天就可以了，"他说，"当然，你不会得到释放。我听说另一个国家，具体什么国家我不清楚，他们的政府当局会过来将你拘捕去他们国家接受审判。但无论你去哪里，待遇肯定比这里要好。好啦，你如果想写信给你父母告知你现在的情况，或者想让我联系其他什么人，我很乐意帮你去做。"

这是一个善意的举动，其实他大可不必这么做，我略有心动，但还是很快克制住了。"不用了，谢谢你的好意，拉姆塞先生。"

他又点了点头。"祝你好运，阿巴格内尔。"他说。他刚转过身，似乎就在一片迸射出来的刺眼光芒中突然消失了。我赶紧向后退，捂住眼睛，痛苦地叫出声来。后来我才明白这是怎么一回事。走廊里的灯是可以调节明暗的。当牢房的大门或门上的小窗被打开时，光线就会暗下来，由于囚犯长期像鼹鼠一样生活在没有亮光的洞穴里，微弱的光线不至于对他们的眼睛产生危害。当类似拉姆塞这样的访客到来时，光线就会被调亮，以让他看清路面。一旦他来到我的牢房门前，光线就被调暗。而当他离开的时候，一个看守过早地调节了灯光按钮。对囚犯们视力的关照是佩皮尼昂监狱唯一的关怀。

拉姆塞走后，我靠着墙壁坐下，等我眼睛的刺痛逐渐消退，我开始思考他刚才透露的信息。我的服刑期就快要结束了？我被扔进这个可怕的地牢里真的已经十一个月了？我不知道，我对时间已经完全没有概念，但我觉得他不会乱说的。

自那以后，我努力计算日子，打算在脑海中的日历上记满三十天，但发现这根本不可能。在这个没有亮光、肮脏混浊的真空里，即便存在着任何支离破碎的时间，也都被用来挣扎求生，这样的情况下，你根本无法计算日子。但我能肯定的是，我离崩溃的日子不远了。

然而，时间还是一点一点地流逝。然后有一天，门上的窗口被打开，微弱昏暗的光线穿透进来，除了上次的特殊情况外，这还是我第一次见到这种光。

"背过身去，面朝墙壁，闭上眼睛。"有个声音粗鲁地命令道。我照他说的做了，心怦怦直跳。今天我要被释放了吗，还是其他即将发生的事情等着我？

"不要转身，现在慢慢睁开你的眼睛，先适应一下光线，"那个声音指示道，"我让这小窗开一个小时，然后我再回来。"

我慢慢张开眼睛，发现自己包裹在一片明亮、金色的光芒中，这对我脆弱的眼球来说太明亮了。面对强光，我只能再次闭上眼睛。渐渐地，我的瞳孔开始对灯光适应起来，能够看看我的周围，不用眯起眼睛，也不会感到刺痛了。即便如此，牢房依旧十分昏暗，仿佛雨天阴沉的黄昏。一小时后，刚才那个看守回来了，起码声音听上去是同一个。

"再把眼睛闭上，"他命令道，"我要把灯再调亮一些。"我照做了，然后根据他的指示，我又慢慢地、小心地把眼睛睁开。狭小的囚室里充满了令人目眩的强光，我不得不眯起眼睛。光芒将整个牢房笼罩，就像包裹暗星的一圈光晕，第一次完全照亮了这间狭小墓穴的内部。我看了看四周，被眼前的景象吓呆了，感觉到胃在翻滚。墙壁上都是湿漉漉的，表面结了一层黏糊糊的霉菌。天花板也是，湿嗒嗒地泛着光亮。肮脏的地面上到处都是排泄物，那个水桶，由于有一阵子没倒过了，里面爬满了蛆。这令人作呕的虫子还在地上弯弯曲曲地蠕动着。

我吐了出来。

大约又过了一小时，看守回来。这次他把门打开。"跟我走。"他命令道。我毫不犹豫地爬出这个臭气熏天的洞穴，自从被关进这里后，我还是第一次把身体伸直，我的脖子、肩膀、手臂、双腿感受到一阵剧烈的刺痛。我行走困难，但还是一摇一摆地跟在看守屁股后面，像只喝得半醉的鸭子，时不时地还得用手扶着墙壁来保持平稳。

他把我带下楼，然后来到一个空荡荡的房间里。

"站在这儿。"他命令我，然后走进一扇敞开的门，门里还有个房间。我转过身，仔细观察着这个房间，在那个发霉的地洞里关了那么久之后，不禁惊叹这里的巨大与宽敞，然后我突然看见了这辈子见过的最丑陋、最可怕的怪物，一下子怔住了。

那是一个人。肯定是个人，但苍天在上，什么人会长成这个样子？他个子很高却是副皮包骨，脑袋上顶着一头脏兮兮的、乱蓬蓬的、枯草似的头发，一直拖到腰际，他的脸藏在一团脏乱的胡子后面，这胡子一直垂到他的肚子。口水从胡子堆里的一条裂缝中流下来，那应该是他的嘴巴。他的眼睛像烧得火红的煤球深陷在眼窝里。他全身赤裸着，身上的皮肤被一层污物、疮口、伤疤覆盖着，一副得了麻风病的样子。他的手指甲和脚趾甲长长地长出来，卷曲着犹如鹰爪。面对着这个怪物让我不寒而栗。而当我逐渐把他认出来时，颤抖得就更厉害了。

我看到的是镜子中的自己。

看守回来的时候，手臂上挂着衣服，手里拎着一双鞋，而此时，我依旧被自己的样子吓得惊魂未定。

我认出了那是我的衣服，是我刚被送进来的时候穿的。"把这些穿上。"看守不客气地说着，把衣服递给我，把鞋子扔在了地上。"可以先让我冲个澡，刮个脸吗？求你了。"我请求道。

"不行，把衣服穿上。"他凶恶地瞪了我一眼说。我连忙把衣服套在肮脏不堪的身体上，现在这衣服的尺寸对我来说已经太大了。我的皮带不见了。我拽紧干瘪的肚皮上的裤腰，眼巴巴地望向看守。他走到另一个房间，然后拿回来一根棉绳。我就用它把裤子系上了。

几乎同时，又来了两个警员。其中一个拿着一套管束装备。一个警员把前端带有螺栓的厚皮带系在我的腰间，另一个把沉重的脚镣铐到我的脚踝上。然后，他们给我的双手戴上手铐，用一根细细长长的钢链在我的脖子上绕一圈，再接上手铐，然后穿过皮带上的螺栓，用一把锁和脚镣上的链条固定一起。他们在给我五花大绑的时候，没有说过任何话。然后一个警员指了指门，轻轻地推了我一下，另一个警员在前面领路走了出去。

我跟在他后面拖着步子，沉重的脚镣和对接下来命运的担心让我很难跨出一步。我从来没有被这样捆绑过。我以为这种束缚只会针对那些有暴力倾向、危险的犯人。

"我们这是去哪？你们要把我带到哪里去？"我问道，下午接近黄昏的阳光刺得我睁不开眼。这光线甚至比室内的灯光都明亮。他们没有一个人理睬我的问题。

他们一言不发地把我塞进一辆没有任何标志的轿车后座，一个警员爬到驾驶座上，另一个坐到了我旁边。

他们带着我一路开往火车站。即使我坐在车里，午后的阳光还是让我头晕目眩，恶心反胃。我知道自己并不是全部因为突然重见天日而感到不适应，而是过去的一个月里，我一直生病着——发烧、呕吐、腹泻，时不时打冷战。我没有向佩皮尼昂的看守抱怨。他们肯定会无视我的，就像他们无视我的其他恳求和抗议一样。

到了火车站，我被带出轿车，一个警员拿起细链条的一头啪嗒一声拴在我的皮带上，另一头绕在他自己的手上，像牵着一条狗一样，拖着我穿过火车站密集的人群，又把我推上火车。列车员把我们带到一个四周用玻璃围起的隔间，里面有两条板凳，门上挂着一块牌子，标明这个隔间是司法部专用的。当我穿越人群时，乘客们都盯着我看，脸上露出恐惧、吃惊和憎恶的表情，有些人闻到了我身上的气味，厌恶地朝后退了几步。我早就对自己身上肮脏的污物丧失了嗅觉能力，不过我能体谅他们。我闻上去肯定像一窝被惹怒的臭鼬。

隔间很宽敞，可以容纳八个人，随着火车上的人越来越多，所有的座位都坐有人，好几次有几个强壮的农民过来要求进我们的隔间和我们一起坐。他们好像对我浑身上下的恶臭完全不在意似的。每一次，警员都朝他们摆摆手，简单粗暴地把他们赶走了。

然后来了三个漂亮活泼的美国姑娘，她们穿着极暴露的丝绸和尼龙材质的衣裳，拎着五颜六色的购物袋，里面装满了纪念品和礼物，葡萄酒和各种食品。

她们身上散发出昂贵香水的味道，脸上堆满笑容。一个警员站了起来，殷勤地请她们坐在对边的那排凳子上。她们一坐下就立刻和警官们搭话，好奇地问我是谁，犯了什么罪。显而易见，对她们来说，我被这样的锁链紧紧锁着，肯定是某个臭名昭著、可怕的谋杀犯。比起害怕，她们似乎更觉得有意思，还颇有兴致地讨论着我身上叫人反感的恶臭。"他那么臭，大概他们把他关在下水道里的吧。"一个姑娘说道。其他人都笑着表示同意。

　　我不想被她们知道我是个美国人。在她们面前，我现在这副模样让我感到羞愧，无地自容。警员终于让这三个年轻姑娘明白，他们既不会说英语，也一点儿都听不懂。于是，当火车驶离车站后，她们三个就自顾自聊天了。

　　我不知道我们要去哪里。此时此刻我完全没有方向，而且我觉得再向警员打听目的地也是徒劳。我可怜巴巴地在两名警官中间缩成一团，病恹恹地耷拉着脑袋，偶尔看看窗外逐渐远去的风景，或者偷偷观察姑娘们。我从她们谈论的内容中了解到，她们原来是来自费城的学校老师，正在欧洲度假。她们去过了西班牙、葡萄牙和比利牛斯山。我不禁猜想，难道我们下一站是去巴黎？

　　火车行驶了一段路程后，我的肚子开始饿了，尽管身体还是感觉不舒服。姑娘们从她们的袋子里拿出奶酪、面包、罐装肉酱和葡萄酒，开始吃了起来，并把这些美食与那两个警员一起分享。一个姑娘试图喂我吃一小片三明治（我的双手被铐住了，所以即便被允许，我也吃不了东西），但是一个警员轻轻抓住了她的手腕。

　　"不。"他坚定地说。

　　在我们离开佩皮尼昂有几小时后，这三个年轻姑娘确定了我和两个警员都听不懂英语，于是开始探讨她们在假期中遇到的刺激的性爱经历，其中提到了让我非常吃惊的极为私人的细节。她们有声有色地比较她们每一个情人的身体特征、技术能力，以及行为表现，连我听了都觉得尴尬。我从来没有听到过女人这样谈论性事，其中还充斥着脏话和下流的字眼。看来，在女人身上我还有很多东西要学，并且我还估算着，如果我也作为选手参加她们的性爱奥林匹克盛会的话，能取得什么样的名次。我在心中悄悄做了笔记以便以后参加她们的比赛，如果我们还有机会见面的话。

我们的目的地果然是巴黎。警员把我拖起来，和那三位小姐告别，然后把我推拉着下了火车。但在这之前，我已经用自己的方式和姑娘们说了再见。

当我被拉出隔间门的时候，我扭过头去，冲着这三位年轻教师色眯眯地一笑。

"替我向费城的同胞们问个好。"我用最正宗的布朗克斯口音说道。

看到她们脸上的表情，我消沉的自信心一下子振作了起来。

我被带到巴黎的警察局监狱，转交给那里的警察局长，他是个胖乎乎的秃顶男人，有着一个光溜溜的双下巴和一双冷酷无情的眼睛。然而，见到我的模样，那双冷漠的眼睛也流露出了震惊和厌恶，于是他立即着手拯救我的形象。在一名警官的押送下，我冲了下澡，在我把身上累积的脏东西清洗干净后，一位监狱理发师被叫来帮我刮胡子、剪发。之后，我被押送到牢房，一个朴素的、现实中的小房间，不过和我之前的监狱比起来，简直算得上奢侈了。

房间里有一张窄小的铁床，上面铺着一层很薄的床垫，外加粗糙、干净的被单，一个洗脸盆和一个名副其实的抽水马桶。房间里还有一盏灯，控制开关在外面。"你可以在晚上九点前读书。到了九点就会熄灯。"看守告诉我。

我没有什么东西可以读。"你看，我生病了，"我说，"可以让医生给我看看吗？求你了。"

"我去问问看。"他说。一小时后他回来了，手里端着一个托盘，上面放着一碗稀薄的炖菜、一块面包和一罐咖啡。"没有医生，"他说，"我很抱歉。"我认为他说的是真的。

炖菜里有肉，这对我来说是顿真正的美味佳肴。事实上，就这一点点的肉对于我的胃来说也太丰盛了，它已经不习惯如此丰盛的饭菜。吃完后不到一个小时，我就吐了。

我还是不清楚自己目前的状况。我不知道在巴黎我是否还要再接受一次审判，也不清楚我是否会在这里完成我的刑期，或者还将转交给其他政府。我所有的提问一概遭到拒绝。

然而，我并没有继续留在巴黎。第二天早上，我吃了有面包、奶酪和咖啡的早饭，尽力没让它吐出来，之后，我被带到牢房，再次被当成野兽一般铐上了镣铐和锁链。两名警员押送我进了一辆带窗户的厢型车，双脚上的链条拴在车地面上的一个插销上。上路后不久，我便意识到，我正被送往奥利机场。

到了机场，他们把我带出车，押送我穿过航站楼，来到斯堪的纳维亚航空公司的服务台。我拖着脚步走过航站楼，身上的锁链被撞得叮当直响，几乎把所有人都吸引了过来，甚至还有人特地跑出咖啡馆和酒吧，就为了看看我。

我认出了斯堪的纳维亚航空服务台的一名职员。她曾经帮我兑换过一张假支票。具体多少金额我现在已经记不得了。不知道她有没有把我认出来，反正从她的表情上完全看不出来。不过，当初找她兑换支票的人大约有两百磅重，皮肤晒得黝黑，身强力壮，风度翩翩。而如今这个套着锁链的囚犯则是一副赢弱的样子，皮肤苍白，眼窝深陷，瘦成皮包骨头，像一具骷髅，还驼着背。事实上，她只看了我一眼，就立即把目光移开了。

"嘿，告诉我现在是怎么回事吧，你们又不会有什么损失。"我向两名警员恳求，他们的眼睛正扫视着售票处周围来往的人群。

"我们在等瑞典警方。"一名警员生硬地说道，"好了，现在给我闭嘴，别再和我们说话了。"

突然一名身材娇小窈窕的年轻女子走到他面前，她长着一头金色的长发和一双明亮的蓝眼睛，身上那件蓝色西装就像是为她量身定做的，外面还罩着一件时髦的军式大衣，十分好看，手臂下夹着一个很薄的公文包。在她身后出现了另一名更年轻的高个子"女武神"，同样的穿着，也同样夹着公文包。

"他是弗兰克·阿巴格内尔吗？"身材娇小的那位朝我左手边的警员问道。他一步跨到我面前，举出一只手。

"这和你无关，"他厉声说，"不管怎样，他不能和任何人接触。如果这个人是你们的朋友，你们也不允许和他讲话。"

那双蓝眼睛闪了一下，端起她小小的肩膀。"我要和他说话，警官，而且你要把他身上的链子取下来，就现在！"她专横地要求。然后朝我笑了笑，目光柔和，表情慈祥。

"你是弗兰克·阿巴格内尔，是吧？"她用地道的英语问我，"我可以直接叫你弗兰克吗？"

10

全国通缉

这两个警员愣住了，一动不动，就像两只大灰熊，突然遭到一只小花栗鼠的挑衅。我自己也对眼前这神奇的一幕目瞪口呆，她们居然要求解开我的锁链，而且看她们的样子，好像是决定要从折磨我的人手里把我救出来。

她伸出纤细的手放到我的手臂上。"我是瑞典警察局、国家警察部队的警探简·隆德斯特姆。"她说，又指了指身后的那个美丽姑娘。"这是我的助手，克斯滕·贝尔格隆德警探，我们是来护送你到瑞典的，我想你也知道，你会在那里面临刑事诉讼。"

她一边说着，一边从口袋里拿出一本小皮夹，然后把它打开，向那两个法国官员出示了她的证件和一枚小金色徽章。

一名警员一脸茫然地看看他的搭档，而他的搭档则拿出了一叠文件。"他现在是她的囚犯了，"他耸了耸肩说，"把链子取下来。"

我被解除了枷锁。围观群众纷纷报以热烈的掌声，口哨声和跺脚声此起彼伏。隆德斯特姆警探把我拉到一边。

"有些事情我想和你讲讲清楚，弗兰克，"她说，"在瑞典，我们一般不使用手铐或者其他管束工具。我自己也从来不把那些带在身上。这一路上，我们不会用任何方式来约束你。不过我们的航班会在丹麦转机，瑞典政府不得不交一笔保证金来担保你在丹麦顺利通行。这些只是常规手续。

"我们在丹麦只有一个小时的停留时间，弗兰克。我必须对法国政府、丹麦政府，以及我的国家政府负责，来确保你被安全押送到瑞典而没有逃跑。现在，我可以向你保证，你会发现瑞典的监狱和法国的截然不同。我想我们对待犯人要有人性得多。

"不过，我还是想告诉你，弗兰克。我身上是配着枪的。克斯滕也是。我们在射击上都是好手。如果你想开溜、企图逃跑的话，我们将不得不对你开枪。而且只要我们朝你开了枪，弗兰克，你必死无疑。我说的你都明白了吗？"

她说这些话的时候十分镇静，没有一丝热情，就像给一个陌生人指路，虽然愿意协助，却不那么积极友好。她打开肩上挎着的大皮包，一堆物品中，露出一把45口径的半自动手枪。

我看了看贝尔格隆德警探。她像天使一般的笑了一下，拍了拍她的皮包。

"是的，我明白了。"我说。我真的以为她只是吓唬我的。她们没有一个给我感觉像是安妮·欧克丽[1]。

隆德斯特姆警探转过身，对售票处的服务员说："我们可以出发

---

[1] 安妮·欧克丽（1860-1926），美国女神枪手。

了。"女服务员点了点头，从她身后的房间里叫来一个年轻的男服务员。他带着我们穿过售票处后面的一个办公室，穿过行李区，操作区，来到了登机楼梯口。

除了我衣衫褴褛外，我们三个给人感觉就像是普通的乘客。其他乘客对我的着装并不感兴趣，看来他们可能是把我当成了一个嬉皮士。

在抵达哥本哈根前，飞机上提供了一份简餐。这只是一份普通的飞机餐，分量不多，但做得很美味，这是我入狱以来吃到的第一顿像样的食物。对我来说，这已经算饕餮盛宴了。护送我的两名警官要把她们的那份也让给我，我不得不强迫自己拒绝她们的好意。

我们在丹麦转机用了两个小时，比预计的要长。这两个年轻的警官迅速把我带到航站楼的某家餐厅，尽管我知道她们不会那么快就饿了，但还是为我们三个点了足量丰盛的午餐。我感到她们完全是为了满足我极度饥饿的胃，不过这次我就不客气了。在我们再次登机之前，她们又给我买了一些糖果和几本英文杂志。

整个路上，她们待我就像朋友，而不是个囚犯。她们坚持让我直呼她们的名字。她们像和朋友聊天一样，询问我的家庭状况，我喜欢什么、不喜欢什么，还有其他一般性的问题。对于我的犯罪生涯，她们只是简短地打听了一下，也仅仅是想知道我在佩皮尼昂监狱里遭受了怎样可怕的待遇。然后我惊讶地得知我在那个鬼地方才蹲了六个月。我真的完全丧失了时间概念。

"作为一个外国人，你没有权利获得假释，不过法官有给你减刑的权力，他给你减了。"简说。我顿时对给我判刑的那位铁面无私的法官感激起来。尤其是想到自己原来只在佩皮尼昂服刑了六个月后，我意识到，如果蹲满一整年的话我肯定熬不过去。基本上没有犯人能熬得过去。

让我意外的是，飞机降落在了瑞典的马尔默，从哥本哈根飞过来只用了三十分钟。我们在马尔默着陆后，取回行李，简和克斯滕带我来到一辆有警方标志的车前，这是一辆瑞典式的蓝黄警车，停在航站楼的泊车点，驾驶座上坐着一名穿制服的警官。他帮我们把行李——其实只是姑娘们的行李，因为我什么都没有——装进后备厢，然后开车送我们到离马尔默不远的克利潘村庄的警察局。

我被瑞典的警察局迷住了，它更像是一个古色古香的客栈，而不是警察驻地。一个脸色红润、乐呵呵的警官出来迎接我们，对简和克斯滕用瑞典语打招呼，对我则用的是略带口音的英语。他还同我握手，像是在接宾客一样。"我一直在等你，阿巴格内尔先生。你所有的相关资料都在这里。"

"警官，弗兰克需要看医生，"简用英文说，"我恐怕他病得很厉害，需要立即治疗。"

那时已经快要晚上九点，但警官还是点了点头。"马上，隆德斯特姆警探。"他说着，向站在一旁的一名穿制服的年轻警官招了下手，"卡尔，请把这名犯人带到他的房间去。"

"遵命，长官。"他说完，朝我笑了笑，"麻烦请你跟我来。"我恍恍惚惚地跟着他。如果瑞典是这样对待罪犯的，那他们又是怎样对待普通老百姓的呢？

他领我走过大厅，来到一扇巨大的橡木门跟前，他拿出钥匙把门打开，站在一旁示意我进去。当我踏进门时立刻惊呆了。牢房在哪里？这根本就是一间公寓嘛！房间十分的宽敞，透过一扇巨大的窗户可以看到村庄的景色，一张从支柱到床头雕满花纹的大床，上面铺着一张色彩鲜艳的床单，充满田园气息的家具，还有一个独立的卫生间，里面既有浴缸又带淋浴。墙上装饰着瑞典古代英雄战斗场景的图画，窗户上束着别具一格的窗帘，把它放下就能很好地保护屋内的隐私。

"祝你早日康复，先生。"卡尔带着口音说道，然后就伸手准备关门。

"谢谢你。"我回答。我想再多说几句，但想不出其他的话。他走后，我仔细研究了下这个房间。窗子上用的是很厚的玻璃板，无法打开，门也是无法从里面打开。不过这并没有关系，我根本不想从这个监狱逃走。

那天晚上我没能在我的床上睡觉。几分钟后，门再次打开，简走了进来，还带来了一名和蔼可亲又干练利索的秃顶医生。"请把衣服脱掉。"医生用英语说。我犹豫了一下，但是简丝毫没有要回避的意思，于是我就脱掉了身上为数不多的几件衣服，这样一丝不挂地站在她面前实在是有些窘迫。然而，她的脸上除了关切外没有别的表情。我才知道，对于瑞典人来说，裸体不全和性相关。

医生拿出各种工具，一言不发地这里戳戳那里捅捅，东看看西听听，又是拍、又是摸、又是压，然后把听诊器和那些工具放好，点了点头。"这个人严重的营养不良和缺乏维生素，但最糟糕的是，据我诊断，他还得了双侧肺炎，"他说，"警探，我建议叫辆救护车，把他送去医院。"

"好的，医生。"简说着便立马跑出了门。

三十分钟不到，我就躺在医院的单人病房里了。这是一家小医院，干净又有效率，我在那里住了一个月，身体慢慢康复。有个身穿制服的警官一直把在我的病房门外，不过他更像是在陪护，而不是看守。

每天都有人来探望我，不是简就是克斯滕，要么是警官要么是卡尔，每次他们都给我带点东西，一束花、糖果、杂志，或是其他小礼物。

在我住院期间，没有人问到我的罪行，对于审判和对我的指控将近的这件事，也没有人提起。

差不多一个月后，我才回到了我的"牢房"，到了中午吃午饭前，卡尔拿来一张菜单。"我们没有厨房，"他十分抱歉地说道，"你可以在这菜单上点你想吃的，我们会从餐馆给你送过来。我能向你保证，都是很好的食物。"

的确很好。不出一个月，我的体重又渐渐回到了两百磅。

我出院后的第二天，简过来看我，身边还带了一个神采奕奕、身材消瘦的男人。

"我是瑞典国家警察局的简·隆德斯特姆警探，"她郑重其事地说，"我有责任告诉你，你将在此被拘留一段时间，同时我还有责任对你审问。这是一位牧师，他将担任传译员。他英语说得很流利，对你们美国的俚语习语等也非常熟悉。"

我目瞪口呆。"哦，得了吧，简，你自己的英语说得那么好，"我表示异议，"这算什么情况？"

"瑞典法律明文要求，审问犯人时，如果被审的犯人是外国人，那么现场必须有一名熟悉该犯人国家语言的翻译陪同。"简还是用那正儿八经的口气回答我，好像不认识我一样。

"法律还声明你有权请律师，在你的审讯期间，你的律师必须全程在场。鉴于你没有资金聘请律师，瑞典政府将为你指定一名律师。她的名字是艾尔莎·克莉斯坦森，今天晚些时候她会和你见面。我说的这些你都明白了吗？"

"非常明白。"我回答。

"那么我们明天见。"她说着就离开了。

一个小时后，我的房门被敲了一下，然后门开了，是给我送晚饭的看守，他把丰盛美味的饭菜摆在一张轻便的桌子上，样子看上去更像个服务员，而不是狱守。

他回来收拾餐具时，对我笑了笑。"你想散个步吗？"他问我，"不过只能在这幢楼里，陪我一起巡查，我想你一直在屋里关着可能会觉得闷。"

我一路跟着他来到厨房，附近饭店的一个服务员从他手里接过托盘和用过的餐具。这其实并不算什么厨房，只是一个给看守们平时冲冲咖啡的角落。随后他带我在监狱里转了一圈，这地方才两层楼，只能容纳二十个犯人。每个牢房前，他总是先敲下门，然后再把门打开，愉快地和里面的犯人打招呼，嘘寒问暖，在锁门前又亲切地向犯人道声晚安。

当我回到自己的房间时，艾尔莎·克莉斯坦森和我的翻译，卡尔·格里克牧师已经在等我了。我觉得奇怪，他怎么也来了，牧师解释，因为克莉斯坦森夫人一点儿英文都不会。克莉斯坦森夫人也没有过问我的案件情况，她只是相互介绍的时候示意了一下，然后告诉我，第二天早上简审讯我的时候，她会在场。

克莉斯坦森夫人个子很高，模样俊俏，我估摸着她大概四十来岁，举止沉稳，彬彬有礼，不过作为我的辩护律师，我还是有些担心。但我别无选择。我没钱给自己请律师。法国警方没收了我在法国所有的财产，反正我是这么猜测的。他们在逮捕我之后，以及拘留我的期间，对我的赃物只字不提，我被释放出来时，他们也没有退还给我任何的钱款。而我现在在瑞典，根本无法拿到我藏在其他地方的资金。

第二天一早，简就来了，同行的还有克莉斯坦森夫人和格里克牧师。她立刻开始对我在瑞典的犯罪活动进行询问，牧师把简提出的问题翻译给克莉斯坦森夫人听，而她只是静静地坐着，时不时地点点头。

在前两天的审问中，我对简总是含糊其辞。要么回答说"我不记得了"或者"我说不上来"，要么直接拒绝回答她的问题。

到了第三天，简开始发火了。"弗兰克！弗兰克！"她喊道，"你为什么要隐瞒？为什么要闪烁其词？你现在在在这里，面对的是审判，对我诚实坦白，也是为你自己好。我们知道你是什么人，做过什么事情，你也知道我们手里有充分的证据。那你为什么还那么不愿配合？"

"因为我不想在监狱里蹲上二十年，即便是在这样一个舒适的监狱里。"我脱口而出。

牧师把这些话向克莉斯坦森夫人翻译了。这三个人对此的反应完全出人意料。他们爆发出一阵哄堂大笑，就像在看滑稽剧一样，眼泪都笑出来了。我在一旁惊奇地看着他们。

简让自己稍微冷静了一下，但还是开心地摇晃，她看看我。"二十年？"她咽了口气。

"要么五年，要么十年，随便几年。"我戒备地回答，对他们的态度有些不耐烦。

"五年，十年？"简大声喊道，"弗兰克，对你所犯的罪行，最大的惩罚是一年徒刑，而且鉴于你是初犯，我不认为会判你一年。弗兰克，在我们国家，谋杀犯和银行抢劫犯都很少有超过十年徒刑的。虽然你严重违反了法律，但是我们认为在监狱里关一年已经是非常严厉的惩罚，因此我能向你保证，你面临的最多也就一年徒刑。"

我把一切都向她招了，详细供述了我能想起的所有在瑞典犯下的诈骗交易。我的供述已经充分证明了我确实有罪的，一星期后我被带到马尔默接受审判，然后由男女各八人组成的陪审团对我的罪行和惩罚做出裁决。

然而，我基本上逃脱了刑罚，或者说，是克莉斯坦森夫人帮我开脱的。她居然在整个诉讼快要结束的时候，对指向我的证词提出了反对意见，这让我感到很意外。她告诉法官，法律对我的指控是"利用支票进行严重的欺诈"。

"我要向法庭指出，按照瑞典法律给出的定义，今天在这里举证的票据并不是支票。"她说，"这是由他自己制作的票据。他们从来都不是支票。以后也不会是支票。

"根据瑞典法律，法官大人，这些票据永远都不会成为支票，因为它们完完全全是仿制品。法官大人，我的当事人并没有真正地伪造过任何支票，因为这些票据不是支票，而是他自己亲手制造出来的作品，所以，那些指控应该被驳回。"

那些指控并没有被驳回，但让他们减轻了罪名，相当于诈骗钱财。陪审团判了我六个月监禁。我把这当作是种胜利，并向克莉斯坦森夫人传达了由衷的感谢，她也对裁决结果十分满意。

我被送回了克利潘的牢房。第二天简跑过来向我表示祝贺。但是，她还带来了令人不安的消息。我并不是在克利潘舒适惬意的小窝里服刑，而是将被移至马尔默的国家监狱，它位于全欧洲最老的大学之———隆德大学的校园中。"你会发现这里和法国的监狱截然不同。甚至和你们美国的监狱也是天壤地别。"简让我放心。

当我被送到那个监狱的时候，我心中的不安便消失得无影无踪了，它在校园里被称为"犯人监护所"。这个监护所一点都没有监狱的气氛——没有围墙，没有警卫室，没有栏杆，没有电子门。完全和学校里其他宏伟的建筑融为一体。事实上，这是一个完全开放的机构。

我在陪同下，登记入住了我的房间，我再也不把瑞典的拘留所看作是牢房了。和克利潘比起来，我在这里的房间略微小了一点点，不过还是一样的舒适，家具设施同样齐全。

这个监狱的规章制度相当宽松，也没有很多限制。犯人可以穿自己的衣服，而且鉴于我只有一套衣服，他们还派人护送我到城里的服装店里买了两套来替换。我可以自由地收发信件和邮包，也没有人会检查它们。由于这个监护所里只有一百个囚犯，特地弄个厨房也实在有些浪费，因此，这里的食物都是从外面的饭店里送来的，犯人也可以合理地根据自己的喜好来点菜。

这个监狱是男女混合的，因此还关押着几个女囚犯，不过犯人之间不允许串门同房。但配偶来探监时是可以的，丈夫或妻子，或者犯人的男女朋友也行。每天从早上七点到晚上十点，犯人在监护所里是完全自由的，他们可以在每天的下午四点到十点之间把访客接到自己的房间。十点过后就是监护所的宵禁时间，犯人会被锁在自己的房间里。

监护所里的犯人都不是暴力犯。关押的都是些支票诈骗犯、偷车贼、贪污犯之类的非暴力罪犯。不过，犯人会按照年龄、性别，以及犯罪类型被分别安置在不同的宿舍。我就和其他几个差不多同年龄的造假犯和诈骗犯住在同一个宿舍里。

瑞典的监狱实际上是在试图改造罪犯。听说在服刑期间，我可以去这个大学听课，也可以去监护所里的降落伞工厂工作，或者就在监护所里单纯地消磨时间都行。如果我去上课的话，瑞典政府会支付我的学费，并为我提供必需的文具材料等。如果我选择在降落伞工厂里干活，他们就会按照我的工作级别，发给我与当时社会上相等的平均工资。

在这里越狱其实非常容易，但有一个因素困扰着我。瑞典人在很小的时候就会办领身份证。虽说他们很少会被要求出示身份证，但警察是有权力让公民出示身份证的。而且在出境或者乘火车、飞机出境旅行时，都是需要身份证的。另外，我身上也没有钱。

不过这都无所谓。我从来没有想过要逃出去。我非常喜欢马尔默监狱里的生活。有一天，我从未想到过的，我的某个受害者，一个年轻的银行职员，提着一篮子新鲜水果和瑞典奶酪来拜访我。

"我想你会高兴知道，你在我这里兑换支票并没有给我带来什么麻烦，"这个年轻人说，"还有，我希望你知道，我对你没有任何意见。关在监狱里一定十分辛苦。"

我当时真的狠狠地骗了这孩子一回。事实上，我和他交朋友，只是为了每次去他家实施我的骗局。他这个姿态确实打动了我。

我既在降落伞工厂里干活，又在学校上课，监狱管理人对此似乎很高兴。我学习的是商业设计，不过对于隆德大学教授的某些技术而言，我比这里的老师都来得熟练。

六个月的时间很快就过去了，简直太快了。在第四个月的时候，克里斯坦森夫人带来了令人不安的消息。意大利、西班牙、土耳其、德国、英格兰、瑞士、希腊、丹麦、挪威、埃及、黎巴嫩，以及塞浦路斯政府全部提出正式要求将我引渡归案，完成我的判决，并且根据上述国家排名优先执行。我会被移交给意大利当局，来服满我的刑期，而在我还清意大利人民的债务后，意大利政府会决定我要去的下一个国家是哪个。

监护所里，我的一个囚犯同伴曾在意大利监狱服刑过。他向我有声有色地描绘那里的恐怖情形，于是我坚信，意大利的监狱肯定和佩皮尼昂监狱一样严酷，甚至更糟。克莉斯坦森夫人也同样听说过意大利的监狱条件极端严酷残忍，她还听说意大利的法官和陪审团在刑事案件上可是以严惩不贷出名的。

于是大家下决心千方百计地要阻止我引渡去意大利。我向审判我的法官、司法部长，甚至国王本人发起请愿，请求庇护，要求在我得到释放后继续留在瑞典，或者最坏的情况，把我遣回美国。我指出，如果瑞典拒绝收留我，不管我去哪个国家，都将因为同样的罪名而受到一次又一次的惩罚，可以想象，我的余生可能都将在一个接一个的监狱里度过了。

我的每一次请愿都被拒绝。引渡到意大利看来已经无可避免。就在意大利当局准备羁押我的前一个晚上，我躺在床上难以入眠，前思后想琢磨着孤注一掷的逃跑计划。如果意大利的牢狱真的像他们说的那样可怕，我觉得自己肯定活不下去。说实在的，与其死在像佩皮尼昂监狱那样的地狱里，还不如在逃跑的时候被开枪打死。

午夜刚过，一个看守来到我的房间。"穿好衣服，弗兰克，带上你的全部东西，"他对我说，"有人过来接你了。"

我一下子站了起来，忐忑不安。"什么人？"我问道，"我听说意大利人要到明天才过来接我。"

"不是意大利人，"他回答，"是瑞典的警官。"

"瑞典警官！"我惊呼，"他们想干吗？"

他摇了摇头。"我不知道，但是他们手里有正当的文件来把你带走。"

他护送我出了监护所，来到停在路缘的一辆警车前。后座上坐着一个穿制服的警官，他把车门打开示意我坐到他的旁边。"法官想见你。"他说。

他们把车开到法官的家，周围环境雅致迷人，房子却十分朴素。法官的太太开门让我进去，警官们则留在屋外。她把我带到法官的书房，指了指一个很大的皮沙发。"请坐，阿巴格内尔先生，"她亲切地说，"我去给你倒杯茶，法官马上就过来。"她英语说得很好。

几分钟后，法官来了，说着同样流利的英语。他和我打了声招呼，然后在我对面坐下，默默地打量了我几分钟。我什么都没说，尽管有一大堆问题想问他。

终于，法官开口了，声音十分轻柔沉稳。"年轻人，这几天来我一直在为你的问题担心，"他说，"其实，我对你的背景和案件做了很多调查。你是个聪明的年轻人。阿巴格内尔先生，我认为，你本来完全可以对社会做出有用的贡献，不仅对你自己的国家，还有世界各个地方，可是你却选择了另一条路。你已经犯下了你所犯的错误，真让人遗憾。"

他停顿了一下。"是的，先生。"我乖乖地说，但愿我到这里来不只是为了上一堂课。

"年轻人，我们都知道，如果你明天被送到意大利去的话，很有可能就将面临二十年以上的徒刑，"法官接着说道，"我对意大利的监狱还是有些了解的，阿巴格内尔先生。它们和法国的监狱很相似。而且我知道，当你在意大利服完刑后，还将被送交至西班牙。就像你在请愿书中指出的那样，年轻人，你很有可能会在欧洲的各个监狱里度完余生。

"而我们对此几乎束手无策，阿巴格内尔先生。我们不得不履行意大利将你引渡的请求，就像当时法国履行我们的请求一样。我们不能随便免去惩罚，这是藐视法律，先生。"他又停顿了一下。

"我明白，先生，"我说。我感到希望锐减，"我很想继续待在这里，但我知道我不能。"

他站了起来，开始在书房里慢慢踱步。"如果给你个机会重新开始新的生活呢，阿巴格内尔先生？"他一边问道，"你觉得你这次会选择有价值的生活吗？"

"是的，先生，如果有这机会的话，"我回答。

"你觉得你已经吸取到了教训吗，就像老师们说的那样？"他追问。

"是的，先生，我彻底学到了。"我说，心中又燃起了希望。

他又再次坐下来，看着我，最后点了点头。"今天晚上我做了一件事情，阿巴格内尔先生，连我自己都感到惊讶，"他说，"如果两个星期前有人告诉我今天我会这样做的话，我一定会觉得他神经不正常。

"今天晚上，年轻人，我打电话给我一个在美国大使馆的朋友，让他帮一个忙，不过依照瑞典的法律，这侵犯到了你的权益。我让他吊销了你的美国护照，阿巴格内尔先生。然后他照做了。"

我目不转睛地盯着他看，从他的微微一笑中可以看出，我把吃惊都写在脸上了。我实在无法理解他的行为，不过很快，疑惑就烟消云散了。

"你现在在瑞典是一个不受欢迎的外国人，阿巴格内尔先生，"法官笑着说，"我可以合法地把你遣送回美国，不需要去理睬任何引渡请求。几分钟之后，我就会命令门外的警官把你送到机场乘坐飞往纽约的飞机。这一切都已经安排妥当。

"当然，你应该清楚，当飞机着陆的时候，你自己国家的警察将候在机场逮捕你。你在你自己的国家也同样是个通缉犯，先生，而且我觉得把我的行动通知他们是应该的。我已经告知了联邦调查局你的航班号以及抵达的时间。

"我能肯定你会在自己的国家接受审判。不过至少，年轻人，你回到了自己人的身边，我也能肯定你的家人会到场支持你，如果你被判了刑，他们也会去监狱看望你的。还有一点，可能你还不知道，一旦你在美国服了刑，就没有任何其他国家能够引渡你了。美国法律严禁他国引渡本国公民。

"我之所以采取了这个行动，年轻人，是因为我觉得从各方面考虑，这对大家都好，尤其是对你。我认为，当你在自己的国家履行完你的职责之后，你还能拥有一个充盈和幸福的人生……我是在用我个人的诚信在打赌，阿巴格内尔先生。希望你能证明我今天所做的事是正确的。"

我真想拥抱他、亲吻他。然而我只是紧紧地握住他的手不放，泪流满面地向他发誓，将来我一定会做有价值的事情。这个誓言在之后的十八个小时内，我就将它打破了。

警官们开车把我送到机场，我开心地发现简正在那里等着我。她的手里拿着一个大信封，里面装着我的护照和其他文件，还有我在监狱的降落伞厂挣到的工钱。她给了我20美元作为零花钱，然后把信封递给飞行员。"这个人是被驱逐出境的，"她对机长说，"美国的官员会在纽约接机并把他带走。到时候请你把这个信封转交给他们。"

她转向我，抓住我的手。"再见了弗兰克，祝你好运。希望你的将来能够幸福。"她庄重地说。

我吻了她，一旁的飞行员和空姐见了都十分惊讶。这是我第一次对简做出亲切的行为，表示我对她的由衷敬佩。"我会永远记住你的。"我对她说。事实上的确如此。在我的心中，简·隆德斯特姆永远是一个亲切善良、可爱热心的朋友。

这是一个直飞纽约的航班。我坐在第一排，靠近驾驶舱，这样就方便机组人员监视我，但除此外，我就被当作是个普通乘客，飞行途中也可以自由地在客舱内活动。

我不清楚自己从什么时候开始出现这种想法的，逃避那些在机场待命的联邦官员，也不知道为什么非要背叛法官的信任不可。也许是因为我想起了曾经蹲过的肮脏不堪的波士顿监狱。当然，和佩皮尼昂监狱比起来，那也算是豪华的了，不过，即便美国的监狱能和法国的这样放在一起比较，我也不想蹲进去。在克利潘监狱和马尔默监护所的那六个月已经把我宠坏了。

这架飞机的型号是我非常熟悉的VC-10，它是一架英国子爵号飞机。英国海外航空公司的一位飞行员曾经带我参观过VC-10，向我详细介绍了飞机的每一个结构，甚至包括厕所的构造。

根据我以往的飞行经验，我知道这架飞机会在肯尼迪机场的第十三号跑道上着陆，落地后大约需要十分钟的时间滑行至航站楼。

在飞行员准备着陆进场的前十分钟，我站起来，慢慢走向后面的一个盥洗室，然后把自己反锁在里面。我知道抽水马桶底部有脱离旋钮，于是把手伸下去，摸到了，接着把它们拔出来，再扭一下，整个马桶，一个独立的抽水设备就被我提起来了，下面露出两平方英尺的舱盖，在飞机着陆后可用来接真空管。

我等待着。随着一阵颠簸，飞机落到了地面，然后飞行员反转了发动机并放下襟翼增加阻力，飞机开始慢慢减速。我知道当飞机滑到跑道的末端，飞行员会把飞机掉头转向通往航站楼的滑道，这时他基本上就什么都不用做了。我估摸着飞行员差不多到了那个时间点，就钻到原先安马桶的地方，打开舱门，慢慢挤了出去，两只手紧紧抓住舱门，悬挂在离跑道十英尺的上方，一边还不停地摇晃。我知道当我打开舱门的时候，驾驶室的蜂鸣器肯定会哔哔作响，不过，根据我过去的飞行经验，我也知道，飞机着陆时的冲击经常会把舱盖震开一点，因此，既然飞机已经落地，飞行员通常就会把蜂鸣器关掉，因为这时即使舱盖开了一点也不会有什么危险。

其实我并不真正关心这架飞机的驾驶员是不是会这么做。我们是在夜里着陆的。当这架巨大的飞机慢慢滑行准备停下的时候，我松开紧抓着舱门的手，拔腿就跑。

黑暗中，我径直穿过跑道一路狂奔，后来我得知，没有任何人注意到我的逃逸，直到怒气冲冲的奥莱利和其他联邦调查员搜遍整个飞机，发现了那个被拔出来的抽水马桶时，才恍然大悟。

机场的一侧是范威克高速公路，我攀过一道铁丝网护栏，然后搭了一辆出租车。"纽约中央火车站。"我对司机说。到了车站，我用那张20美元的零花钱付了车费，又买了去布朗克斯的火车票。

我并没有回家。我觉得父母的房子肯定会受到警方的监视，不过，我先后给母亲和父亲打了电话。这是我在五年多来第一次听到他们的声音，无论是父亲还是母亲，包括我，电话打到最后都是哭哭啼啼。他们两个都恳求我回家，并且向警方自首，我拒绝了。尽管我因为违背了对马尔默法官的诺言而感到十分羞愧，但是我觉得，我在监狱里蹲的时间已经够长了。

其实，我去布朗克斯是为了去见一个姑娘，我在她那里藏了一些钱和衣服，有件西装的口袋里还有一串蒙特利尔银行保险箱的钥匙。她看到我十分吃惊。"我的天啊，弗兰克！"她惊叫，"我还以为你就这样永远消失了。你要是再来晚几天的话，我就打算把你的钱用了，再把你的衣服送给救世军协会①。"

我没有时间久留。因为我并不确定联邦调查局已经追查到了我多少个女朋友和熟人，也不清楚是哪几个，但我知道他们的确已经

---

① 国际基督教组织和准军事化管理的慈善机构，主要成员为士兵、军官和其拥护者，旨在为无家可归者提供帮助，并为发展中国家提供人道主义援助。

查获了一些。我自己留了50美元，把剩下的钱都给了她，然后拿起衣服匆忙离开，随即乘火车去了蒙特利尔。

我藏了2万美元在蒙特利尔银行的保险箱里。我打算把钱拿出来之后再赶一架最近的航班去巴西圣保罗，然后在那里过一辈子。人在监狱里蹲着，总会听到一些有意思的信息，我在监护所的时候得知，巴西和美国之间没有引渡协议。因为我没有在巴西犯过罪，所以即使我在巴西被抓到，巴西当局还是会拒绝将我引渡回去的，这让我觉得那里会安全一些。

我把钱拿出来了，但没能坐上飞机。我正在蒙特利尔机场排队买票时，有人拍了拍我的肩膀。我回过头，看到一个加拿大皇家骑警，他高大壮硕，长得倒不错。

"弗兰克·阿巴格内尔，我是詹姆斯·黑斯廷斯警察，你现在被捕了。"这名骑警面带友好微笑着说道。

第二天，我被送到了纽约和加拿大的边境，交给了美国边境巡逻队，他们又把我移交给了联邦调查局特工，然后我被带到了纽约，并关进了那里的联邦看守所。

一位联邦专员提审了我一次，然后他把我的保释金定在25万美元，并把我还押至看守所，等候各方起诉人决定最终的审判地点。

两个月后，佐治亚州北部地方的律师获得优势，于是，美国联邦执法官将我送至佐治亚州富尔敦县拘留候审。

富尔敦县的监狱就像是虫子的巢穴，一个活生生的蟑螂窝。这个恶心的监狱有间活动室，我在那里遇到了另一位犯人。"告诉你一个坏消息，伙计，"他对我说，"这个烂屋子里唯一像样的地方就是医院了，不过你只有快死的时候才能去那儿。"

活动室里唯一像样的设备就是一部公用收费电话。我投了一毛钱进去，拨打了值班警察的电话。"我是约翰·佩茨基医生。"我用非常权威的口气说道。

　　"我的一位病人被关在你们监狱，他叫弗兰克·阿巴格内尔。阿巴格内尔先生患有严重的糖尿病，会经常发生昏迷，如果你能把他安排在你们的病房里以便让我探望，并给予适当治疗的话，警官，我将对此十分感激。"

　　三十分钟不到，一个看守把我押送到医院看护室，听到我打电话的其他犯人见了，都露出钦佩的笑容。

　　一个星期后，来了一名美国联邦执法官，他将我带走转押至亚特兰大的联邦拘留中心候审。就在那里，我上演了一场史上最滑稽的越狱行动。尽管有些人认为这是件非常严肃的事情，但起码我觉得十分有趣，直到现在，这一幕幕依然让我回味无穷。

　　实际上，与其说这是一场越狱，倒更像是一次恰逢天时地利的驱逐行动。我被安置在拘留中心的时候，全美国的监狱正在遭受各方民权组织的谴责，国会委员会和司法部正在对此彻查调研。监狱调查员们加班加点地明察暗访，召来了监狱管理人员和看守们的怨恨和抵触情绪。

　　我恰恰是在这种情况下被带进去的。押送我的联邦执行官手里并没有转押我的相关委托书，不过脾气倒有的是。

　　入狱管理负责人接二连三地问了执行官许多问题。我是谁，为什么我要转来这里，为什么执行官手里没有相关证明文件？

　　联邦执行官按捺不住了。"法庭命令送他来这里的，"他厉声说，"给他找个该死的牢房关起来，给他点食物别让他饿死就好了，我们回头会来接他的。"

负责人很不情愿地把我收押进去。他没有其他选择，因为那个执行官已经摔门走人了。根据我后来得知的情况看，我想，要是当时我跟着他走出去的话，也不会有人来阻止我的。"又是个该死的监狱调查员，嗯？"押送我去牢房的看守嘀咕着。

"我不是，我是来这里候审的。"我实话回答他。

"哦，当然。"他讥笑着，砰地关上了牢门，"你们这些浑蛋总以为自己很机灵是不是？上个月你们这帮人害的我们这里两个人丢了工作。我们已经知道怎样来看穿你们了。"

他们没有给我发其他犯人穿的白色棉布囚服，而是准许我穿平时的衣服。另外我还注意到，我的牢房虽谈不上豪华，但也足够舒适。食物很好，每天还给我送来亚特兰大的报纸，虽然时常带着冷嘲热讽。他们从来都不叫我名字，总是以"卧底""奸细""007"，或者其他嘲弄的字眼代替，暗示我就是他们假想的监狱调查员。在第一个星期里，我就有两次在亚特兰大的报纸上读到了关于联邦各监禁机构情况的报道，我这才意识到，他们是真的把我当成一个来卧底的联邦调查员了。

就算我是来卧底的，他们也完全不用担心，我不明白为什么那么多有影响力的人物会认为美国的监狱给这个国家带来了耻辱。我觉得现在这个地方就很不错。虽然和马尔默监护所的条件比起来还是有点距离，但起码比我住过的几家汽车旅馆要好多了。

不过，既然这里的看守希望我是监狱调查员，那我就当吧。我联系了在亚特兰大的一个仍对我忠心耿耿的女友。虽然这个监狱的规章制度不是那么宽松，但是每个星期打一次私人电话还是被允许的。于是轮到我的时候，我就拨打了她的电话。

"听着，我知道离开这里通常会需要些什么，"我对她说，"你想想办法进来探视我，好吗？"

她叫珍妮·西布林，她来探访我并没有费什么功夫。其实，她只是自称是我的女朋友，我的未婚妻，就被放进来了。在其中一个探访室里，我们在一张桌子的两头面对面坐着，中间隔着一块三英尺高的玻璃，玻璃上有一个铁丝网小孔可以让我们相互通话。探访室的两边角落里各有一名看守，但他们离得太远，听不到我们的对话。"如果你要给他什么东西，就把它举起来让我们过目，如果没有问题，我们会点头告诉你。"一个警卫告诉她。

在珍妮到来之前，我已经编造好了一个计划。我知道这可能仅仅是一个智力测验，但我认为还是值得一试。不过，首先我得说服珍妮来帮我，外部世界的协助对于我的谋划至关重要。她很好说话的。"当然，没问题。"她笑着答应了。

"我想，要是你能成功的话，那就太有趣了。"

"你有看到过一个叫西恩·奥莱利的联邦调查局探员吗？或者他来找你说过话吗？"

她点了点头。"是的，他向我打听你的消息，还给了我一张名片。"她说。

"太好了！"我激动地说，"我觉得我们有戏了，宝贝儿。"

我们确实有戏。那个星期，珍妮以杂志自由撰稿人的身份给位于华盛顿特区的美国监狱管理局打了电话，用计骗得了对调查员C.W.邓拉普就有关联邦拘留中心防火安全问题的一次采访。她漂亮地完成了任务，珍妮不仅头脑灵光，人还十分漂亮有气质，男人见了都会想和她说说话。

她正要离开，刚走到门口，突然回过头。"对了，可以问你要张名片吗，调查员先生？我怕万一又想到了什么问题，可能会给你打电话。"她说。

邓拉普迅速地把名片递给她。

下一次来探视我时，她大笑着谈论这些细节，并且还举起了邓拉普的名片，一名看守点头之后，她把名片从玻璃隔板上递给我。

她的来访更让看守相信我是监狱管理局派来的探子。"她是谁？你的秘书？还是另一个监狱调查员？"看守在把我送回牢房时问道。

"她是我准备要娶的人。"我欢快地回答他。

同一个星期里，珍妮去了一家印刷店。"我的父亲刚刚搬进一个新的公寓，又换了个新的电话号码。"她对印刷师傅说，"我想印五百张新的名片送给他作为乔迁之礼。我想名片和这张一模一样，但是要用他新的家庭电话和办公室电话号码。"她把奥莱利的名片给了印刷师傅。

奥莱利的新电话号码是亚特兰大一家购物中心两部相邻的公用电话的号码。

三天后，印刷师傅就把活干好了。她在下一次的探访中给了我一张名片，并且把我们的计划确定了下来。珍妮说她已经找了一个男性朋友来帮忙，以防不测。"当然，我没有告诉他这究竟是怎么回事。我只是对他说我们在搞一个恶作剧。"她说。

"好的，我们明天晚上开始行动，"我说，"但愿晚上九点左右没人用那两部电话。"

第二天晚上九点不到，我叫来了囚室的看守，那个彼此已经混得很熟的友敌。"听着，瑞克，发生了点事情，我要见值班警官。你是对的，我的确是一名监狱调查员。这是我的名片。"我把邓拉普的名片给他看，上面只有他华盛顿办公室的电话。如果有人要打电话给监狱管理局的话，他们会被告知已经下班了。

瑞克看了一眼名片，然后笑了起来。"老天作证，我们就知道我们是对的。"他开心地说，"库姆斯会高兴的，来吧。"他打开了牢房大门，带我来到库姆斯警官的办公室。

库姆斯知道后同样很高兴，他之前也怀疑我是监狱调查员。"我们早就知道你了。"他和蔼可亲地吼着，看了看邓拉普的名片后把它扔到了桌子上。

我笑了笑。"好吧，本来这是要等到星期二才要公布的，"我说，"我现在就告诉你们，你们不用担心。你们的监狱十分干净、井然有序，是管理局能够对外夸耀的那种。你们会对我的报告满意的。"

库姆斯的脸上开始露出愉快的表情，而我也勇往直前地赌一把了。"但是眼下我有一些急事要处理，"我说，"我得找到这个联邦调查局的探员。你能帮我打个电话吗？我能肯定，他现在应该还在办公室。"我把那张做过手脚的名片递给他，上面印的是奥莱利的名字、他在联邦调查局的职位以及两个虚假的电话号吗。

库姆斯丝毫没有犹豫，拿起电话就拨打了"办公室"号码。"我在报纸上看到过奥莱利这个名字，"他一边拨着号码一边说，"他应该是追捕银行抢劫犯的吧。"

"办公室"的电话开始响了。珍妮在响第二声的时候接过了电话。"晚上好，这里是联邦调查局。请问您有什么事？"

"你好，请问奥莱利警探在吗？"库姆斯说，"我是联邦拘留中心的库姆斯。我们这里有个人要找他。"

他等都没等"奥莱利"接电话，就把电话交给了我。"她说她去把人叫来。"库姆斯告诉我。

我适当地等了几秒钟，然后就开始表演了。"喂，是奥莱利探长吗？我叫邓拉普，监狱管理局的C.W.邓拉普。如果你手里有名单的话，我的授权代码是16295-A……对，是的……现在我在这里，但我已经告诉他们我的身份了……我必须得……是的……

"是这样的，奥莱利探长，关于你那个费城的案件我搜集到了一些情报，今天晚上我得把它交给你……不，先生，我不能在电话里告诉你……这些消息太敏感……我必须亲自交给你，必须在一个小时之内见到你……时间紧迫……哦，你在……好吧，见见这些家伙不会暴露你的身份的……不不，只需要十分钟……等一下，让我来问问这里的警官，他肯定会同意的。"

我用手捂住话筒，看了看库姆斯。"伙计，这些个埃德加·胡佛①真是太过分了。他正在做什么卧底，调查黑手党之类的事情，不想进来。"我对库姆斯说，"如果他把车停在监狱门口的话，我可以去他的车里对他说些话吗？就十分钟。"

库姆斯做了个鬼脸。"哦哟，你现在就打电话给你们的人，直接放你出去吧。"他说，"反正你也不需要继续留在这里了，是吧？"

"是的，"我说，"可我们必须按规章制度办事。一位联邦执行官会在星期二的时候过来。领导希望这样办，我们就照着做。你

---

① 胡佛（1895－1972），美国联邦调查局第一任局长，任职长达48年，被誉为美国最有权势的人，因滥用职权、调查不同政见者颇受争议。

们不要说出我暴露身份的事情，先谢谢你们了。我是不得已才这么做的，此事事关重大。"

库姆斯耸了耸肩。"没问题，你可以去见奥莱利。随便啦，你们聊个一小时都可以。"

我重新放开话筒。"奥莱利，没问题……对，门口……红白相间的别克……知道了……不不，没关系。这些人都没问题。真不知道你干吗那么小心翼翼。你知道他们是我们的人。"

瑞克给我倒了一杯咖啡，然后站在窗边，我就一边喝着咖啡一边和库姆斯聊天。"你的别克来了。"十五分钟后，瑞克说道。库姆斯站了起来，拿起一大串钥匙。"来吧，"他说，"我亲自带你出去。"

在他的办公室后面，有一部供看守专用的电梯。我们乘到楼下，他带我通过了由一个看守把守的小门厅，掏出钥匙打开了门闩。我走了过去，那个看守满脸狐疑地看着我，但什么都没说，我沿着人行道稳步走向停靠在路沿的别克。珍妮坐在驾驶座上，她的头发藏在一顶男式宽檐帽里，身上穿了件男式大衣。

我上车坐到她旁边时，她咯咯地笑了起来。"好家伙！我们成功了！"她开心地说。

我笑了笑。"现在就看你能把车开得多快了！"我发自内心地欢呼道。

她像个赛车手一样，车嗖的一下就冲了出去，由于车速太快轮胎过热燃烧，还在地上留下了车印作为纪念。远离拘留中心后，她开始放慢速度以免招来巡逻警察的注意，然后又迂回曲折地穿过亚特兰大来到汽车站。我和她吻别，然后乘上一辆灰狗巴士去纽约。

珍妮回家之后就收拾行李搬去了蒙大拿。即使她参与了这次骗局，也不会被人起诉的。

监狱方面对此十分尴尬。根据联邦调查局的档案记录，当库姆斯和瑞克意识到自己受骗上当时，他们设法掩盖自己的过失，汇报说我是强行越狱的。但纸包不住火，事情很快就真相大白。

我知道我会成为全力搜捕的对象，于是我又打算逃去巴西，但这次必须等风头过去后再行动。因为我能肯定，在接下去的几天里，美国所有的出境口都会受到警方的监视。

我逃狱的消息登上了纽约一家报纸的头版头条。"全世界警方都熟知的'空中大盗'弗兰克·阿巴格内尔，曾一度用飞机马桶把自己冲走逃脱，现在又一次逍遥法外……"那篇新闻开头这样写道。

我没有在纽约藏钱，但是珍妮借给我的钱足够应付现在的生活，直到追捕逐渐平息。我在皇后区蛰伏了一段时间，两个星期之后，乘火车去了华盛顿特区，然后租了辆小汽车，住进了首都郊外的一家汽车旅馆。

我去华盛顿是因为我在弗吉尼亚州的波多马克河对岸几处地方存有现金，而华盛顿人口庞杂，看起来可以安全地避避风头。我想在那里应该不会引起别人的注意。

然而我错了。就在我登记入住旅馆后的一个小时，我在房间里碰巧透过窗帘朝窗外看了一眼，看到几个警察正迅速包围了汽车旅馆这边的区域。我后来得知这个旅馆的前台接待以前是个空姐，她一眼就认出了我，在犹豫要不要插手一小时后，最终报了警。

只有一件事是对我有利的，但当时我并不知道。奥莱利在得知我被包围了后，他让警察先不要轻举妄动，等他来了再说。我曾在被审讯前短暂地见过奥莱利，他想亲手抓住我。

不过当时我正处于极度恐慌中。已经是深夜了，但这片区域前前后后的房间仍灯火通明。要穿过亮堂堂的停车场，安全地走进远处的黑暗中，我认为这不大可能。

但我知道，我必须得试一试。我套上大衣，从后门溜出去，蹑手蹑脚地朝这幢楼的角落走去。然而，才走了几步，就碰上从角落处绕过来的两个警察。他们拿枪指着我。

"不许动，先生，警察！"一名警察像电视里警匪片那样吼道。

我并没有停住脚步，而是朝着他们的枪口继续走去，一边迅速地抽出我的皮夹。"戴维斯，联邦调查局。"我说，声音如此的冷静和坚定，连我自己都感到惊讶。

"奥莱利到了没有？"

手枪放低了。"我不知道，先生，"其中一名警察说，"如果他到了的话，就在前门附近。"

"好的，"我干脆地说，"你们继续守在这边。我去看看奥莱利来了没。"

他们站到一边，让我就这样走过去了。我没有回头看，只是朝着停车场方向的那片黑暗径直走去。

后记和作者问答

　　即使再狡猾的狐狸也不可能永远脱离群体，一直躲下去，更不要说后面还有固执的猎狗坚持不懈地追着。何况只要是关于小弗兰克·阿巴格内尔，那群执法的猎狗可不仅仅是固执了，他们还感到极其愤怒。侮辱了一个警察就等于和所有警察作对。你让一个加拿大皇家骑警难堪，就是和伦敦警察厅过不去。你找一个迈阿密交警的麻烦，就是让加利福尼亚公路巡逻警下不了台。几年来，弗兰克·阿巴格内尔一直都满不在乎地让世界各地的警察机构蒙羞受辱，从而招到了世界各地的警察机构没日没夜、马不停蹄的追捕，他们一来是为了严正执法，二来也是为了证明自己的威严。

　　在阿巴格内尔逃出华盛顿大牢后不到一个月，两名纽约警探在警车里大嚼热狗时，看到他正走过一辆没有任何标志的汽车，便立即上去盘问。尽管他不承认自己的身份，但两个小时不到，阿巴格内尔还是被确认了，并且被交到联邦调查局探员的手里。

　　不出几个星期，阿巴格内尔就被全国五十个州的当局和联邦政府的控诉所淹没：伪造支票罪、流通空头支票罪、诈骗罪、利用信件诈骗罪、冒充他人诈骗罪，以及其他类似的犯罪行为。全国各地的律师和州检察官为夺得审判权相互竞争，各方都声称握有该罪犯最严重的一件或几件案子。对于阿巴格内尔的全部扣押都合法有效。他在整个犯罪生涯中所展现出来的聪明才智同样无可争议，他在行动中表现出来的明目张胆更甚于诈骗，光明正大更甚于小心谨慎。有大量的目击者可以证明阿巴格内尔这个或那个的身份角色，并对他这个或那个罪行提出指控。我们可以把对阿巴格内尔所有的指控都抛向空中，然后随机抓一个，关于该指控的证据都数不胜数。

阿巴格内尔十分清楚自己的困境，这使他的精神陷入极度痛苦中。他知道自己将会在某个州或者某个联邦监狱里服刑，也许是在几个不同的监狱里的几段不同的刑期。他也不指望美国的监狱像马尔默监护所那样人性化。他最大的担心莫过于被监禁在美国版的佩皮尼昂拘留所里。当联邦政府当局武断地决定将他送进佐治亚州的亚特兰大进行审判，他的忧虑丝毫没有得到减轻。阿巴格内尔觉得，比起美国其他任何城市，亚特兰大的官员更有理由讨厌他，他在那个地方最不受欢迎。

不过，他被一个十分有才干的律师接手代理，他的律师和美国检察官达成了一个阿巴格内尔本人非常乐意签署的协议。

一九七一年四月，阿巴格内尔被带到联邦法官面前，承认了根据美国刑法第二十条规定判定的他在美国犯下的所有罪行，包括"所有已知和未知的犯罪事实"，无论是否违反了州或者联邦法规。审判长提出终止诉讼，并撤销除了八项指控之外的全部数百项针对阿巴格内尔的未决指控。这八项指控中七项以诈骗罪判处十年有期徒刑，同期执行，还有一项以越狱罪判处两年有期徒刑，连续执行。

阿巴格内尔被判在弗吉尼亚州的彼得堡联邦惩教所监禁十二年，同月就开始执行。他在那里服刑了四年，并在一家劳改工厂里做职员的工作，"工资"为每小时20美分。其间，阿巴格内尔三次申请假释，但每一次都遭到了拒绝。"如果我们未来考虑同意让你假释，你希望自己到哪个城市去？"在阿巴格内尔第三次申请的时候被问到这个问题。

"我不知道，"阿巴格内尔坦白道，"我不希望是纽约，因为从过去发生的那些事情和情况来看，我觉得那里的环境对于我来讲可能不是很友好。我想我还是交给假释管理局来决定我该在什么地方假释。"

之后不久，阿巴格内尔被假释到了得克萨斯州的休斯敦，他一直没打算探究其中原因，他被命令在到达目的地之后的七十二小时内向当地的美国假释官报告，如果可能的话，同时找一份有报酬的工作。

就像大多数获得释放的罪犯一样，弗兰克·阿巴格内尔很快就得知，他将面临社会对他们的惩罚。对于一些犯人来说，这种惩罚可能仅仅是一个社会污名，但对大部分的犯人，惩罚可就不只是一些诋毁和轻视了。前科犯发现即使自己符合条件、拥有一技之长（通常是在服刑中学到的），也比那些无业混混们更难找到工作。即使找到了工作，如果碰到经济萧条，前科犯们也是首当其冲地被裁掉。这种情况太多了，只因为他有前科，就足以让他失去工作。

被选定监管阿巴格内尔假释的官员态度十分恶劣，招人反感，这使得阿巴格内尔被释放后遇到的问题更为严重。这位假释官非常无礼地告诉阿巴格内尔他的感受。

"我不喜欢你来这里，阿巴格内尔，"这位官员不留情面地对他说，"你是强加在我头上的。我不喜欢骗子，在我们互相认识之前，我想先让你清楚这点……我认为你在这里用不了一个月就会被重新送回监狱去。不管怎样，你最好放明白些。不要给我轻举妄动。我希望每星期见到你一次，等你找到工作后，我会定期去你那边。我敢肯定你很快就会出乱子，到时候我会亲自把你押回监狱的。"

阿巴格内尔的第一份工作是在一家比萨连锁店里当服务员、厨师和管理培训生。他在应聘这份工作的时候并没有告诉雇主他有前科，因为没人问他这条个人信息。这份工作十分枯燥乏味，而假释官定期对阿巴格内尔的"拜访"使得工作更加无趣。

尽管阿巴格内尔是该公司的模范员工，还经常被赋予将公司现金收入存进银行的任务，但六个月后还是被解雇了，当时公司正准备提名他出任一家连锁店的经理，在对他的背景深入调查后却得知他是联邦监狱的假释犯。不到一个星期，阿巴格内尔又找到了工作——一家连锁超市的采购，不过还是没有告知雇主自己是个前科犯。九个月之后，阿巴格内尔被晋升为这个公司旗下某家店的夜班经理，顶层管理人员开始关注这个衣冠整洁、英俊潇洒、风度翩翩，并且对工作兢兢业业的年轻人。很明显他非常有潜力，前途无量，公司董事会也开始准备培养他。阿巴格内尔正被培养成零售界的楷模，然而好景不长，一次安全检查暴露了他不光彩的过去，他再一次遭到解雇。

在接下去的几个月里，阿巴格内尔不断重复着这个让人灰心丧气的循环，他当时感到自己有充分的理由去怨恨执政机构，并开始打算重返之前的犯罪生活。面对相同的遭遇，许许多多的前科犯在饱受挫折后一蹶不振，要不是碰到两次偶然的情况，阿巴格内尔很有可能真的要重新开始犯罪生涯了。第一，那个监管他的敌对的假释官被调走了，换来一个更加理性、公正的看管人；第二，不久之后，阿巴格内尔对他自身、对他所处的环境，以及未来做了长时间的深刻反省。

"当时我正在做电影放映员的工作，"阿巴格内尔如今回忆道，"收入不菲，而我每星期有五天晚上，坐在一个小小的房间里，没什么事可做，真的，除了一遍又一遍地观看同一部电影之外。我那个时候在想，我能干的可远不止这些，我忽视了而且还在浪费我拥有的真正才能。"

阿巴格内尔找到了他的假释官，并向他提出了自己孤零零地在放映厅里构想出的一个计划。"在制造赝品、空头支票、伪造票据之类犯罪的技术问题上，我认为我的专业知识不比任何一个懂得这方面的人少。"阿巴格内尔对官员说，"我时常觉得我从监狱里释放出来后，如果把这些知识用在正确的地方，我想这可以对某些人提供很大的帮助。比方讲，每次我去商店买东西开支票的时候，发现柜员或者出纳犯了两三个错误，这可能会被制造空头支票的人利用到。我认为这仅仅是因为缺少培训，我知道我能够教授这些和支票或现金券打交道的人如何防止诈骗和盗窃。"

在这名假释官的帮助下，阿巴格内尔接触到了一家郊区银行的董事，并向其详细交代了自己作为银行诈骗大师的背景，以及目前脑中的大致构想。"虽然我现在没有幻灯片演示稿之类的东西，"阿巴格内尔说，"但我还是很希望在银行关门后能给你的员工上一小时左右的讲座。如果你认为我的讲座毫无价值，你什么都不用给我。如果你认为讲座很有帮助，你就付给我50美元，并且打几个电话给你其他银行的朋友，把我的话和我的事情都告诉他们。"

他作为"白领犯罪专家"的第一次露面就给他带来了在另一家银行出场的机会，接着一场又一场。短短几个月，阿巴格内尔被银行、酒店、航空公司，以及其他各行各业邀请，应接不暇。

弗兰克·阿巴格内尔现在是全球最受尊敬的伪造和制作安全文件的权威之一。超过二十五年，他一直与联邦调查局经济犯罪组合作。如今，他在联邦调查局学院里授课，同时也为联邦调查局国家学院进行培训，一个面向各地区、各个州，以及全国范围内的联邦执法机构的培训课程。他在华盛顿特区创办了一家安全文件防护公司，他经常来往世界各地进行演讲。他现在和他的妻子以及三个儿子生活在美国的中西部地区。

抓住作者

百老汇图书和弗兰克·阿巴格内尔就银幕中塑造的形象、组建家庭，以及同执法部门合作等问题进行的对话。

《猫鼠游戏》从书到好莱坞经过了漫长的过程。你是如何让你的故事在原书首次发行近二十年后，被斯蒂文·斯皮尔伯格看中的呢？

这完全是一次神奇的经历。我是先卖出了电影版权，然后才出版的书。我在上过一期《强尼·卡森今夜秀》节目后，就把电影版权卖给了巴德·约金和诺曼·李尔。他们保留了版权两年，之后把它卖给了哥伦比亚影业电视部。哥伦比亚公司在一年后将它卖给了松尼·格罗索制作公司。一年后，版权又被卖给了哈尔·巴特利特制作公司。哈尔·巴特利特在七年后，把它卖给了迪斯尼旗下的好莱坞电影公司。两年后，试金石公司把它卖给了索尼三星影业，然后他们又把版权卖给了平顶房78制作公司。最后，平顶房78把该项目带到了梦工厂，从而得以立项。他们请来了编剧杰夫·内桑逊，当剧本全部完成准备制作时，斯蒂文·斯皮尔伯格决定执导。真是不负这漫长的等待。

对莱昂纳多·迪卡普里奥"假扮"你，怎么看？

从我最初和莱昂纳多·迪卡普里奥在电话中谈话的那天起，我就完全喜欢上他了。他聪明、成熟、能说会道，而且对自己的演技非常认真。他在电影中的表演非常出色。他真的很棒。

你担任这部影片的顾问，具体做些什么呢？莱昂纳多·迪卡普里奥和汤姆·汉克斯有谈论到你过去的经历吗？

我花了很多的时间和莱昂纳多·迪卡普里奥在一起。我去他家做客，我们一起重温了我的过去、我的习惯、我的厌恶喜好，甚至我的怪癖。他如实地了解到了我的过去和现在。他是个很棒的东道主，和他在一起十分有趣。汤姆·汉克斯真的是个非常杰出的人才。他对我和我的家庭太亲切了，我被他的真诚深深打动。他心情总是愉快，同他合作非常开心。

要把你那么多的风流韵事压缩成一部电影肯定是个不小的挑战。有什么十分不情愿被删掉的故事吗？

从第一次见到斯蒂文·斯皮尔伯格开始，他就向我解释，要把一个人五年的生活不做任何删减，全部放到一部两个小时左右的电影中是不可能的。当二〇〇二年五月拍摄全部完成的时候，我觉得还原度大概有80%左右。他们改变了我的家庭结构，去掉了一些模仿秀，我在瑞典服役和逃出联邦监狱的部分也被省略了，还有几个事件的时间和地点也进行了修改。

当你从监狱出来之后，你和汤姆·汉克斯扮演的联邦调查局警官有过任何联系吗？

有的。"奥莱利"仍然健在，而且我可以很高兴地告诉你，他现在非常好。我有好几次和他在一起聊天，也经常和他打电话。他是看着我的孩子们长大的。

影片中对于你父母的描写，你觉得满意吗？

我并不想对影片吹毛求疵，因为毕竟这只是一部电影。我父亲的角色由非常伟大的演员——克里斯托弗·沃肯扮演，实际上这并不很像我现实中的父亲。我的父亲自始至终都非常诚实，自我意识并不强烈，工作也很认真勤恳。离婚对于我父亲来说是一个相当大的打击，但对我来说他始终是一个伟大的父亲。我母亲在他们离婚的二十年后又再婚了，不过在那段婚姻中她没有再生孩子。

在过去的采访和谈话中，你常强调父母离异是导致你犯罪的一个因素。假设你父母一直在一起，事情会变得如何呢？

我不想把主要责任推到我父母离婚的这件事上。不过，离婚这件事对于小孩子来说的确是非常具有毁灭性的。我相信，如果我的父母没有离婚的话，我就不会离家出走，基本上就会像其他人一样正常地念高中、上一所大学，再上班工作。我很可能会在事业上取得成功，因为我一直都很有创造精神。

你常常说你父亲对你很溺爱。但是作为家长，你有没有希望他不要那么轻信别人，尤其当你用他的美孚卡骗了他3400美元的时候？如果你的儿子也对你用这招，你会如何应对？

他们不会的。他们很小就学会了"不可以骗爸爸"。我很幸运有这三个出色的儿子，他们从来没有给我添过一丝麻烦。作为一个家长，一个父亲，我感到十分内疚，因为我现在才体会到当时我给我父亲带来了多大的伤害和痛苦，而且尽管如此，他还是那样地疼爱我。

你和你父亲最后的谈话对你有什么影响？

我还在坐牢的时候父亲就去世了。我一直没能够告诉他我有多对不起他，有多爱他，他对我又有多重要。因为我当时正在监狱里，我甚至都不被允许参加他的葬礼。监狱管理局认为我可能会趁机逃跑，因此不准我去葬礼。

在你第一次考虑到"引退"的时候，你选择去法国，而不是一个你从来没有犯过罪的地方，比如巴西。你当时作的决定是否和你的思乡情结有关，想和你母亲的法国亲戚走得近一些？

这倒不是，我只是很喜欢法国姑娘。

当你被送到佩皮尼昂监狱服刑，这段时光几乎要了你的命。然而在你某些讲课中却引证到法国监狱的低开支以及低累犯率。你认为法国的监狱体制比美国的更可取吗？佩皮尼昂监狱是否仍在使用？

法国的监狱永远不会改变，但是我随着年纪的增大，逐渐开始明白，也许法国的监狱体制是最好的。他们认为一旦你犯下罪行，就该受到惩罚。你应该和社会以及各种权益隔绝。你被禁闭起来，没有舒适的生存环境。这本来就该是这样。他们不希望你回去。他们从来不会给你提供空调、电视、哑铃以及美味的食物（即便他们是法国人）。在美国，我们目前每年在安置一个囚犯身上要花费2.5万美元。大部分关在牢里的囚犯比许多外面的从不违法犯纪的诚实老百姓生活得都好。

随着你的骗术越来越老练，你吸引女人的本事也越来越娴熟，尽管你当时还没到参加舞会的年龄。作为一名"女性杀手"是不是和你在犯罪活动中得到的快感相互作用的？那些日子和你婚后的生活比起来是怎样的？

女人是我唯一的弱点（除了犯罪）。我很爱女人。我不抽烟、不酗酒、不嗑药，从来没有碰过那些玩意儿。但是今天，我只爱一个女人，就是跟我在一起超过二十五年的妻子，也是我三个优秀儿子的母亲。

年轻的弗兰克·阿巴格内尔身上充满了鲜明的反差。比如说，你能够从容地骗过曼哈顿市中心，但晚上却因为孤独而哭着入眠。年轻是你取得成功的关键还是阻碍？

两者都有。一方面，年轻让我无所畏惧。我当时太年轻，还无法分析或者考虑到我那些行为带来的后果，实际上这很容易就解释得通。而另一方面，我却始终坚信我只是个孩子，而每个孩子都需要他们的母亲、他们的父亲，以及他们整个家庭。

正如这本书的书名所暗示的，你当时正过着人人向往的游戏般的人生。那么从什么时候开始，你的逃亡生活不再像是一场游戏了呢？

随着年龄的增长，我开始懂得什么是害怕，什么是后果。我非常想念我的父母、家庭、朋友，还有我的家。我开始意识到如果我去某家银行开出一张500美元的空头支票，那么对于这家拥有十几亿美元的银行来说，不仅仅是少了500美元的问题，而是这家银行的出纳可能会丢掉工作，就因为在我的蛊惑下他们破坏了规章制度，为我兑换了支票。

你现在是一个非常受欢迎的演说家，从各种大学研讨会到联邦调查局学院的课程（甚至在杨百翰大学冒充教授的期间）。结合你敏锐的想象力，你生动形象的表达方式可能会使你走向演艺生涯。你有没有在这方面考虑过，或者在你小时候想过？

没有，我从来没想过要当演员。

在你成为安全文件防护的顾问之前，你的入狱记录让你很难挣到钱，哪怕是最低收入。你现在会怎样描绘你对金钱的态度？

有钱当然是件好事情。钱会使生活中的一些事情变得简单容易，但比起钱来更重要的是，当你知道自己一无所有的时候，你还有你的家庭，还有妻子和孩子陪在你的身边，这才真正地让人感到欣慰，满足和温暖的。

你有一个儿子正从事法律行业。你在预防诈骗上的取得的成就对他

是不是有启发？他和你家里的其他成员对这部电影看法是……

我的孩子们把我看作是父亲。这就是他们看到的全部。尽管他们会对我在他们这个年纪所做的一些事情惊讶，但他们还是只把我看作是他们的父亲，也很清楚我和他们在一起时的样子。我很高兴这部电影完成的时候他们已经成年了，而不是几年前他们还是孩子的时候。他们现在能够理解好莱坞电影和现实世界之间的区别。

企业账目的灰色地带可能是导致二十世纪九十年代股票市场泡沫的主要原因，你认为这和你当初的诈骗行为有什么共同点吗？

这不是在六十年代。我们现在生活在一个极度没有原则和道德的社会中。家里不教授道德伦理，学校也不教授道德伦理，因为如果教了，老师会被指责师德有问题。于是我们不得不经过漫长的等待，指望大学里会开一门道德伦理课。一定要记住：技术滋生犯罪，一直以来都是，将来也是这样。总会有人为一己私利滥用技术。三十年前，在我年轻时所做的事情，现在做起来要容易两百倍。技术让犯罪变得更容易、更快捷、更无耻，也更难去追踪。所以除非我们能够意识到品格和道德对社会的重要性，否则我们就会看到许许多多的安然公司[①]、公司欺诈、贪污受贿等。

接下去你又写了《诈骗的艺术》，书中你向个人以及企业关于如何预防诈骗提出了建议。平时最常见的有哪些骗术，又该如何去提防？你曾经的那些犯罪手段在如今21世纪操作的话，是更容易还是

---

① 曾经是世界上最大的能源公司之一，2001 年因假账问题申请破产，这是美国历史上规模第二大的公司破产案。

更困难？

现如今，最大的犯罪就是身份盗窃。冒用他人的身份信息十分简单。通过冒用他人身份，你就可以用别人的名字申请信用卡、贷款买车、抵押贷款，或者二级资产抵押，甚至依照劳动合同冒名顶替别人上班，然后让别人帮你付税。我们泄露了太多的个人信息，以至于一个人随时随地都能变成另一个人。

对于如何让航空业尽可能地避免劫机事件，你有什么好的建议给国会吗？

我们必须开始分析。把时间和资源浪费在对诚实的商旅和航空人员的搜查上简直太荒唐了，因为这些人都是随机抽检出来的，更不用说其中还有老爷爷老奶奶们。我一个星期中有四天在外面飞，被搜查到的次数比我在蹲监狱的时候还要多。我在美国航空公司已经有超过五百万英里的飞行里程——如果他们现在都不知道我是谁，那么以后也永远不会知道。

在某次采访中，你把泛美航空公司比作航空界的丽思-卡尔顿。考虑到你现在经常出差旅行，累计的飞行里程也早已超过一百万英里，你现在会不会怀念过去那段奢侈的空中旅行的日子？

是的。泛美航空公司已经不存在了，奢侈和便捷也一去不复返。航空公司现在只是作为一种交通工具。如今的旅行成了一桩苦差事。这部电影的一个伟大之处，就是让人们回想起昔日的泛美航空和其令人向往的空中旅行，提醒我们现在到底失去了什么。

作为你当时从瑞典引渡回国的条件，你的护照被吊销了。但现在你因为工作经常全世界到处飞，你是怎样拿回你的护照的呢？

我服了刑，向社会赎了罪，因此社会就把我该有的权利都还给我了。

书中有两个让人印象深刻的形象，都是你在镜子中看到的自己。一个是你身穿飞行员制服的样子，另一个是你刚被佩皮尼昂监狱释放时奄奄一息的形象。在"猫鼠游戏"的日子里，你是如何来记住自己那么多身份的？当时谁才是真正的弗兰克·阿巴格内尔？现在他又是谁？

我总是用我前面的名字和中间的名字作为我化名的一部分，这样就很容易记住。曾经的弗兰克·阿巴格内尔是一个任性自负、没有道德观念、肆无忌惮的罪犯。现在的弗兰克·阿巴格内尔是一个好父亲、好丈夫。

马上扫二维码，关注"**熊猫君**"

和千万读者一起成长吧！

图书在版编目（CIP）数据

猫鼠游戏 /（美）弗兰克·阿巴格内尔，（美）斯坦
·雷丁著；徐晓蕴译. -- 上海：文汇出版社，2017.5
ISBN 978-7-5496-2063-0

Ⅰ. ①猫… Ⅱ. ①弗… ②斯… ③徐… Ⅲ. ①长篇小
说—美国—现代 Ⅳ. ①I712.45

中国版本图书馆CIP数据核字（2017）第075208号

猫鼠游戏

作　　者 /（美）弗兰克·阿巴格内尔　斯坦·雷丁
译　　者 / 徐晓蕴

责任编辑 / 甘　棠
特邀编辑 / 姚红成　江培芳
封面装帧 / 李子琪
封面插图 / 周丁乾

出版发行 / **文匯**出版社
　　　　　上海市威海路755号
　　　　　（邮政编码200041）
经　　销 / 全国新华书店
印刷装订 / 三河市龙大印装有限公司
版　　次 / 2017年6月第1版
印　　次 / 2019年8月第9次印刷
开　　本 / 890mm×1270mm　1/32
字　　数 / 210千字
印　　张 / 9.75

ISBN 978-7-5496-2063-0
定　　价 / 42.00元